Rizzoli

Roberto Emanuelli

E allora baciami

Rizzoli

Proprietà letteraria riservata
© 2017 Rizzoli Libri S.p.A. / Rizzoli

ISBN 978-88-17-09352-1

Prima edizione: aprile 2017
Seconda edizione: maggio 2017
Terza edizione: maggio 2017
Quarta edizione: giugno 2017
Quinta edizione: giugno 2017
Sesta edizione: luglio 2017
Settima edizione: luglio 2017

Questo romanzo è il prodotto della fantasia dell'Autore.
Ogni riferimento a fatti o persone reali è puramente casuale.

E allora baciami

*Mi hanno chiesto come mai, a volte,
io abbia ancora tanta rabbia.
Ho risposto che è solo perché,
a volte, io metto ancora tanto cuore.*

A mia madre

I
E poi servono abbracci, di quelli che ti scaldano il cuore...

15 luglio 2016

Il cuore delle persone non è qualcosa che puoi comprendere solo perché dici di volerlo fare. Troppo facile... Ci vuole molto altro. Ci vuole coraggio. Ci vuole paura. Ci vuole follia. Se non hai paura significa che non sei davvero consapevole di quello in cui ti stai cacciando, e se non sei abbastanza folle, il coraggio per superarla, la paura, non lo troverai mai. Poi serve poesia, tanta poesia. Ché la vita di quelli che amiamo ha bisogno di musica e carezze. E quando va in mille pezzi, la loro vita, serve pazienza per recuperarli tutti, per cercarli negli angoli nascosti, in quelli più bui, sporchi e dimenticati, con cura, dolcezza, attenzione, per rimetterli al loro posto, uno per uno. E poi ci vogliono abbracci, di quelli che ti scaldano il cuore quando fa freddo dentro, che spengono la paura del futuro, che ti fanno sentire meno solo, quegli abbracci in cui ti perdi e ti ritrovi, in cui ti nascondi dal mondo e forse un po' anche da te stesso, che ti permettono di piangere senza vergognartene o dare spiegazioni, che ti spingono a pensare che ce la farai, che andrà tutto bene. Andrà tutto bene...

E forse pure la nostra, pure la nostra vita ha bisogno di musica e carezze, e di abbracci, sì, anche quando pensiamo di non meritarlo, anche quando ci attribuiamo la colpa di ogni errore, anche quando ci diciamo che avremmo potuto fare di meglio, che avremmo potuto dare di più, ecco, anche noi abbiamo bisogno di musica e carezze. E un abbraccio sincero.

Mentre lo penso, in lontananza posso sentire le note e le parole di Marco Mengoni – *perché ti voglio bene veramente...* – e intanto mi lascio cullare dal suono dell'acqua del rubinetto che scorre forte nel lavandino e schizza. Sono chiuso in bagno da dieci minuti o poco meno, ho lavato il viso, più volte, con acqua gelata. Mi guardo nello specchio e vedo un uomo terrorizzato, senza coraggio. Senza follia. Senza musica e carezze. Senza poesia. E senza nessuno che abbia voglia di abbracciarlo e mettersi a cercare i pezzi della sua vita.

Penso a quello che ho lasciato, a quello che è sfuggito. Penso a quello che ho perso, così, all'improvviso, senza capire, senza *sentire*. E a tutto quello che non ho saputo tenere nonostante gli sforzi. Penso, soprattutto, a Laura e a quello che ho appena visto. Rientrare in casa e sorprendere tua figlia a masturbarsi è qualcosa che ti spinge a rifugiarti in un posto sicuro, come da piccolo, col mondo chiuso fuori a chiave e i tuoi pensieri dentro; come da piccolo, quando ti nascondevi sotto le coperte per renderti invisibile, certo che così nessun mostro buono o cattivo potesse più trovarti, nessuna debolezza potesse essere più messa a nudo, e nulla potesse più scalfire l'idea che ti eri fatto del mondo, con tutti quegli orrori e quelle meraviglie ancora da scoprire, comprendere e dominare. La differenza è che, col passare degli anni, lo stupore per i mostri e per le meraviglie diminuisce, sfuma, lo senti spegnersi nelle tue mani, nel tuo cuore, nelle curve del sorriso, sempre di più, sotto il peso del disincanto, della disillusione...

"È grande, ha quasi diciotto anni" mi ripeto, "è normale. Normalissimo." Eppure non basta a contenere il disappunto, più emotivo che morale, che mi incendia il petto. Non colma quel vuoto che mi rende fragile e smarrito e che rievoca i demoni che mi massacrano la testa e il cuore. Dovrebbe esserci sua madre, ora. Servirebbe la presenza di una donna. "Dove sei, Angela? Perché non ci sei?"

Nel frattempo il rumore dell'acqua deve aver coperto il suono di alcune notifiche sul mio telefono. Sono messaggi WhatsApp di Giada e Beatrice:

Giada: Leonardo... sei uno spasso a letto, sei un gran figo, dico davvero, ma sei anche un grandissimo stronzo, caro il mio meccanico e filosofo e non so cos'altro... Già, cosa sei? Cosa racconti alle altre che ti fai due o tre volte, riempiendole di belle parole e profonde riflessioni, prima di disfartene per passare a quella successiva?

Leonardo: Ciao, Giada, mi spiace leggerti così ostile, io ero stato chiaro sul fatto di non voler coinvolgimenti oltre al... insomma, mi è piaciuto fare l'amore con te ma, lo sai, ho una figlia, e tutto il resto...

Giada: Non parlare di fare l'amore, Leonardo! Per favore, risparmiami almeno questo. Io e te abbiamo scopato. Abbiamo fatto delle grandi, meravigliose scopate. E basta. E poi sei sparito. Come tutti. Sei come tutti!

Leonardo: Non so cosa dire... Mi dispiace... Ti auguro di stare bene...

Giada: Io lo so cosa dire: vaffanculo!

Non replico, sono già nel pallone per Laura, meglio lasciar perdere...
Leggo i messaggi di Beatrice:

Bea: Vado a vedere i Thegiornalisti, suonano in una ex fabbrica sulla Tiburtina, vieni?

Leonardo: Quando?

Bea: Giovedì

Leonardo: Non posso, vedo Matteo...

Bea: E allora? Venite insieme...

Leonardo: Ti sembra il tipo da concerto dei Thegiornalisti?

Bea: Mh. In effetti no... xD

Bea: Ieri ho sentito Filippo per organizzare una cena tutti insieme, io, te, Laura, lui, Matteo ed Emanuela... Ricordi che avevamo detto di vederci a casa di uno di noi e preparare sushi?

Bea: Dice di essere follemente innamorato di una, anche questa volta è la donna della sua vita... La solita storia, ogni settimana s'innamora di una diversa... Non crescerà mai, basta che non ce la porta alla cena...

Leonardo: Eppure ci sei stata insieme...

Bea: Certo, solo che poi io, appunto, sono cresciuta...

Leonardo: Giusto

Leonardo: Ma lui è così...

Bea: Comunque per il concerto, magari lo propongo a Laura, che dici?

Leonardo: Sì, ok

Bea: Ohi, ma cos'hai? Sei telegrafico...

Leonardo: No, niente, si tratta proprio di Laura, poi ti racconto a voce...

Bea: Cos'ha?

Leonardo: Nulla, Bea, lei non ha nulla che non va... Sono io che non vado, dovrei essere migliore...

Bea: Ma che è successo?

Leonardo: Dài, ti chiamo dopo o domani e ti spiego, ma niente di grave! Oppure vediamoci in questi giorni, io e te, mi farebbe piacere. Comunque diglielo del concerto, sai che ti adora, adora tutti voi, ma in particolare te, e sarà felice di venirci!

Bea: Certo, dopo le scrivo! Allora aspetto una tua telefonata, eh, ci conto! E sì, vediamoci presto! Ciao bellissimo amico! <3

Leonardo: Ciao... <3

Beatrice è la mia più cara amica, una meravigliosa creatura di trent'anni con cui riesco a parlare e aprirmi come non faccio con nessun altro. La stessa cosa vale per Laura, e già questo è un piccolo miracolo. Bea è una delle persone più acute e brillanti che io abbia mai incontrato. Fa la psichiatra in un ospedale in zona Prati, si è specializzata lo scorso anno.

L'ho conosciuta molto tempo fa, quando stava con Filippo, aveva vent'anni, era curiosa e folle, intellettualmente libera ed eclettica. Ben presto è diventata parte integrante del gruppo, al di là della storia con Filippo, finita piuttosto in fretta e in un modo che nessuno di noi ha mai capito. Del resto, devo ammettere, non ho mai compreso come quei due potessero stare insieme, cosa li rendesse compatibili. Ma esiste forse qualcuno che sappia spiegare fino in fondo le dinamiche delle relazioni, delle emozioni, dei sentimenti? Certe cose succedono e basta, vanno prese per quello che sono.

Esco dal bagno e vado verso la porta della stanza di Laura, quella che qualche minuto fa ho aperto e richiuso quasi immediatamente. Solo per un istante ho guardato, un istante che è sembrato un'eternità, il tempo di fare la domanda più sciocca e ridicola: «Laura, ma che fai?». Lei ha chiuso le gambe e si è coperta con un cuscino. È diventata ancora più rossa di quanto già non fosse, e dall'eccitazione è passata di colpo alla vergogna, e poi alla rabbia e all'umiliazione. Dopo un attimo di esitazione ha urlato: «Chiudi quella cazzo di porta!», quasi piangendo.

Ora che mi trovo di nuovo vicino alla sua stanza, la voce di Mengoni è forte e chiara – *succede anche a noi di far la guerra e ambire poi alla pace...* Busso forte e urlo: «Scusami, Laura. Vado a preparare la cena, pensavo di rientrare tardi stasera, come ti avevo detto, ma il calcetto è saltato. Stiamo invecchiando, c'è sempre qualcuno che si fa male, e chi ha i figli, chi i suoceri... Ehm...». Silenzio. Proseguo: «Scusami...».

Mentre spero in una risposta, noto ai piedi della porta un foglietto sporco e calpestato. È la sua grafia. Lo leggo.

> *Qualche volta, in modo un po' comico, e un po' commovente, decidiamo di essere qualcuno o qualcosa che non siamo, che non siamo mai stati, e che forse non saremo mai. Perché ci vendono una vita che non siamo in grado di pagare, perché ci chiedono di dire cose in cui non crediamo, o di identificarci in princìpi che non sentiamo nostri, in idee lontane dal nostro cuore, perché ci dicono che con tutte queste imperfezioni non siamo belli, e che con tutte queste ombre non siamo colorati...*

No, non può scusarmi. A diciassette anni non lo scusi tuo padre per averti sorpreso a gambe larghe mentre cerchi di essere quello che sei.

Dopo altri secondi di silenzio, durante i quali il volume dello stereo è sceso bruscamente: «Non potevi bussare? Che cazzo apri senza chiedere il permesso?».

«Hai ragione, ero distratto, sovrappensiero... Non succederà più» replico. E riposo il foglietto per terra, dove lo avevo trovato. Poi chiedo: «Ti vanno le uova?».

La sento sbuffare. «Sai che novità...» bisbiglia, credendo che io non la senta. Poi aumenta di nuovo il volume dello stereo.

Sono costretto ad alzare il tono della voce: «Non ho capito, La', hai detto qualcosa?».
«Fa' le uova!»
«Se non ti vanno, guarda, ci organizziamo...»
«Fa' le uova!»
La seconda volta ha urlato stizzita.

Squilla il telefono di casa, rispondo, è Camilla, la migliore amica di Laura. Così mia figlia mi viene incontro in corridoio. Nel frattempo si è rivestita. Alza la mano per prendere il cordless.
«È Camilla...» le dico, porgendoglielo.
«Lo so...» risponde senza nemmeno guardarmi, continuando a fissare la sua mano come in attesa che il telefono si materializzi sul suo palmo.
Dopo averlo agguantato, si gira e torna verso la sua camera. Prima di vederla sparire la sento dire: «Ma sei impazzita? Perché non mi chiami sul cellulare? Ah... non l'ho sentito, deve essere finito sotto il cuscino. Eh lo so, avevo la musica a palla, guarda, non puoi capire... Poi ti dico...».

In cucina c'è un bel casino, oggi toccava a me lavare i piatti, io e Laura abbiamo un accordo: due volte lei e una io. Visto che lavoro tutto il giorno, è un piccolo sconto che trovo lecito. Ma non sono riuscito a passare per l'ora di pranzo, in officina ho avuto un casino, prima delle vacanze estive è sempre così, si ricordano tutti all'ultimo momento di fare il tagliando, le riparazioni, i controlli e il resto. Odio andare oltre l'orario di chiusura che mi sono imposto, la mia vita non è il mio lavoro, io non sono il mio lavoro. Se a volte mi fermo qualche ora in più è solo per fare delle piccole manutenzioni alla mio Duetto Spider del '67. La tengo come fosse una reliquia nel garage dietro la mia officina, un piccolo sfizio a cui sono legatissimo per tanti motivi. Ma quello non è lavoro, quello è piacere puro.

Oltre alle uova, preparo un'insalata di pomodori e mozzarella di bufala.

«È pronto, Laura!»
Silenzio.
Mi avvicino un po' al corridoio e insisto: «Laura, è pr...».
Non faccio nemmeno in tempo a finire la frase che grida risentita: «Guarda che non sono sorda, eh».
«Allora potevi rispondere», anche io leggermente infastidito.

Quando entra in cucina, mi trova già seduto ad attenderla. Indossa dei leggins neri e una canottiera bianca, leggerissima, sotto la quale si intuisce il seno piuttosto prorompente. Scalza. È bellissima, mora e con la carnagione scura e dorata, come sua madre, le somiglia da morire. Occhi neri col taglio da orientale. Intorno alla caviglia, appena sopra il collo del piede, è ben visibile il tatuaggio che si è fatta poche settimane fa, senza avvertirmi o chiedere cosa ne pensassi.

«Che poi, boh» mi viene spontaneo dirle, «davvero sei sicura che non ti stancherai della frase che ti sei tatuata? Non ne potevamo parlare insieme?»

«Insieme? È la mia pelle, non la tua. Non mi stancherò mai di questa frase, è la hit della mia vita, il mio mantra, *siamo solo per pochi*, ed è proprio così! Lo penso, ci credo! È la verità! Anche se forse per te è complicato capirlo...» fa una piccola pausa e un sorrisetto stronzo e sarcastico, poi continua: «È così... e sarà sempre così! Ma anche se non fosse, voglio ragionare per paradossi. Quello che conta è che ora ci credo, che adesso la sento mia, ok?».

La guardo e nei suoi occhi percepisco consapevolezza, sembro io alla sua età, ha la mia stessa tempra, la stessa passione, solo che lei ha anche una rabbia che io non avevo, di certo non così dirompente. E come non capirla...

Incasso la frecciata e scelgo di non controbattere. In fondo credo abbia ragione su tutto, siamo solo per pochi, non c'è dubbio, ma non glielo dico, non voglio ammetterlo, non ora, non qui davanti a lei, per qualche ragione sciocca che, nel mio cervello, presumo abbia a che fare con il mio ruolo di padre e, nel mio cuore, con i miei fantasmi. E comunque questo suo tono, come sempre poco amichevole quando si rivolge a me, non aiuta. Meglio cambiare discorso.

«Sei pronta per l'ultimo anno del liceo?»

«Papà, siamo al 15 di luglio, in piena estate, sono in vacanza, quello che ho concluso è stato un anno duro, ho studiato tantissimo, e mi pare di averlo superato con un'ottima media, o sbaglio?» La domanda è retorica, infatti continua: «Adesso mi sto godendo queste vacanze, per divertirmi, capisci? E no, non ci sto pensando all'ultimo anno del liceo. Cazzo.»

«Smettila di dire tutte queste parolacce, non ti rendono più forte o più interessante.»

In effetti è sempre andata bene a scuola, mai il minimo problema, è interessata a molte delle materie che quelli della sua età in genere schifano, come la letteratura e la storia dell'arte, o la musica, che ha studiato fin da piccola, strumento e solfeggio – suona il pianoforte divinamente, anche se a dire il vero è un po' che non lo sfiora nemmeno, e di questo un po' sono dispiaciuto... Poi ama leggere, qualunque cosa, a undici anni mi chiese di comprarle *Noi, i ragazzi dello zoo di Berlino*, perché ne aveva letto alcune righe da Bea. In più credo abbia un talento naturale per la scrittura, direi un talento sorprendente. Ogni tanto mi capita di leggere piccole cose che scrive su Facebook o su qualche foglietto che trovo in giro per la casa, proprio come è successo poco fa. È incredibilmente brava, e non lo dico perché è mia figlia, ho la presunzione di capirlo quando qualcuno sa scrivere bene.

Ecco, ok... ma questo non la autorizza a rispondermi in quel modo.

«Che palle...» sussurra, appunto. Ma non è finita. «A proposito, con Camilla, Benedetta e le altre vorremmo andare in Grecia, ci sono problemi per te?» Lo dice quasi a correr via.

«In Grecia?» lo ripeto come se mi avesse parlato della Siria.

«Sì, in Grecia, papà. Ci vanno tutti.»

«Mmm. E in Grecia dove?»

«A Mykonos.»

«Mykonos? Ma, dico... sai cosa c'è a Mykonos? Lì è un delirio! E poi tutti chi? Eh? E poi cosa c'entra, cosa m'importa degli altri?»

«Papà...»

«E quando vorreste andare, sentiamo?»

«Le prime tre settimane di agosto. Abbiamo già fermato la casa dando un anticipo e comprato i biglietti aerei per risparmiare.»

«Cioè... tu hai già fermato la casa a Mykonos, insieme alle tue amiche, e comprato i biglietti aerei, per Mykonos, *senza dirmelo*? E quando volevi farlo, il giorno prima di partire?» Ripeto la parola "Mykonos" di continuo, la scandisco in modo isterico, quasi a voler sottolineare che la gravità del gesto è resa ancora più eclatante dalla scelta di una destinazione demoniaca.

«Dio, lo sapevo...» e scuote la testa.

«Ma sapevi cosa? Ti sembra normale? Dico, ti rendi conto? Hai diciassette anni, Laura!»

«Ecco, appunto, diciassette, non dodici! E fra quattro mesi ne compirò diciotto, e ti sto chiedendo solo di andare in vacanza con le mie amiche...»

«Ok, mi hai preso in contropiede... Tutta questa storia... Poi il fatto che me lo dici a cose già decise... Non lo so, ecco... Poi ne riparliamo, va bene?» cerco di tornare calmo ma sono molto risentito.

«Papà, ho bisogno di saperlo presto, dobbiamo confermare la prenotazione e organizzarci, non posso lasciare tutti appesi per colpa mia. E poi nonno Maurizio e nonna Barbara mi han-

no detto che mi daranno una mano con i soldi...» si alza. «Io vado a prepararmi, che più tardi passano a prendermi Camilla e Piergiorgio per andare al cinema, quando rientro lavo io i piatti, anche quelli che spettavano a te...»
«Ma bene! Quindi anche ai nonni ne avevi parlato? Ecco dove hai trovato i soldi per l'anticipo e il volo! Sai bene che non è un problema di soldi... I nonni fanno presto a parlare, non ci pensano...» La parola "nonni" quasi la balbetto entrambe le volte per l'agitazione, e mentre Laura sta per varcare la soglia del corridoio, aggiungo frettolosamente: «E l'insalata non la mangi?».
«Papà, a me non piace la mozzarella, non mi è mai piaciuta...» Mi fissa per qualche secondo.
«Ah... già...» La guardo, senza aggiungere altro, poi abbasso gli occhi.

Nella foga di giustificare noi stessi, i nostri capricci, i nostri desideri, le nostre narcisistiche e spesso puerili necessità, dimentichiamo troppo spesso di considerare e comprendere sentimenti e ragioni altrui, e di rispettarne i tempi.

Verso un bicchiere di bianco ghiacciato, è un Gewürztraminer Kastelaz, lo butto giù, poi accendo una Marlboro. Sono stanco. Che giornata. Sfoglio alcune pagine della *Solitudine dei numeri primi* che mi sono ripromesso di leggere.
Nei piccoli altoparlanti collegati all'iPod parte la mia playlist settimanale di Spotify, ora suona Dimartino con *I Calendari*. Nel frattempo l'occhio va alla tv accesa su RaiNews24 a cui ho tolto l'audio, sulla striscia di notizie che scorre in basso: si parla di una petroliera affondata al largo della Turchia, e la mia testa e il mio cuore non possono non tornare lì, a quel dicembre del 1998, quando tutto sembrava ancora possibile...
Ho appoggiato la mia vita sul tavolo, quella sera, in quel sottoscala pieno di poesia, in via Berlinguer. L'ho appoggiata fra

le chiavi della mia Vespa e il tabacco con le cartine. Nella mano destra ne avevo una rollata a bandiera che bruciava, quando ho letto quella lettera, poche righe su un foglio piegato in due, finiva così: "... ma sappi che sarete sempre con me, tua Angela".

Ricordo di aver chiuso gli occhi, per tanto tempo, per capire se c'era un modo per soffrire di meno, per capire se è vero che quello che vedi con gli occhi è solo un riflesso di quello che senti col cuore. Ho chiuso gli occhi. Per cercare un po' di forza dentro di me, un po' di quell'energia che a vent'anni ti salva la vita di continuo e ti rigenera, e ti fa sorridere anche davanti alla sfiga. Ma niente. Forse perché era troppo, era troppo grande quello che mi stava uccidendo. Troppo profondo il buco che mi sfondava l'anima generando un vuoto che sarebbe rimasto lì per sempre gigantesco e terrificante.

Già sapevo, già l'avevo letto: era scritto nel silenzio degli ultimi giorni, prima ancora d'essere scritto in quell'incomprensibile lettera. Novembre, arance e pere nella fruttiera di plastica verde. I nostri libri dell'università sparsi sul tavolo della cucina. Cenere mischiata ad amore dappertutto, su ogni cosa. *La letteratura del Novecento*, *Filosofia orientale*, *Il teatro greco*... Fogli con gli accordi e le parole delle canzoni di De André, di Vasco, di De Gregori, accanto a una chitarra scordata, con incisi i nostri nomi. "Leonardo e Angela per sempre." Sul giornale di quel giorno, stropicciato, caduto in terra: "Disastro ecologico: petroliera affonda nel Mar Nero". E poi basta, finiva così.

E poi basta...

Giorno 730

Mi trovo nell'oceano Pacifico, navigo verso Latitudine 33.939942 / Longitudine -118.806839, Stati Uniti. Vedo Malibu allontanarsi. Il mare è calmo, e il viaggio sarà lungo.

2
Rapiscimi, e portami via con te!

Diario di Laura
16 luglio 2016
Ore 3.50

Qui mi sento vicina alla mia natura, è terapeutico qui, qui´ mi sfogo davvero. Questo diario è il mio amico immaginario, quello con cui parlo da sempre, il mio psicologo silenzioso e accogliente che non giudica mai e mi prende per quello che sono: io, Laura.

Avere un diario segreto, oltre a quelli più o meno pubblici che ormai quasi tutti abbiamo sui vari social network, è qualcosa a cui non potrei mai rinunciare. Nutro un amore sconfinato per la scrittura intesa come mezzo per comunicare, per raccontarmi, per condividere un po' della mia vita, di quello che ho dentro, con chi ha voglia di fermarsi a leggere e dirmi, tramite un like o un commento, se gli è piaciuto e cosa gli ho trasmesso, quali corde ho toccato, quali delle mie parole l'hanno fatto sentire meno solo o meno triste o meno incompreso, quali ha fatto sue, regalandole poi magari a qualcun altro che ne aveva bisogno. Ecco, se la scrittura è una cura per l'anima, se comporta un'apertura verso il mondo, magari tramite un blog o Facebook, benché coperta da un nick di fantasia, io ci sto! Mi ci ritrovo un sacco, è un gioco che mi piace, mi stimola e, a volte, lo ammetto, appaga il mio ego e la mia vanità. Ma scrivere su questo spazio solo mio, fatto di carta che si stropiccia e si consuma, che profuma della mia pelle e della mia vita, che si sfoglia e s'imprime d'inchiostro blu e nero, e di evidenziatore giallo e rosa e verde, pieno di solchi e segni della punta, marcati con una pressione direttamente proporzionale alla rabbia, alla gioia, all'amore, all'odio e al dolore del momento... ecco, questo, mi fa sentire libera e felice. Libera di esprimermi in modo autentico e senza filtri. Senza il condizionamento del giudizio e del dover mostrare una parte di me stessa più o meno bella o colta o educata o interessante o sexy...

    E adesso, quello che sento dentro, quello che ho bisogno di tirare fuori, è rabbia, tanta rabbia. Ieri sera mio padre è rientrato all'improvviso in casa, ha aperto la porta della mia camera senza bussare, e mi ha sorpresa a toccarmi, senza mutande, mentre pensavo a Marco...

    Ma si può essere più stronzi, porca puttana? Come si fa a essere così poco sensibili? Il bello è che poi gli piace blaterare di "spazi vitali" da rispettare, di attenzione per il prossimo e blablabla... tutte cazzate!

    Poi si stupisce pure del fatto che non parliamo mai, che lo eviti, si chiede perché io sia fredda con lui...

    Ci sarà un motivo se mia madre l'ha lasciato ed è scappata, no? Ci sarà un motivo se i suoi unici "amori" sono l'officina, la musica e i libri? Certo, lui è un "figo", lui le donne se le fa e basta, le colleziona come fossero trofei... Pensa che non lo sappia, che non lo veda: mio padre è un puttaniere che colleziona scopate, e poi ciao...

    Odio il fatto che persino le mie amiche vorrebbero farselo! Che lo trovino "maledettamente sexy"! Camilla me lo dice sempre. E persino Fabio e Piergiorgio, i miei due amici gay, anche loro lo definiscono "gnocco", "bono", "pezzo di figo".

    Ma come gira il mondo?

In compenso, Marco mi è passato a prendere, dopo cena, e siamo andati a Ostia. Mi ha scritto un messaggio meraviglioso: "Sono sotto casa tua, amore, vieni alla finestra, guarda cosa c'è per te...". Mi sono affacciata e lui era lì, appoggiato al cofano della sua auto, con un mazzo di rose in mano e quel sorriso da stronzo, disarmante e maledetto. Sono morta. Muoio ogni volta. E lui lo sa bene...
Abbiamo bevuto una birra al pontile, sul muretto. Poi ci siamo appartati in macchina, ascoltando musica, in un parcheggio isolato. E poi lo abbiamo fatto, ed è stato meraviglioso...
Lo amo da impazzire. Se solo fosse sempre così dolce e romantico... ma già so che poi sparirà ancora, come fa sempre. Come fanno sempre tutti...
E poi... io in fondo lo so... lo so che per me è fare l'amore, mentre per lui è scopare... lo so...

Io e Camilla, oggi pomeriggio, prima siamo andate in centro a comprare i costumi nuovi, poi ci siamo fatte delle foto bellissime al tramonto, al Gianicolo. Le ho regalato un libro, *Follia* di Patrick McGrath... non può non averlo ancora letto, deve troppo leggerlo! Ma conoscendola lo divorerà in due giorni, è praticamente l'unica con cui possa parlare di libri, oltre che di ragazzi, feste e vestiti come con le altre. Non è un caso che io e lei siamo sorelle.

In questo momento nella mia stanza sta suonando Adele con *Someone Like You*. È tanto che non tocco il mio pianoforte, vorrei ricominciare a suonare, dovrei farlo, ne sento il bisogno...

Ho appena letto il post di Zagal su Tumblr. Cazzo, lo adoro, parla d'amore come pochi al mondo, è l'unico che capisce come siamo fatte noi donne. Ecco perché il mio diario e il mio blog sono pieni delle sue parole! Zagal, rapiscimi, e portami via con te!

Volevo solo dirti che mi manchi. Volevo farlo a bassa voce. Volevo dirti che sì, forse è banale, ma tutte le volte che ti penso, sorrido. Perché in fondo mi fa stare bene il solo fatto di pensarti, di immaginarti in quei momenti di quotidianità che tendiamo a sottovalutare. Non so, tipo quando spostavi leggermente una ciocca di capelli per portarla dietro l'orecchio. O quando stringevi un po' gli occhi mentre ti concentravi su qualcosa a cui tenevi. Sono cose piccole, forse, per qualcuno, ma per me contavano tanto, perché parlavano davvero di te. Ecco, volevo dirti che mi manchi. Solo questo. A bassa voce. Ovunque tu sia.

Quanta bellezza! Entro nel mio blog, scrivo poche parole...

Il viaggio più bello della mia vita l'ho fatto a occhi chiusi, immobile. Pensando a te...

E pensavo a te, Marco. E ancora un po' ti penserò, prima di crollare esausta. Mi stai un sacco bene addosso... Intanto va Izi con *Chic*...

Domani mare, andiamo a Fregene con Camilla, Piergiorgio Fabio e Benedetta, e sfoggio il costumino nuovo!

Buonanotte, diario.

Laura

3
Non finirà mai, io tornerò sempre a prenderti...

17 luglio 2016

«Oh, sì! Oh, sììì!» urla forte e, dopo aver raggiunto l'orgasmo, Francesca ansima e si lascia andare con la testa indietro sulle lenzuola disfatte. Mi fissa negli occhi, sembra quasi in trance. Standole sopra, le restituisco lo sguardo, ho il fiato corto e il battito accelerato, e dopo pochissimi secondi raggiungo il *mio* piacere, serrando con un ultimo impeto la presa delle mie mani intorno ai suoi polsi, mentre più gocce di sudore si ricongiungono in una sola linea, e poi in una sola goccia, più intensa, più pesante, che si stacca dalla punta del mio naso e va a bagnare il suo viso. E poi un'altra goccia, e un'altra ancora, sulle sue labbra, sui suoi zigomi, sui suoi seni... Poco dopo, con tono quasi autoritario sussurra: «Rimettila! Rimetti la tuta blu, mi fa impazzire il mio meccanico quando mi prende e mi fa sua con forza, lo sai? Voglio ricominciare...». Poi cambia tono, tra il professionale e il pornografico: «Signor meccanico, può controllare se è tutto lubrificato come dovrebbe?».

Mentre mi sollevo sulle ginocchia e mi sposto verso il bordo del materasso, osservo la grande camera da letto. Il mobilio è ricercato, di buon gusto: il *futon* in fibra di cocco, i cubi di cristallo come comodini, il tappeto in bambù, la scrivania di legno grezzo – sopra ci sono un portatile, dei fogli bianchi, matite, penne, piccoli strumenti da architetto. Finestre enormi si aprono proprio sopra il divanetto in pelle sul muro di fronte, sono quelle in legno bianco e un po' decapato tipiche dei palazzi di lusso del centro, stile vittoriano. Dalle veneziane semichiuse filtrano spiragli di luce che quando ci muoviamo illuminano parti dei nostri corpi, sezionandoli in strettissime e precise lame. Quando è il turno dei suoi occhi, dentro vedo tanta bellezza, e tanta fragilità.

«Anche tu, Francesca! Anche tu mi fai impazzire... lo sai, vero?» Le accarezzo una guancia col dorso della mano e le sorrido. «Ma ora devo andare, devo aprire l'officina, sono le 15:40, dovevo essere là già da un po'. La tuta la indosso, sì, ma per andare a lavoro...»

«E mi lasci così? Senza la messa a punto finale?»

«Stai benissimo così... sei una meraviglia così... una bomba! Non hai bisogno di nessun altro intervento...» e rido ancora.

«Stronzetto, sfaticato...» Ennesimo sorrisetto malizioso, un po' costruito, un po' per piacermi. E per difendersi, anche. «E quando ci rivediamo?» Nel tono colgo un che di ironico, e di amaro.

Io lascio passare qualche secondo. «Ecco, Francesca...»

Diventa seria, ma non dura, forse malinconica. Ha già capito tutto. Per quella capacità quasi magica che le donne hanno di sentire molto prima le cose che arrivano, quelle che restano. Quelle che vanno...

Si siede accanto a me, guardandomi negli occhi, ancora nuda. «Ok, non dire nulla, ti prego, non aggiungere nulla!» Non faccio un fiato e lei prosegue: «È stato comunque bello. Quello che c'è stato, intendo, quello che mi hai lasciato, quello che ci siamo scambiati... Grazie...» e sorride.

Certe volte il silenzio sa essere assordante, micidiale. Ma qualche volta è l'unica via possibile, la più sincera.

Io, in silenzio, lentamente mi alzo, mi vesto, senza alzare lo sguardo, e prima di andare, la cerco con gli occhi e le dico: «Ti auguro il meglio, Francesca...». Infine, con un tono più basso e incerto: «Mi dispiace...».

Lei continua a fissarmi con dolcezza e dignità. «Ciao, Leonardo, abbi cura di te... trova quello che cerchi! Non so cosa, ma trovalo, ok?» E mentre parla una lacrima le disegna una linea verticale sotto l'occhio, portando via con sé un po' di mascara e un po' della sua felicità. E un po' della mia.

«Ok...» dico con un filo di voce. Poi mi giro ed esco, come sempre, cercando un modo per non cadere, per non morire, un modo per andare, per andare e basta...

Tutte le volte che non credo in me, o quando ci credo troppo, quando sbaglio, quando pago per gli sbagli degli altri, quando sono autolesionista e faccio a botte col mondo, quando scivolo e vado giù, stanco, troppo stanco, pancia in su, braccia e gambe larghe, ecco, solo in quel momento di resa mi rendo conto che la vita va guardata anche da lì, accanto ai nostri errori, ai dubbi, alle fragilità, accanto alla pena che proviamo per noi e per gli altri. Dal basso, dal fondo, dalla terra. Ché a volte è l'unico modo per guardare il cielo. Ché a volte è l'unico modo per guardare le stelle.

I nostri errori sono quello che sono, e fanno parte di noi. Come la pelle, come i capelli, le occhiaie, lo sguardo, l'odore, le pose. Come i sorrisi più o meno amari, e le spalle più o meno larghe. Come tutte le imperfezioni che cerchiamo di nascondere, di camuffare dietro quel trucco fatto di cazzate e pregiudizi, pieno di stereotipi e luoghi comuni, di quella merda che ci buttiamo addosso ogni mattina prima di uscire per sembrare diversi da quello che siamo, per apparire come vorremmo, o come *vorrebbero*... Per ingannare gli altri e per primi noi stessi. Persi in quell'assurda, infinita inquietudine tipica di chi, sciocco e piccolo, vorrebbe a ogni costo cambiare lo stato naturale delle cose. Di chi, pazzo, si mette in testa di fermare la pioggia e di svuotare il mare, di chi pensa di poter modificare la direzione del vento e di correggere i propri sbagli, e quelli degli altri, per credersi superiore a quello che è, meno mediocre, meno umano. Ma la mediocrità, in modo comico, e cosmico, e grottesco, e ineluttabile, è sotto i nostri occhi, ogni giorno, in tutte quelle scelte così ridicole e distanti dal nostro cuore. Nelle parole così vuote e prive di sostanza. E ci ritorna addosso, la mediocrità, se è lì che deve tornare, altro che trucchi e strategie. E ci colpisce con la forza impietosa della pioggia, del mare, del vento. Perché non basta avere l'iPhone 7, il Bmw, o un pass per il privé, per vivere la vita con stile. Non basta rinnegarli, gli errori, o nasconderli, o scordarsene, per cancellarli, o per essere persone migliori...

I nostri errori ci rendono quello che siamo. Come le cicatrici, come le espressioni, la voce. Ci rendono unici, non migliori di, o superiori a. Unici. Ché i nostri errori, porca puttana, andrebbero coccolati, con dolcezza, con gelosia. Ché dovremmo abbracciarli, e stringerli. Dovremmo volergli bene. Pensar loro con familiare tenerezza, con rispetto, con compassione. Loro sono al tempo stesso nostri figli e nostri genitori. Sono piccoli, cuccioli, spaesati e adulti, saggi, così disincantati che, se potessero parlare, ci direbbero che l'hanno capita la lezione. E ci direbbero un sacco di cose del nostro passato, e ci spiegherebbero passaggi che non abbiamo mai compreso, per esempio quella volta che intimiditi, o a disagio, abbiamo reagito in quel modo assurdo, puerile e sconclusionato. Ci sussurrerebbero sul "come", farebbero luce sul "perché"...

Oh! Poveri, teneri, piccoli errori, veri e ingenui, chiari e trasparenti. Genuini. Palesemente se stessi, evidentemente incompresi. Senza filtri, senza malizie culturali, psicologiche, antropologiche. I nostri errori ci spiegano la via, ci formano. Formano le nostre coscienze, le nostre idee, il nostro cuore. Le regole, le priorità, i gusti. Le preferenze. Ci fanno sentire vivi e pronti a osare, pronti a tentare. A sbagliare ancora... Ci insegnano a comprendere, a comprenderci, ad ascoltare gli altri e noi stessi. E, che cazzo, non ci spiegano mica come non sbagliare più. Però ci dicono come non farlo nello stesso modo. E no, no, non ci indicano con chi avere a che fare, ma ci consigliano da chi stare alla larga. Gli errori sono il frutto dell'istinto, dell'impulsività, dell'essere spontaneamente quello che siamo, insomma, di tutta quella roba difficile da gestire, sporca, sudata, con gli occhi sinceri, spesso autolesionista ma nel contempo fantastica. Commovente. Sono la cosa più dolce, romantica e violentemente vera che possa esserci.

I miei errori mi hanno spiegato la differenza fra amare e possedere. Fra un amico e uno stronzo. Fra perdere e lasciare. Fra avere e volere. Fra urlare e farsi sentire. Fra ridere e sorridere. Fra toccare e sentire. Fra parlare e comunicare. Fra vivere e sopravvivere. Fra la solitudine e la libertà. Fra essere facoltoso ed essere ricco. Fra promettere e mantenere. Grazie ai miei errori, oggi, so che tutto è davvero relativo. So che non possiamo dare nulla come compiuto e definitivo, perché tutto è in divenire, e ogni cosa è relativa. E so che, per dirla con Sorrentino, *hanno tutti ragione*. I nostri errori sono come la Storia, chi non la conosce è condannato a riviverla. In un modo o in un altro.

Alle 16.10 sono già sdraiato sotto una Jeep messa piuttosto male. E da qui non vedo le stelle, ma grasso, ferro, ingranaggi e liquido nero. Perde olio dal motore e i manicotti del radiatore hanno varie crepe dovute all'usura, rilasciano liquido refrigerante: le premesse ideali per far grippare il motore. Fortuna che l'abbiamo presa in tempo. Il proprietario dovrebbe averne più cura.

È anche grazie a questa scarsa attenzione che di lavoro ce n'è tanto, persino troppo. Potrei prendere altri dipendenti, oltre Riccardo, il giovane apprendista che mi dà una mano qualche ora al giorno, per imparare il mestiere, in cambio di un rimborso minimo. Potrei allargare il giro di clienti, affittare uno spazio più grande, ma non l'ho mai voluto, va bene così, guadagno già quanto basta per stare bene io, mettere qualcosa da parte, e non far mancare nulla a Laura. E quando sono le 13, salvo rarissimi casi, chiudo e riapro alle 16. La mattina apro alle 9, puntuale, e la sera con la stessa puntualità chiudo alle 19.30. Qualche volta, durante la settimana, chiedo a Riccardo di pensarci lui, e me ne vado una mezz'ora prima per passare dal supermercato. O per giocare a calcetto, quando riusciamo a mettere insieme dieci giocatori. Mi ci sono ritrovato a fare questo mestiere, e non mi dispiace, ok, i motori sono sempre stati una mia passione, ma è un lavoro, ecco, solo un lavoro. Ho i miei libri, i miei amici. La musica. Laura. E tutto il resto...

L'officina si trova al piano terra della villetta in cui viviamo, in zona Portuense. I miei hanno comprato il terreno anni fa, con sopra una casa diroccata: c'era solo lo scheletro in cemento armato, me ne sono occupato io. Loro invece sono rimasti a vivere a Ostia, la zona in cui sano nato e cresciuto.

È piccola, l'officina, e ho cercato di creare un ambiente minimalista: al centro è fissato il ponte sollevatore, dove svolgo la maggior parte delle lavorazioni, per terra ho installato un pavimento antiscivolo color porpora, in un angolo tengo il computer su un carrellino con le ruote al quale sono collegati i macchinari per i test degli scarichi e per la verifica della centralina del motore, oltre che per la supervisione dell'impianto elettrico e per la revisione, poi ci sono i compressori, i crick a pompa, il carrello con gli attrezzi base. Lungo tutto il muro destro ho posizionato i vari set di chiavi e brugole, i cacciaviti, le pinze eccetera. Sulla parete opposta ci sono molte mensole e ganci dove sono riposti e appesi in fila guanti, cavi, fil di ferro, recipienti, bottiglie d'olio, di acqua, grasso, soluzioni per il lavaggio degli ingranaggi e tutte le altre cose. Sulla parete frontale ho fatto costruire una scaffalatura in acciaio grezzo, con gli sportelli. Sul retro c'è un piccolo ufficio dove ho un portatile per gestire la contabilità giornaliera, una stampante, e un impianto stereo con filodiffusione in tutto il locale. Adesso va *Facciamo finta* di Niccolò Fabi: *facciamo finta anche se non mi trovi tu non ti arrendi perché magari è soltanto che mi hai cercato nel posto sbagliato...*

Mentre estraggo le fascette in ferro dei manicotti ripenso a Giada, e a Francesca, bella e dolcissima: c'era qualcosa che non andava in lei, e quella cosa ero io... Un po' come in quelle foto quasi perfette nelle quali però c'è un dettaglio che stona, ecco, io ero il dettaglio che stonava, perché la mia musica è un'altra... E non è colpa di nessuno.

Squilla il telefono, è Matteo.

«Ohi...»

«Ohi, Leo! Come va?»

«Sotto una Jeep Renegade...»

«Be', meglio che sotto un treno, no?» e ride forte.

Le freddure sceme, innocue e banali di Matteo sono memorabili.

«Allora confermata la birra per domani?» chiede.

«Certo, confermata!»

«Ore 21.30, capo?»

«Facciamo dopo? Così ceno con Laura.»

«Ok! Come sta la ragazza? La prossima settimana vi invito a cena, diglielo. Anzi, poi le mando un messaggio, avverto anche Filippo e Beatrice, quei farabutti.»

«Vuole andare in Grecia con le amiche...»

«Chi?»

«Laura! A Mykonos!»

Mi aspetto come minimo un "Oooh! Cazzo! Ma è una tragedia!".

«Bene!» dice invece.

«Bene? Bene, Matteo?» Sono basito. «Fossi stato Filippo, ok... ma da te mi aspettavo una risposta più cauta. Non ha nemmeno diciotto anni!»

«Leo, ti sta chiedendo di andare in Grecia, in vacanza, con le amiche, mica in guerra...»

«Ok, dài, lasciamo perdere, Matte', ci vediamo domani...»
Poi aggiungo: «Comunque anche Bea mi parlava di una cena, ma credo volesse organizzare qualcosa a base di sushi, proponeva di provare a prepararlo proprio noi».
«Ah, già! Vero, ne avevamo parlato! Ho anche comprato una guida dove spiegano i vari piatti, mi sa che il casino è cuocere bene il riso. Io ed Emanuela siamo sempre disponibili, fateci sapere!»
«Quando ci vediamo sentiamo Filippo e Bea e fissiamo una data.»
«L'ho sentito ieri, mi diceva di un nuovo grandissimo amore... Lo vedrò domenica perché c'è Roma-Milan, se vuoi passare... anche se tu il calcio lo segui poco...»
«Ah sì, mi accennava Bea del nuovo amore... io ancora non l'ho sentito. Mi ha cercato ieri ma era una giornataccia, poi lo richiamo. Ma li conosciamo gli amori di Filippo, no? Come che si chiamava l'ultima tipa? Di quella s'è disinnamorato nel momento esatto in cui lei ha fatto l'errore di mollare il fidanzato per dedicarsi solo a lui...»
«Ah! Ah! Sì, me la ricordo, Filippo l'ha presa come una mancanza di rispetto nei suoi confronti... Oddio, è davvero un mito! Comunque ok, a domani, perfetto, devi dirmi della biondina! Quella con lo sguardo di ghiaccio...» Ridacchia.
«Ah! ah! Giada. Vedremo...» rispondo ostentando disinteresse.
«Eddài, mica sono un estraneo! Fra uomini si fa!»
«Sì, eh? Si fa?» emetto un sospiro impercettibile, poi saluto: «Ciao, Matteo, buona serata...».
Faccio per posare il telefono nella borsa dei ferri, sopra un mucchietto di stracci ripiegati, ma squilla ancora. Stavolta è mio padre: lo richiamerò fra poco. Devo finire di stringere le fascette dei manicotti. E rimontare la scatola dei freni. Poi ho da fare la revisione all'impianto Gpl della Passat, che a quanto pare consuma troppo gas...

«Capo, posso farti una domanda?» mi chiede Riccardo mentre sono intento a stringere una vite.

«Certo» rispondo senza distogliere lo sguardo.

«Secondo te come si conquista una donna? Sono preso per una con cui esco, ma le girano intorno un sacco di ragazzi, alcuni molto... ehm, molto fighi... e lei è troppo bella...»

«"Molto fighi"? Perché, a te cosa manca?»

È un bel ragazzo, Riccardo. Ha diciotto anni, piuttosto alto, molto magro. Biondo, con gli occhi castani.

«No, nulla, ma sai... forse dovrei prenderla in un altro modo, ecco... Hai capito cosa intendo, no? Lei dice che vuole sentirsi capita, che vuole che un uomo la senta... E non so...»

Mi alzo e gli vado incontro, voglio che mi comprenda bene.

«Ma davvero credi che una donna si conquisti fra le lenzuola, nel letto... non so, magari facendo chissà quali numeri? No, dico, ma scherzi? Oh!» gli do una pacca fraterna sulla spalla, per scuoterlo. «Quello conta, sì, ma viene dopo, molto dopo, e in un modo completamente diverso da come te lo immagini.»

«E cosa viene *prima*?»

«Ascoltami... ascoltami bene! Se una donna non la senti col cuore, non la toccherai mai davvero in nessun altro modo. È questa la verità. Forse penserai di averla presa e fatta tua in tutte quelle ridicole posizioni che hai imparato da quei ridicoli film. Ma lei continuerà a sfuggirti, come in quegli incubi in cui tenti di fare qualcosa di apparentemente facile, tipo alzarti o camminare, ma proprio non ci riesci. E ricorda, non esistono donne facili o etichettabili in un modo tanto banale. Banale è solo il cervello di chi non lo capisce. Perché ogni donna è speciale e complessa a modo suo; ogni donna, prima di tutto, merita di essere sentita col pensiero, di essere presa con lo sguardo, e di essere toccata col cuore.»

Riccardo mi fissa, so che ha capito, è un ragazzo sensibilissimo e, sono sicuro, è nella sua natura il rispetto delle donne, così come il rifiuto per certe stupidaggini maschiliste dure a morire. Ma a volte, ha ragione Laura, la società ci spinge a essere quello che non siamo: un ragazzo che cresce in periferia subisce così tante pressioni che può ritrovarsi a fare ragionamenti che non sono per niente vicini al suo cuore e alla sua storia. Ecco perché vanno seguiti, gli adolescenti, per non farli perdere. Perché non scivolino nella mediocrità più di quanto già li spinge la società.

«Grazie, capo...»

Fa per tornare al suo lavoro ma lo trattengo ancora un attimo.

«Ascolta, Riccardo, con una donna puoi farci del sesso. O l'amore. Dipende da come vanno le cose. Ma per prima cosa, in ogni caso, devi corteggiarla. Aprirle la porta. Accarezzarle il viso. Baciarla. E farla sentire la principessa che è. Sarà questa la differenza, soprattutto per te, e ti tornerà utile nei momenti in cui avrai bisogno di guardarti dentro e fare i conti con te stesso, con la tua storia. Sei una persona sensibilissima, e questo ti si ritorcerà contro, a volte, nella vita. Ma resta sempre quello che sei! La bellezza che hai dentro, alla fine, ti salverà, quella è la tua chance! Ok?» e gli sorrido.

«Sarà fatto, capo» sorride anche lui. E aggiunge: «Tua figlia deve sentirsi fortunata ad avere un padre come te, uno con cui poter parlare di tutto».

"Magari fosse così..." penso, e mi limito a cambiare discorso: «Bene, ora torno a chiudere la Jeep, tu fammi il test di quella Smart, non capisco perché il cambio in modalità automatico stenta a funzionare».

«Ok, attacco il computer» dice, poi si rigira velocemente: «E grazie ancora... fica quella cosa del sentire una donna con lo sguardo!».

«Rivenditela» e gli faccio l'occhiolino.

Mi infilo di nuovo sotto la Jeep e, prima di rimettermi a stringere fascette e manicotti, richiamo mio padre.

«Ciao, papà.»

«Ciao, Leonardo, come va? Tutto bene?»

«Sì, papà, bene... Voi? Come procede la trasferta a Reggio?»

«Bello, con la mamma siamo andati a vedere i Bronzi. Adesso è tutta un'altra cosa con questo nuovo museo. E pensare che sono stati scoperti per caso da un sub mentre pescava, circa quarant'anni fa... ma ti rendi conto di quello che rappresentano?»

Lo interrompo: «Sì, conosco la storia del ritrovamento casuale nello Ionio...».

«Già, mi scordo sempre che ho un figlio che ama la cultura e la storia... e che la sa lunga su tante cose...» finge di sfottermi ma posso percepire il suo orgoglio autentico.

«Papà...» lo riprendo bonariamente.

«Ciao amore!» È la mamma che deve avergli rubato per un attimo il cellulare.

«Ciao, mamma!»

Sento la voce di mio padre che dice: «Ora ridammelo!», e lei che risponde: «E sì, sì, un attimo! Tieni!». Le stesse schermaglie da una vita.

«Ascolta.» È di nuovo mio padre. Ecco, quando esordisce così so che sarà una gran rottura di palle.

«Dimmi...»

«Ma quando ce la presenti una donna, a me e alla mamma? Sei bello, intelligente, guadagni bene... non ti manca nulla! Come mai non trovi qualcuno con cui stare?»

«Preferisco averne tante, cambiarle di continuo, more bionde, alte basse, così non mi annoio, lo sai...» lo provoco con malcelata rabbia, che è quella che provo ogni volta prima di liquidarlo bruscamente. «Da' un bacio alla mamma, adesso devo scappare...»

«Eh, sì sì, immagino...»

Silenzio.

«E per favore, su questioni importanti riguardanti Laura, come viaggi all'estero o altro, consultate me, tu e la mamma,

prima di darle manforte o offrirle una spalla... Sì, insomma, hai capito...»
«È giovane, è giusto che viaggi, che faccia esperienze... E che s'innamori...»
«Papà, ora che c'entra l'amore? Laura è innamorata? C'è qualcosa che sai e che dovrei sapere anch'io?»
«Bello mio, tutto quello che devi sapere è davanti ai tuoi occhi, dentro il tuo cuore...»
«Vabbe', ok, meglio se vado, devo finire una riparazione e ne ho in fila altre. Inoltre oggi Riccardo va via prima.»
«E poi devi rottamare la fidanzata della settimana... vero?» Non molla, eh!
«Esatto... esatto!» La seconda volta lo dico molto stizzito.
«Tu non sei così, figliolo, io sono tuo padre e so chi sei. So cosa ti ha spezzato il cuore...»
In sottofondo si sente mamma che bisbiglia a mio padre: «Lascialo stare, non ricominciare...», e lui che le fa: «Shh! So quello che dico!».
«Devo proprio scappare...»
«Va bene, va bene... ciao, Leo.»
Rimango qualche secondo in silenzio, dico «Ciao» e metto giù.
Resto immobile, con lo sguardo perso nel vuoto. Nessuno, nessuno sa essere banale come me di fronte alla banalità. Nessuno. E non è vero che è il male a essere così, per dirla con Hannah Arendt, no, siamo noi che gli permettiamo di esserlo. Il male non è mai banale, per quello che comporta. Per quello che viene dopo. Per chi rimane. Il male pesa, non è leggero. Le persone sono leggere, non il male.
Suona ancora il telefono, WhatsApp: sul gruppo del calcetto chiedono chi conferma la presenza per lunedì e mercoledì prossimo, dalle 20 alle 21. Io rispondo ok per entrambi i giorni. Ne ho davvero bisogno.

Chiusa l'officina, salgo su in casa. Anche Laura mi ha mandato un messaggio: cena da Camilla, rientrerà per mezzanotte o giù di lì.

Ti pare... e chi la ferma?

Io mangio un toast al volo, da solo, in piedi, davanti alla piccola penisola della cucina, poi decido di approfittarne per passare a salutare un'amica... e per buttare giù qualche drink... E chi mi ferma?

Rientro verso le tre di notte. La porta della camera di Laura è aperta. Mi piace tantissimo come ha deciso di arredarla, con mobili in stile veneziano, linee morbide, color avorio, leggermente consumato, liso dal tempo, delicate modanature in rilievo, rese più ricche dalla copertura in foglie d'oro. Formano una cornice, all'interno della quale s'intrecciano motivi floreali nei toni pastello del rosa, del celeste e del verde, dipinti a mano. Letto, armadio e comodini, tutto nello stesso stile. Ci teneva così tanto ad averli... e allora con qualche sacrificio li abbiamo presi da un antiquario del centro, a un prezzo onesto. A pagarli mi hanno aiutato i miei, ai quali sono piaciuti molto: amano così tanto Laura, la viziano, le danno amore e attenzioni senza riserve. Non è un gusto di quelli tipici di una ragazza di dodici anni – tanti ne aveva quando li ha chiesti – ma non è una novità: lei è un'artista, suona il pianoforte, scrive, legge e apprezza quadri, ascolta musica, ha l'arte e la classe nel cuore, come la madre – e io sono così orgoglioso di lei e di questa sua meravigliosa e rara sensibilità. Anche questo è amore, anche questa è poesia.

Entro prestando attenzione a non fare rumore. È lì che dorme, come un angelo. Mi fermo a osservarla, è la mia vita, chissà se lei lo sa, a volte temo di no, ed è colpa mia, a volte penso di non essere abbastanza.

Dal piccolo cubo bluetooth che le ha regalato Filippo, poggiato sull'altro lato del letto, suona a basso volume Tiziano

Ferro. È un cubo di plastica trasparente che s'illumina con un led blu e le disegna il profilo in penombra. *Voglio farti un regalo, qualcosa di dolce, qualcosa di raro, di quelli che apri e poi piangi... Nananà...*
Me la canto in testa mentre la guardo, la dedico a lei, al mio regalo più grande, amore di papà.

Le do un bacio sulla fronte, ma più che un bacio è una carezza con le labbra, la sfioro appena, per non svegliarla. Lascio andare la musica ed esco chiudendo la porta.

Ho bevuto parecchio, crollo vestito sul letto.
Andiamo a dormire soli, sì. Ma poi il pensiero corre lì, dove ci porta il cuore, lì dove, in fondo, soli, non siamo mai...

Alle 5 apro gli occhi. L'ho sognata. Era lei.
Eri tu, Angela...
Ti sogno spesso.
Nel sogno siamo in riva al mare, al tramonto, ci teniamo per mano, ci guardiamo negli occhi sorridendo. C'è il rumore dell'acqua. C'è una leggera brezza. Dopo un po' io mi alzo e mi siedo dietro di te, senza dire una parola, ti chiudo gli occhi con le mani e avvicino la bocca al tuo orecchio, ti abbraccio da dietro, ti sussurro: «Non finirà mai, io tornerò sempre a prenderti, non ti lascerò andare!». Tu non dici niente, inclini la testa verso di me, abbandonandoti con la schiena sul mio petto, è un segno di fiducia. Resti a occhi chiusi e sorridi con dolcezza. Ti senti protetta.
Ecco, Angela, non finirà mai, io tornerò sempre a prenderti...

Qualche volta abbiamo paura di guardarci negli occhi e chiederci come è successo, e quando. Perché un amore che ti fa perdere il controllo è un amore che ti fa trovare l'equilibrio nel modo più bello possibile, cadendo nel vuoto. Ché quasi sempre, chi ti fa toccare il fondo è anche l'unica persona in grado di farti volare. Qualche volta ci perdiamo per non lasciarci andare, ci lasciamo per non andare in mille pezzi. Ma poi ci ritroviamo nei pensieri, e nei sogni, perché non è possibile non volerci più. Ti ho tenuta nel mio cuore, riparata da ogni cosa, protetta da tutto. Tu sei lì, in quell'angolo di felicità, in quello spazio incontaminato speciale e diverso dal resto. Perché non c'è nulla di più prezioso di quello che teniamo solo per noi, che manteniamo segreto, niente è più importante di quello che custodiamo gelosamente nei nostri pensieri. Certe cose le facciamo in silenzio, in quel piccolo retroscena del nostro cuore: condividerle significherebbe un po' vanificarle, renderle banali, metterle a disposizione di chiunque, invece quei tratti della nostra storia sono solo per noi, ce ne occupiamo ogni giorno senza sbandierarlo. Anche perché nessuno capirebbe tanto amore per qualcosa che ti ha ucciso, nessuno saprebbe toccare quelle emozioni con la delicatezza che meritano e senza giudicarle. Verrebbe facile a chiunque dire: "Ma come? Tutta questa importanza a una che ti ha lasciato?". Sarebbe troppo difficile comprendere la nostra risposta: "No, sbagli... lei non si è mai mossa nemmeno per un attimo dal mio cuore".

Giorno 1896

Mi trovo sempre nell'oceano Pacifico, ho navigato a lungo, forse per anni, al largo della California, poi il Canada, l'Alaska, il Giappone, l'Australia. Ora sono quasi al punto di partenza, navigo verso Latitudine 32.347482 / Longitudine -117.358704. Di fronte ho il Messico. Vedo Tijuana. Il mare è calmo, e il viaggio sarà ancora tanto lungo...

4
E io volevo solo essere l'unica, l'unica nel tuo cuore

Diario di Laura
18 luglio 2016
Ore 3.50

Quando penso a noi due insieme, immagino piccole meraviglie come abbracciarci quando uno dei due ha paura. Cose così...
Zagal

Io amo quest'uomo, ahhh! <3

Marco non si è fatto sentire, aspettavo un suo messaggio, me lo aveva promesso, bastava anche "Ciao, ti penso, 'notte...", qualcosa del genere.
Va a fasi alterne, c'è e non c'è, mi cerca e poi sparisce. O mi tieni o mi lasci: niente cose a metà! Se non credi in quello che dici, non lo dire. Se non puoi mantenere, non promettere. Se non sai toccare un cuore senza ferirlo, non toccarlo.
Ultimamente non ha mai tempo... e se non hai mai tempo per me, significa due cose: o che il tuo tempo lo stai dedicando alle cose sbagliate e non a quelle importanti; o che io non rientro fra le cose importanti. In entrambi i casi non siamo compatibili. Poi, quando usciamo, invece di ascoltare quello che gli dico o di baciarmi, è sempre lì con gli occhi su quel cavolo di telefono. «Se è con te e guarda sempre il cellulare... non sta con te!» mi ha detto Cami. Eh...

Ho il sospetto che se la faccia con quella stronza che lavora con lui al pub. Su Facebook ho letto uno scambio di commenti sotto a una sua foto dove fa il figo a torso nudo. A me non scrive ma per lei il tempo di rispondere e replicare con tutti quei complimenti e cuoricini lo trova... Poi sono andata a dare un'occhiata al profilo di lei... e, come immaginavo, la cosa non era finita lì! Sotto tutte le sue foto c'è un like di Marco e spesso pure un commento! Mentre leggevo e guardavo, scorrendo il diario all'indietro, avevo il fegato in subbuglio, mi bruciava lo stomaco e mi veniva da vomitare. Ho pianto troppo, era un mix di rabbia e tristezza, la gelosia e l'insicurezza mi corrodono... Ma non ce l'ho con lei, lei non c'entra, è lui che non dovrebbe permetterlo! Io sono gelosa perché lo amo, ma lui non mi protegge, non mi vuole davvero! Tanto già lo so che se glielo facessi notare, mi direbbe che sono paranoica, che vedo marcio dappertutto, che non c'è niente di male nello scherzare con un'altra o mettere dei cuoricini qui e là su un social network. Mi direbbe quelle cazzate che dice sempre quando glielo faccio notare... che quella non è la realtà ma finzione, che sono solo like, ma non è vero! Infatti chissà dove ci siamo conosciuti io e lui...

Io mi fido solo di quello che il mio cuore sente prima del mio cervello. Non sono scema, sono piccola rispetto a lui, ho diciassette anni, certo, ma non sono scema! Non può trattarmi come una bambina! Come una pezza da piedi! Ne ho parlato anche con Camilla, mi ha scritto: "Sei gelosa perché sei vera, perché sei fragile, perché ci metti il cuore! E se lui non lo capisce, non lo merita tutto questo amore...". Quanto mi fa stare bene lei, mi capisce, sente quello che provo, non potrei mai farne a meno.

Ieri sull'onda emotiva ho scritto un post sul mio blog di Tumblr:

> Penso al concetto di gelosia. Penso a quel vuoto che ti prende dentro, colmato da acido e rabbia. Misto a

insicurezza. Misto all'idea, ingannevole, di possesso. Misto al bisogno di competizione, all'illusione di controllare, misto all'istinto di ripicca, di rivalsa, di contrasto. Penso al contorcersi, alla gastrite, al non dire, al pretendere, al chiedersi, all'immaginarsi, al fantasticare, all'ingannare. All'ingannarsi. Penso alla nebbia negli occhi, alla ragione che sfugge, all'istinto che prevale, all'impulso nel sangue, che scorre bollente nelle vene, che arriva al cervello. Penso al non capirsi, al dialogo impossibile, all'egoismo, al trabocchetto, ai dettagli travisati, alle parole inventate. Alle prove e alle controprove, mai provate. Alla rivale sempre troppo bella, o troppo brava, o troppo ricca. O troppo magra. O troppo colta. Penso che tutto questo, a diciotto anni, possa tranquillamente essere ordinaria amministrazione. Ma poi, da una certa età in su, credo dovrebbe essere diverso. Il che non significa che la gelosia a una certa età sia più consentita, anzi. La trovo naturale. Solo, dovrebbero cambiare le modalità. Il modo di comunicarlo, le ragioni che la scatenano. Dovrebbero cambiare le priorità, gli obiettivi, gli alibi, il gioco, la logica. Gli schemi, i fattori. Quindi, un termine buono è: *maturità*.

Nella valutazione delle situazioni. La maturità nel comportamento. Nel porsi. Nel dire no. Nel dire sì. Nel dissipare i dubbi. Nel non farli nascere. Nell'evitare mediocri basse gratuite speculazioni emotive.

Penso al concetto di equità, al do ut des, al fatto che se non ci si sente presi in giro, certi sentimenti si esternano più volentieri, con più tranquillità. Che alcuni piccoli sforzi va bene farli per primi, ma non da soli. Che va bene fare il primo passo, ma non i primi duecento. Che dare senza ricevere mai, fa un po' irritare. Un termine (di moda): *parità*.

Penso all'attitudine che abbiamo (dovremmo avere) di non fare agli altri quello che non vorremmo fosse fatto

a noi. Di non dire agli altri quel che non vorremmo fosse detto a noi. Di riconoscere, senza tanti giri di parole, il senso autentico delle cose, per quel che in cuor nostro sappiamo essere. Evitando furbizie dialettiche, reticenze, ritardi, o quant'altro. Il termine buono è: *onestà intellettuale*.
Penso all'empatia, alla capacità che abbiamo di metterci nei panni dell'altro. Di comprenderne le motivazioni, le ansie, le gioie. Le paure, il dolore. Penso alla capacità di piangere e ridere con gli altri. Negli altri. Per gli altri. Un termine buono è: *sensibilità*.
Penso all'idea di non puntare il dito. Ricordandoci che in fondo siamo i primi a sbagliare, i primi a essere opportunisti, i primi a collezionare errori, uno dopo l'altro, e a pensare ai nostri interessi. Siamo i primi a essere un po' puliti e un po' sporchi. Un po' bravi e un po' cattivi. Un po' chiari e un po' scuri. Il termine: *tolleranza*.
Penso alla facoltà di comprendere il peso delle cose, il grado di importanza, il senso della situazione, l'insieme degli elementi. Penso a saper guardare una fotografia senza fissarsi su un solo, inutile, dettaglio. Penso alla facoltà di assumere una scala di valori che renda tutto relativo, come è giusto che sia. C'è un verbo: *cogliere*.
Penso a dei violini, alla musica, a un concerto, allo sfiorarsi. Penso al profumo del fiammifero appena acceso, o del cornetto appena sfornato, o del popcorn appena scoppiato. Penso al sentire. Al sentirsi. Penso al concetto di sognare. Ai colori. Alla leggerezza. Penso al concetto di volare. Di volere. Di correre. Di bere vita. Vita. Di esserci. Di esserci. Di esserci. Penso all'amore. C'è un verbo: *amare*.
Penso che basterebbe poco.
C'è un verbo: *provare*.

«Questo post lo rileggerei milioni di volte» mi ha detto Cami dopo averlo letto. L'ha riportato sulla sua bacheca. «È esattamente quello che penso! Ti giuro che me lo stampo e lo appendo in camera!» ha aggiunto. «Mi fa venire i brividi!»

Perché non ci proviamo? Perché non troviamo il coraggio di provarci davvero?

Devo dare una risposta alle mie amiche sulla casa di Mykonos ma credo che mio padre non mi lascerà partire.
Domani andrò al concerto dei Thegiornalisti con zia Bea. Lei è una delle poche persone che mi capisce, con lei parlo tantissimo, di lei mi fido. Gli amici di papà sono la sua parte migliore. La mia famiglia.

Camilla sta uscendo con un ragazzo che ha un amico figo che è all'università con lei, ha visto le mie foto su Instagram e vorrebbe conoscermi. Anche io lo trovo interessante, non è niente male. Cami vuole che io dimentichi Marco, che lo lasci perdere, dice che uno stronzo così finirà per massacrarmi il cuore, per farmi in mille pezzi.
Le persone ci deludono di continuo. Ci tradiscono, ci ingannano. Riempire il nostro cuore di odio sarebbe il miglior modo per dar loro ragione e permettere che esse siano sempre con noi, intossicando di continuo i nostri sogni. Ecco perché bisogna sorridere, e poi lasciarle andare, farle scorrere via...
Forse ha ragione, però non mi va di uscire con altri, mi sento legata a Marco, che cazzo, penso a lui di continuo, anche se lui è così, anche se lui, a quanto pare, a me non pensa mai...

Anche questa sera ho scritto un post sul mio blog, poi l'ho riportato anche sul mio Face, mi auguro lo legga:

> Lui era convinto di essere furbo, la tradiva e recitava la parte del fidanzato perfetto. Lei era convinta che lui fosse il suo eroe, e non lo avrebbe mai ingannato. Oggi lui recita ancora la parte dell'ingannatore, da solo, davanti allo specchio. Lei ha trovato qualcuno che sappia apprezzarla per il diamante che è, e non ha mai ingannato nessuno...

E io volevo solo essere l'unica, l'unica nel tuo cuore. Volevo che ti accorgessi di me, e che iniziassi a guardarmi in un modo diverso, non come guardi tutte. Io volevo che mi guardassi in un modo speciale, con quello sguardo che quando te lo senti addosso ti spoglia di tutte le insicurezze, e ti fa sentire al sicuro, quello sguardo che ti rende bella, e ti fa spuntare il sorriso. Quello sguardo che ti fa essere felice.

Solo questo volevo essere, un po' felice.

A volte ho voglia di piangere per quella rabbia tipica di quelli che mettono il cuore in tutto ciò che fanno. Ma poi passa, sì, poi passa...

Mi faccio un selfie da figa e lo sparo su Instagram. Poi uno da cretina in pigiama con la linguaccia e lo mando su Snap a Cami.

Suona Tiziano con *Sere nere*, e scrivo ancora sul mio blog:

> Buonanotte a te che non dormi e pensi a lui, anche se non ti ha chiamata. Nemmeno un messaggio. E quanto lo hai aspettato, quanto ne avevi bisogno...
> Ma tutto questo non cambia quello che hai dentro. Tu pensi a lui perché è l'unico modo per seguire la direzione del tuo cuore, il verso delle tue emozioni più profonde. Pensi a lui perché forzarti a non farlo ti farebbe stare

peggio. Seguire il nostro cuore è il modo migliore di curare le ferite dell'anima, è il modo migliore di vivere. Buonanotte a te che volevi solo rannicchiarti ginocchia al petto dentro il suo abbraccio e sentirti dire "andrà tutto bene". Buonanotte, andrà tutto bene...

Cose così.
Va Izi, con *Casa*.

Laura

5
Lei era già la mia casa

3 marzo 1997

«Ohi, scusami, è tuo il braccialetto?» e allungo verso di lei la mano mostrandolo. È uno di quei braccialetti porta fortuna colorati, di filo, quelli che quando si spezzano devi esprimere un desiderio.

«Sì! Grazieee!» Corre verso di me come una bambina piena di gioia. Ha un maglione bianco di lana grossa, credo di cashmere, morbido ma stretto, si capisce bene la forma del seno abbondante. Al collo una pashmina turchese, i jeans scendono su un paio di Reebok bianche e blu.

Mora, di statura media, un metro e settanta circa, capelli leggermente mossi e molto lunghi, gli occhi neri, nerissimi, e grandi, con un leggero strabismo di Venere che le dona uno sguardo che dovrebbe essere considerato illegale, non utilizzabile contro il genere maschile. Non si gioca ad armi impari, non è giusto... non si fa!

La carnagione è scura e dorata, le labbra rosa formano il disegno di un cuore un po' allargato, delizioso e delicato, il naso un po' aquilino le conferisce forza e personalità, e quel profumo... il profumo di buono. Il profumo di casa. Il profumo che sa di vita. Quello che ti entra dentro e non esce più.

Angela era già nelle mie ossa, in ogni centimetro del mio corpo e della mia anima. Lei era già la mia casa. Da subito. Dal primo momento. E se chiudo gli occhi, sento ancora quella fragranza. Se chiudo gli occhi, sento ancora la stessa magia.

Ci troviamo nel parcheggio davanti alla Sapienza. Io ho appena chiuso il lucchetto della catena della mia Vespa. Lei è scesa da uno scooter guidato da una sua amica.

«Di niente, l'ho visto per terra, vicino al motorino, ehm, e allora, ecco...» mentre parlo la guardo e mi ripeto: "Dio, quanto sei bella!".

Lei deve aver percepito il mio impaccio, anche perché non riesco a tirar fuori una frase di senso compiuto senza balbettare... Nel frattempo non faccio altro che sbirciare nello specchietto della Vespa, per capire come sto, come stanno i capelli, e se sono abbastanza figo. Mi maledico per non aver impiegato più tempo a casa davanti allo specchio, a prepararmi, ma ero in ritardo come tutte le mattine: ho i capelli incasinati, piuttosto lunghi, mi cadono sugli occhi, li porto dietro le orecchie.

«Figurati! Per così poco...» ripeto e le sorrido.

«Mi hai fatto proprio un bel regalo, non sai quanto ci tengo!» dice sorridendomi, poi, guardandomi negli occhi, mi fa: «Io sono Angela, piacere...», e mi tende la mano con stile e gentilezza.

«Io... Leonardo, piacere mio» e restituisco il sorriso. «Si è solo sciolto...» indico il braccialetto, «il nodo, intendo, si è solo sciolto il nodo, non si è rotto il braccialetto... quindi non puoi esprimerlo, il desiderio, giusto?»

«Giusto. Ma forse dovremmo esprimerne di continuo, di desideri, non trovi? Se li disegniamo nella nostra testa e poi nel nostro cuore, sappiamo che forma hanno, riusciamo a renderli veri...» Parlando sorride e scende e sale più volte sulla punta dei piedi, quasi a cercare di continuo uno slancio per toccare il cielo. O per spiccare il volo.

«Hai proprio ragione... Esprimere desideri di continuo, disegnarli, dar loro una forma, renderli veri... Bellissima teoria!»

«Sei di Filosofia?»

Le vocali sono aperte e l'accento, anche se non troppo marcato, è inequivocabile.

«Ehm... no, Lettere...» dico ancora un pochino impacciato.
«Tu? Di Filosofia... immagino?»
«Sì.»
«Hai un accento meravigliosamente siciliano o sbaglio?»
«Sì, e grazie per il "meravigliosamente".»
«Non ringraziarmi, era un atto dovuto all'umanità...» sorrido. «Sicilia dove?»
«Palermo.»
«Ma wow! Non ci sono mai stato, l'ho solo vista in foto e nei film... Sembra fantastica.»
«Lo è» e dopo qualche attimo incalza: «Senti, ti lascio il mio numero.» Lo scrive con un pennarello su un foglietto, e aggiunge: «Ora devo scappare, mi iniziano le lezioni e sono già in ritardissimo. Ma se ti va, non so... magari ci sentiamo...».
«Va bene, grazie, allora ti chiamo una sera. Compongo il tuo numero e disegno un desiderio, gli do una forma...» A quel punto sfodero un sorrisetto che qualcuno definirebbe "paraculo".
«Ok, ok... Impari presto, eh... Bene!» risponde con un controsorriso di difesa, ma che più che una difesa pare un attacco atomico!
«Quando sarai in casa?»
«Verso le sette dovresti trovarmi, se risponde Giulio, il padre della mia coinquilina che in questi giorni è in casa con noi, non farti intimorire dal timbro della voce. È mostruoso, ma non credo abbia mai ucciso nessuno. Non di recente, almeno...» Mi fa l'occhiolino e ride.
«Ahahaha! Ok, grazie per avermi avvertito!»
«Allora, ciao, a dopo!» e si gira per andare.
«Angela!» dico urlando un po'. Lei si è già allontanata circa un paio di metri. Allora si gira e torna verso di me. Quando siamo di nuovo vicini, la fisso in silenzio mentre lei mi guarda un po' confusa e incuriosita. Vorrei dirle così tante cose, fra le quali, la prima è che la trovo bella da impazzire, ma non riesco

a dirne nemmeno una, niente, silenzio totale. Sono paralizzato, imbarazzato, farfuglio qualche parola senza il minimo senso: «Ehm... Ecco... No, volevo dire... Ciao... Allora ciao...».

"Che cavolo fai, Leo? Ma porca miseria!"

Perché diventiamo così buffi quando ci piace qualcuno, quando la terra trema sotto i nostri piedi? Quando sentiamo lo stomaco che si rivolta per quella sensazione inequivocabile che ci avverte che sta per scatenarsi un terremoto nella nostra vita. E che sarà la cosa più bella del mondo...

«Allora ciao» risponde lei assecondandomi con dolcezza, con indulgenza, senza farmi pesare l'imbarazzo palese. E poi ancora quel sorriso, ancora quello sguardo... ma non avevamo detto che era illegale?

Infine si gira e se ne va.

E io resto lì, con il mio balbettio, una mano alzata che fa ciao, gli occhi da pesce lesso, il cuore in gola. Con delle prospettive improvvisamente incasinate. Con un futuro tutto da riscrivere. Con un solo nome nella testa: Angela.

6
Il cielo era impazzito

18 luglio 2016

C'è un momento in cui sei in bilico, in piedi su un muretto a strapiombo sul mare: è il tuo trampolino, guardi giù, sei quasi certo che l'acqua sia fredda e profonda, e fantastica, ma non lo sai finché non la provi, perché per saperlo devi buttarti, devi trovare il coraggio di rischiare, di sfidare il vento, di sentirlo in faccia, sai che per godere devi sbilanciarti, e che per sbilanciarti devi rinunciare al tuo equilibrio, sai che per urlare "Dio, che bello!" almeno una volta nella vita, devi staccare i piedi da terra e lasciarti andare nel vuoto.

Ho trentotto anni, ho avuto tantissime donne negli ultimi sedici, alcune incredibilmente belle e interessanti, ho trascorso centinaia di meravigliose serate con alcuni amici, e conquistato un sacco di vittorie memorabili a biliardino, nel torneo del quartiere... ma niente di tutto questo è stato un "Dio, che bello!". Il mio ultimo "Dio, che bello!" è stato uno sguardo, tanti anni fa, e dentro quello sguardo c'era tutto ciò di cui avevo bisogno, c'era tutta la mia vita, tutto il mio passato, tutto il mio futuro... Poi qualcosa è andato storto, si è rotto, non so come, ma è successo, un po' come quando si fulmina la lampadina e in una frazione di secondo ti ritrovi al buio, nero. Basta. Niente. Stop. Di quello sguardo mi rimane solo una parte, una frazione meravigliosa, un tesoro prezioso: mia figlia Laura. La mia piccola principessa. Ma io quello sguardo lo cerco ancora, negli occhi delle cassiere del supermercato, negli sguardi distratti dei passanti per strada, al bar, al cinema, alla posta, al lavoro. Lo cerco tutte le mattine nei miei occhi verdi davanti allo specchio, persi e disorientati. Lo cerco nello sguardo di chi inutilmente cerca il mio, fra le lenzuola, dissolto nelle gocce di sudore di un piacere leggero ed effimero, rapido e insignificante.

Mi viene in mente il wasabi... Pizzica tanto, ma se nella salsa di soia ne metti la dose giusta e giri, è delizioso, ti restituisce quel retrogusto di freschezza, di energia, di verità. Duro ma sincero. L'empatia del bruciore. L'equilibrio fra caldo e freddo. Un po' come vorrei che fosse la mia vita. Senza wasabi è tutta una glaciale, inconsistente deriva senza senso.

È da un pezzo che la mia vita è priva di wasabi, e ne incrocio tante non diverse dalla mia, o forse le attraggo... nemmeno una minima traccia verde, niente: che palle! Esistenze che archiviano altre esistenze, velocemente, come un hard disk, un cubo di plastica senza pathos. Se non stai attento, rischi di essere sciolto e diluito per sempre in questo liquido *dewasabizzato*, privo di emozioni a lungo raggio, quelle che non superano le ventiquattr'ore e producono sentimenti usa e getta. Quelle dimentiche di se stesse. È facile confondersi. Io mi confondo spesso, come quando cerco quello sguardo nello sguardo di chi cerca il mio e trova il vuoto, il mio vuoto, quello stesso vuoto per il quale non ho più provato il desidero di lasciarmi andare, quel vuoto che non rappresenta più una chance di volare, ma dal quale sono sopraffatto. Perché senza godimento non c'è spinta. Senza cielo non c'è volo. E senza te, Angela, non c'è più luce.

L'amore fa casino. E io odio il silenzio...

«Buonasera.»

Il tempo di dare una spinta piegando le gambe e scorrere fuori col carrellino da sotto l'auto dove mi trovavo, per cercare di capire se la marmitta sia mal ancorata, e vedo questa signora distinta, credo oltre i settanta, occhi color smeraldo, pieni di sfumature, pieni di significato. In testa ha un cappellino di velluto con il velo di tulle, ai piedi porta delle scarpette con il tacco basso, blu, in tinta con la gonna sotto le ginocchia, una camicia bianca con il colletto, perfettamente stirata. Sembra una reale inglese, una dama d'altri tempi, ha la pelle bianca e curata nonostante l'età, e lo sguardo benevolo e profondo, lo sguardo di chi sa molte cose ma non ostenta saggezza, di chi ha visto tanto ma ha ancora voglia di imparare.

Mi fissa con gentilezza e ripete con un tono dolce e pieno di grazia: «Buonasera!», sorridendomi.

«Salve, signora, come posso esserle utile?»

«Ecco, vede, dovrei sistemare le ruote della mia macchina...» Gesticola con compostezza cercando di farsi capire, ma sembra non aver troppo chiaro il problema.

«Cioè?»

«Il volante, ecco, lo sterzo, va tutto a destra.»

«Ah ok, ora capisco. Dovrebbe eseguire l'equilibratura e la convergenza...»

«Ah, caspita, mi scusi ma sa... Se ne è sempre occupato mio marito, ma ora che lui...»

«Capisco... capisco, signora. Solo che dovrebbe andare da un gommista, io non posso farlo...»

«Ma lei non ripara le automobili?»

«Sì, ma riparo solo alcune parti delle macchine, tutto quello che riguarda il motore, anche qualcosa dell'impianto elettrico, ma non le gomme, le ruote, lo sterzo» cerco di usare parole semplici per spiegarmi nel modo migliore. «Mi spiace.»

«Ma scherza, giovane ragazzo, sono io che mi scuso con lei per averle fatto perdere del tempo prezioso, perdoni la mia ignoranza e grazie per le spiegazioni. Cercherò un gommista. Ancora buona sera e buon lavoro.» Accenna un impercettibile inchino associato al solito composto e disarmante sorriso. Poi si gira e fa per avviarsi verso la sua Audi A3 bianca, molto vecchia: è un modello del 2002 che conosco bene, turbo quattro cilindri, ottima macchina. La sua è tenuta alla perfezione, senza un graffio, pulitissima, ha solo un piccolo bozzo piuttosto evidente sul paraurti posteriore.

Mi ha lasciato a bocca aperta. Ho molti clienti, più o meno educati, alcuni li considero pure amici, altri conoscenti, sono spesso cortesi, in altri casi meno, ma in tanti anni raramente ho provato questa sensazione di bellezza, questa voglia di restituire gentilezza e garbo.

«Senta, signora...» urlo un po' andandole incontro, «se mi dà qualche minuto finisco di stringere un paio di bulloni all'auto sulla quale stavo lavorando, do alcune istruzioni al mio aiutante e la accompagno da un gommista. È un amico, le faccio riservare un trattamento di favore, e soprattutto in questo modo è sicura che non la fregano...»

«Davvero, bel ragazzo?»

«Ma certo! Mi farebbe piacere e non mi costerebbe nulla, il gommista è qua vicino.» Allargo un po' le braccia, imbarazzato.

«Giovanotto, il cielo si ricorderà di questo suo gesto d'amore...»

«Ecco, signora, non è nulla, davvero. Lo faccio con piacere. Ma questo non lo so...» piego un po' la bocca e chiudo leggermente l'occhio sinistro, e dopo pochi secondi di silenzi e sguardi, ripeto «Non lo so se il cielo si ricorderà...» e indico il cielo con l'indice.

«Si fidi di me...» e mi sorride ancora con lo sguardo di chi sa ciò che dice.

Dopo pochi minuti, salgo nel mio Suv e faccio cenno alla signora di seguirmi.

Arrivati da Armando, il mio amico gommista, gli spiego tutto, gli dico che è una mia parente, una piccola bugia per essere certo che la tratti bene, e all'orecchio lo prego di fare un buon lavoro e di non chiederle soldi, che poi me ne occuperò io. Quindi saluto la signora, dandole la mano e accennando un inchino.

«Arrivederci, e stia tranquilla, Armando farà un ottimo lavoro. Buone cose!»

«Giovanotto, grazie, grazie!» Ha gli occhi pieni di felicità e un po' lucidi, assurdo. Poi con tono affettuoso mi dice: «Io mi chiamo Lucia...». E mi porge la mano come a presentarsi, ma avvolgendo la mia con amore e con entrambe le sue.

«Lucia...?» Sono disc rientato. È come un déjà-vu ma dura pochissimi attimi. «Io Leonardo, mi chiamo Leonardo...» e me ne sto lì con la mia mano amorevolmente avvolta tra le sue, morbide e delicate.

«Ti diranno che non è vero, che nessuno può toccarlo, e tu fa' sì con la testa mentre nascondi nel cuore il tuo pezzo di cielo» mi dice, così, come se ci conoscessimo da una vita e avesse potuto leggere nei miei occhi o nel mio cuore lo smarrimento e il bisogno di risposte, di conferme.

«Ecco, io...»

Ma prima che io riesca a formulare una qualche risposta, lei aggiunge: «Fra alcuni giorni tonerò dove sono nata, è lì che trascorrerò la mia vecchiaia, è lì che finirò i miei giorni. Ora che non c'è più mio marito, Roma non è più il mio posto. Perché, sai, il nostro posto, quello "giusto" per ognuno di noi, è quello in cui il nostro cuore si sente a casa, leggero, libero...» I suoi occhi si bagnano leggermente, ma sulle sue labbra non si spegne affatto quel meraviglioso sorriso. Eccola, la poesia, eccola qua...

Quello che ammiro in certe donne è quella forza assurda che hanno di sorridere nonostante il dolore che le devasta. Mi sa di bellezza, di classe. Ha il sapore della dignità. Negli occhi di una donna che ha sofferto puoi trovarci tutto quello che ti serve per imparare ad amare, lo diceva sempre mia nonna, e aveva ragione, tanta ragione, cavolo.

«Ecco» continua, «io andrò a occuparmi di qualcosa che mi appartiene, che mi fa sentire leggera e libera, che mi fa sentire a casa. Sono anziana, ho perso tanto, forse troppo, ma ho ancora voglia di rincorrere i miei sogni e le mie passioni, ho ancora tanto amore nel cuore... E tu?»

Dal sorriso che segue immagino che la domanda fosse retorica. Provo comunque a rispondere: «Io, ecco, io non lo so, Lucia...» Ho gli occhi lucidi e sono ghiacciato.

«Anche tu, anche tu hai voglia di rincorrere i tuoi sogni, di assecondare il tuo cuore, giovanotto, te lo leggo dentro... Non fermarti! Non fermarti!» e mi scruta con compostezza, a quanto pare anche in me c'è qualcosa da imparare... Poi prosegue: «Ti auguro il meglio, dolcissimo Leonardo, e ricorda: un gesto d'amore è un seme che prima o poi, da qualche parte nell'universo, farà nascere un fiore. Quello sarà il tuo fiore. Devi solo avere pazienza. Devi solo saperlo vedere.» Porta l'indice vicino agli occhi e lo sposta lentamente avanti e indietro, poi sorride ancora dolce, ripetendo con un filo di voce «il tuo fiore» e diventando per un attimo seria.

Io non riesco ad aggiungere nulla. La saluto con rispetto, ringraziandola ancora, accennando un inchino. Poi mi giro e vado. Quasi correndo. Quasi scappando.

Più tardi, a casa, ripenso molto a Lucia, al cielo, e a quel fiore.

Mi scatto una foto col telefono e la posto su Facebook. Ci sono certe sere, tipo questa sera... in cui vorrei sentirmi bello, vorrei che qualcuno me lo dicesse, che qualcuno lo confermasse, forse perché qualche volta abbiamo l'impressione di poter colmare i nostri vuoti mettendoci dentro roba che invece ne genera altro di vuoto. Forse alla fine sono questo i nostri selfie: vuoti che generano vuoti. Ci sono certe sere, tipo questa sera... in cui abbiamo bisogno di un abbraccio. Di una mano che ci accarezzi. A volte abbiamo bisogno solo di qualcuno che ci dica che andiamo bene così, anche con i nostri vuoti...

Dopo cena devo vedere Matteo, per la birra programmata, e su la maschera, di nuovo! Ricomincia la recita. Leonardo il figo, quello che si diverte, quello pieno di donne. Laura invece non esce, strano...
Avevo chiesto a Matteo di vederci più tardi per poter cenare con lei, ma lei ha preferito stare per i fatti suoi, si è chiusa in camera dicendo che non ha fame. È come se vivessimo in due case diverse.

Mi rilasso qualche minuto sul divano, osservandolo. È rosa antico, di stoffa spessa, di quelli con la chaise-longue per stendere anche le gambe. È comodo. Fumo una sigaretta e appoggio la testa all'indietro, sul cuscinone. Il nostro salone è semplice, ampio, quasi completamente bianco, pochi quadri, un grande tavolo di legno al centro con dei faretti appesi a un filo che scende dal soffitto. Ci sono molti oggetti sulla gigantesca libreria che occupa tutta un'intera parete, oltre ai libri e alle riviste. La chitarra in un angolo. Quattro pouf rossi di quelli pieni di sabbia, qui e là. La tv. La PlayStation. Lo stereo, uno dei cinque disseminati per la casa: alcuni sono solo altoparlanti a cui è possibile collegare iPod o telefono, ne abbiamo uno in ogni stanza. Laura, come me, ama la musica in modo quasi maniacale. Poi c'è un arco ampio quasi come tutta la parete, che divide il salone dalla cucina. Sullo stesso piano ci sono anche la stanza di Laura e la mia, unite da un corridoio, ognuna con il proprio bagno. E poi il ripostiglio, la dispensa dietro la cucina, e la veranda. Sopra abbiamo la stanza per gli ospiti, un altro bagno e il mio studio, quello dove a volte leggo, ascolto musica, o faccio altro... Lì ci sono tanti altri libri. E una bella poltrona di pelle.

Verso le 22 sono pronto, prima di uscire urlo: «Laura, io vado! Farò tardi...». Come sempre ha la porta chiusa e la musica accesa, questa volta suonano gli Afterhours con *Dentro Marylin*, gran bel pezzo.

Mi avvicino un po' e urlo ancora: «Laura, io sto uscendo, vedo Matteo!».

Abbassa il volume e risponde: «Ok, ciao papà, buona serata! Saluta Matteo! Tanto lo vediamo a cena la prossima settimana.»

«Grazie! Chiuditi dentro!»

«Ok, ciaooo!»

Suona molto come un "ma quando cavolo te ne vai?".

Poi ci ripenso e dico: «Ah, Matteo ti ha scritto della cena? Me lo aveva accennato, ci saranno anche Filippo e Bea. Sarà divertente!».

«Sì sì, lo so...»

«Comunque, piccola, farò tardi, qualunque cosa mi chiami o mi scrivi su WhatsApp!»

Nessuna risposta. Non riesco nemmeno a finire di pronunciare la parola "WhatsApp" che alza il volume. Cioè: la conversazione è finita.

Matteo è un amico storico, siamo cresciuti insieme, stessa età, stesse scuole, la sua casa di infanzia era nella stessa via della mia, avevamo cinque anni la prima volta che ci siamo sfidati alla lotta nel parco giochi del nostro quartiere. Vinsi io, già più alto e più atletico. Il giorno dopo mi aiutò a restare concentrato durante una partita di calcio due contro due, nello stesso parco, eravamo in coppia, lui dietro io davanti, mi ero perso d'animo, non riuscivo a sfondare la difesa avversaria in nessun modo, stavo per mollare psicologicamente, ma lui mi spinse a mantenere la calma, a ragionare, cercando una strategia. Quelli che sarebbero stati poi i nostri rispettivi ruoli nella vita: io ero e rimango quello irruento, con qualche forma di genialità, lui era ed è quello bravo a ricomporre la situazione. Io mi perdevo. Lui ritrovava la strada...

Io e Matteo abbiamo avuto sempre vite molto diverse, dettate da temperamenti e caratteri diversi. Lui è calmo, pacato, rispettoso delle regole, in più non ha mai avuto particolari grilli per la testa in fatto di donne o "divertimenti", è insieme alla stessa ragazza, Emanuela, da molti anni, e sono sposati da cinque. A lui è sufficiente ascoltare i nostri racconti, quelli degli amici, per svagarsi un po'. Tutte le volte interviene con le sue considerazioni moderate, rispettose, quasi sempre caute e intelligenti, ma chirurgiche e molto profonde, come se avesse avuto chissà quante o quali esperienze. Spesso dà consigli, ma prima di darli premette sempre cose tipo "oh, non voglio permettermi di giudicare quello che non conosco bene, ma...". E non è mai invadente o eccessivo nel domandare. Quando ascolta Filippo, quel pazzo scatenato, si barrica dietro un'espressione fra il divertito e lo scandalizzato, da un lato s'imbarazza, dall'altro è sopraffatto dalla curiosità. Ma ci conosciamo tutti da così tanto tempo che l'affetto ha avuto la meglio su qualunque pregiudizio o differenza. E questa no, non è mica cosa da poco.

Mi sono però sempre chiesto fino a che punto, in Matteo, quella linea di apparente innocua curiosità non sconfinasse in un terreno di moderata e repressa frustrazione, ma è una domanda a cui mi è sembrato sempre poco rispettoso tentare di dare una risposta. In fondo è la sua vita, lui è un mio amico, e ha senso aprire un discorso tanto delicato, su un terreno così minato, solo nel caso sia lui stesso a darmi il La. E poi, c'è anche da dire che ascoltare Filippo mentre racconta le sue strampalate esperienze divertirebbe e incuriosirebbe chiunque.

Comunque, nonostante le nostre vite siano tanto distanti, nello stesso tempo, paradossalmente, abbiamo sempre condiviso alcune fondamentali passioni e inclinazioni, come quella per le auto, per l'arte e per le materie umanistiche in genere. Avevamo iniziato a frequentare l'università insieme, la facoltà di Lettere, lui fu il primo dei miei amici a conoscere Angela, il primo a capire che avevo perso la testa per lei, e il primo a essere informato quando scoprimmo di aspettare Laura... Avevamo lo stesso sogno, diventare professori di italiano. Lui l'università l'ha terminata, e oggi insegna in un liceo classico all'Eur, lo stesso dove insegna anche la moglie. Lo stesso dove, chissà, se le cose fossero andate in un altro modo, magari oggi avrei potuto insegnare anche io...

«La maggior parte della gente non sa distinguere, in chi ha davanti, la disponibilità dalla "coglionaggine".»
«Cioè?» chiede Matteo. Con l'aria un po' confusa, la frangetta, le lentiggini e la Lacoste rossa. Certe volte, osservandolo, fisicamente e nel look, sembra che per lui il tempo non passi. E non saprei dire se questo sia un complimento o un'offesa... ma credo entrambe.
«Cioè se ne approfitta, con prepotenza, definisce "perdente" chi ha modi gentili, chiama "sfigato" chi ti cerca senza strategie», Matteo mi segue senza parlare, «e per la stessa perversa e comica motivazione, è attratta da chi si mostra indifferente più che da chi si prodiga in attenzioni, per poi recitare tutto il giorno il ruolo della vittima sensibile in mezzo a un mondo di lupi. Un po' come chi si ficca in storie in cui, se va bene, già sa che gli sarà concesso il ruolo di terzo, quarto, quinto incomodo, e poi si lamenta di dare tanto e ricevere poco...» Butto giù un sorso di birra e proseguo: «Ecco, la nostra vita è quella che ci scegliamo, il mondo gira in base a come lo muoviamo. Sarebbe ora di iniziare a essere onesti, onesti con noi stessi».
«Hai ragione, ma com'è che oggi t'è preso questo slancio?»
«Mah, non so... Oggi ho incontrato una signora, era gentile, mi ha regalato il suo garbo, il suo rispetto, e un sorriso

dolcissimo... senza chiedere nulla in cambio... capisci? E io ho sentito il bisogno di restituire il gesto... Poi lei mi ha parlato... mi ha parlato...» e mi perdo nel vuoto, con gli occhi.

Matteo mi guarda sorridendo.

«Ti ha parlato e...?»

«... e niente, Matteo, mi ha lasciato una strana sensazione addosso...»

Poi decido che non è questa la serata in cui togliere la maschera e iniziare a piangere, e cambio tono, registro, discorso, mondo e universo. «L'ho vista ancora quella, oh! Giada, dico, la bionda. Dieci giorni fa, ma è stata l'ultima...»

«Ah, già! Giada! Perché? Com'è andata?»

«Mah... freddina.»

«Sicuro che non sia russa?»

«Certo che ne sono sicuro! E poi te l'ho detto come si chiama, ti sembra un nome russo? Ma che, non ti fidi di quello che ti dico?»

«Ok ok. E com'è?»

«Mah, che ti devo dire... Cioè... Lo ammetto, è di livello, e te ne accorgi subito, non è come tante altre, è aggressiva ma raffinata, particolare, a tratti è dolce, ma poco morbida, direi ruvida, pare una cosa invece è un'altra, molto "mascherata", e poi è meno decisa di quello che sembra. Fumosa, ecco, fumosa. Insomma, alla fine il risultato è sempre lo stesso, nessuna novità, la solita storia, sempre la stessa pappa, e dopo ti resta pure il retrogusto amaro, niente di che...»

«Possibile che avesse bisogno di più tempo? Tu non andavi di fretta, vero? Quelle complesse e strutturate sono così, devi andare a fondo per capirle...»

«Tutto è possibile, però boh, non credo, a un certo punto è proprio evaporata...»

«Ma hai detto che stavi bene, che ti ha fatto girare un po' la testa...»

«Sì, non lo nego, l'impatto, l'aspetto, il contatto, quel profumo inebriante, come posso dirti, tutto liscio... ma è durato poco, troppo poco. E poi, oh, lo stomaco sottosopra direi che ce lo possiamo evitare, no? A diciott'anni andava bene, ma adesso è diverso.»

«A volte sei ambiguo.»

«Come certe sensazioni, non trovi? Come quella che oggi mi ha lasciato l'anziana, elegante signora. Ti restano dentro e non riesci a dar loro un nome, un giorno ti sembrano una cosa, il giorno dopo ti sembrano altro, o magari non ti sembrano niente... però stanno lì, dentro di te, come in attesa di un senso, di un posto tra le tue cose, dietro l'angolo, in silenzio, in cerca di un nome, oppure, forse, se stanno lì è perché un nome già ce l'hanno...»

«Sì, credo d'aver capito cosa intendi.»

«Naaa, no che non hai capito. Ma è lo stesso.»

«Oh, non fare lo stronzo, Leo. Ma cos'hai stasera? Sei nervoso?»

«Sono solo molto stanco, e poi mi sono rotto il cazzo di parlare sempre di vodka... diventerai un alcolizzato!»

«Cosa? Quindi è della vodka che stavamo parlando?» dice con tono perplesso.

«Sì, Matteo, di che altro?»

«Pensavo stessimo parlando di Giada, la biondina glaciale...»

Io resto in silenzio per un po', un bel po', e penso che in fondo, no, è vero, non è il giorno giusto per togliere la maschera, per piangere, per smetterla di recitare la parte da figo, ok... Ma forse non è nemmeno quello giusto per essere un coglione che racconta agli amici i dettagli intimi delle proprie conquiste sessuali. Così lo fisso e rispondo serio: «No, non era di lei che stavamo parlando... ti va un'altra birra?».

Subito dopo mi giro e mi guardo intorno, osservo questo locale del centro, pieno di oggetti, libri, stampe alle pareti, faretti retrò, sedie di design in plastica trasparente e colorata, spine di birra artigianale per tutti i palati, banconi, sgabelli, schermi. Sguardi, mani che si agitano e cercano altre mani che si agitano. Persone, tante persone... Qui c'è tutto quello che deve esserci, ma io non vedo il mio fiore: dov'è il mio fiore? A che serve avere tutta questa gente intorno, se poi guardiamo dentro al nostro cuore e non ci troviamo nessuno?

«Leo...»
«Sì, dimmi»
«Posso farti una domanda che non ti ho mai fatto? Riguarda Angela...»
Eh...
«Certo...» tradisco un pizzico di nervosismo.
«Ecco, io lo so che il tuo cuore è ancora per lei, solo per lei, dopo tanti anni... ma, dimmi, cosa ti ha stregato di lei?»
Poso la birra sul tavolo e la fisso, la giro, prendo tempo, per non crollare, per non perdermi per sempre...
«Non lo so, Matteo, ora non so rispondere. Sarà la birra... ti spiace se andiamo?»
«Ma certo, si è fatto tardi, sì! Spero di non essere stato poco delicato...»
«Ma figurati, Matte', tu non sei mai poco delicato... mica ti chiami Filippo!» e rido facendogli l'occhiolino.
E ridiamo forte.
E siamo fuori dalla zona rossa.
E poi via.
Poi via...

Rientro in casa e salgo le scale, entro nel mio studio, mi siedo sulla poltrona di pelle, il mio posto preferito, e bevo un altro bicchiere. Non ho sonno, leggo qualche pagina dell'*Amore ai tempi del colera*, avrò iniziato almeno dieci libri nell'ultimo mese senza finirne uno, poi lo riposo sul tavolino che ho di fronte, accanto a *Bianca come il latte, rossa come il sangue* e a *Open*. E il pensiero va ad Angela, e al mio dolore che non passa: ha ragione Matteo, il mio cuore è solo per lei, come fosse imprigionato per l'eternità. Poi penso a Francesca, mi chiedo se anche lei non stia male ora, per colpa mia: sento che è così, certe cose le senti, le capisci, fingere di non vederle è solo un modo vigliacco di scappare, di non accettare che anche noi sappiamo ferire. E che la felicità degli altri è legata un po' alle nostre scelte...

Volevo chiederti scusa, volevo farlo con una lettera... ma poi, ecco, poi non lo so, non ti ho più scritto... perché lo sai, siamo così fragili, a volte, siamo così deboli... come quelle notti in cui non riesci a dormire perché senti che devi mettere a posto delle cose, ma non sai da dove iniziare né dove finirai, come questa notte, come adesso, che bevo questo rosso che mi fa piangere e mi fa ridere e mi fa tremare, e poi mi ritrovo qui appeso a un gesto che non ho compiuto, a parole che non ho detto, a cercare quei dettagli della mia vita a cui non ho dato importanza, a tornare in quei luoghi del mio passato dai quali invece non riesco a scappare, o da dove più probabilmente non mi sono mai mosso. Forse io e te non potevamo essere niente, o forse potevamo essere tutto, ma il fatto è che nel mio cuore non c'è posto per nessun'altra, oltre a lei, lei...

E con questa cosa devo farci i conti, questa cosa la devo tenere a mente tutte le volte in cui ne sfiorerò un altro, di cuore, pulito come il tuo, che non merita nemmeno una delle mie mancanze, nemmeno una delle mie incertezze. Nemmeno una delle mie lettere mai spedite. Nemmeno uno dei miei addii silenziosi.

Poso il bicchiere di vino per terra, accanto alla poltrona, sul parquet, e chiudo gli occhi.
Cosa mi ha stregato di Angela?

Lei ha quello sguardo che si posa sulla notte e fa nascere il sole. L'ho visto con i miei occhi. C'era il sole, e intorno la notte e le stelle e la luna sorprese dalla magia del suo sguardo. Piegate da un incantesimo di bellezza. Lei aveva guardato il cielo, e il cielo era impazzito.

Ecco, ecco cosa.

Giorno 2098

Galleggio nel Golfo del Messico da giorni, forse settimane. Latitudine 25.720735 / Longitudine -90.549316. Sono fra l'Avana e Cancún. L'acqua è più fredda del previsto, la corrente è forte.

7
Se ha voglia di te, non se ne va

Diario di Laura
18 luglio 2016
Ore 14.45

Marco non si fa vivo da tre giorni, nemmeno un messaggio. È quando arriva il momento di fare una scelta che capisci se era amore, quello vero, o solo parole senza senso dette dal solito furbetto che, di amore, conosce solo quello verso se stesso. Tutto prevedibile. Quando ci siamo conosciuti, per sua stessa ammissione frequentava un'altra, e l'ha tradita con me, come nulla fosse, come se baciare me o lei non facesse differenza, come se baciare qualcuno non sia la cosa più magica del mondo, come se un bacio non sia la dichiarazione d'amore più bella, come se io o lei fossimo solo oggetti del suo desiderio, intercambiabili in base al suo umore o ai suoi capricci. E ora lo sta facendo di nuovo, con un'altra, lo sento... Poi verrà un'altra e un'altra ancora. Mentre io sono qui che abbraccio il cuscino in silenzio, lo avvolgo, lo sfioro col viso, lo bagno un po', nel buio, e stringo i denti. E mi racconto che non è stata colpa mia, che sembrava quello giusto, che questa volta pareva davvero ne valesse la pena... E mi ripeto all'infinito che, se è amore, ti accende il sorriso, non te lo spegne.

Inseguiamo chi non ci degna di uno sguardo, chi non ci restituisce niente di quello che diamo. Inseguiamo chi non ci rispetta, chi non ci fa sentire speciali e uniche, forse proprio perché non ci sentiamo speciali e uniche... forse proprio perché non ci rispettiamo. Forse perché in questo modo possiamo giustificare il nostro vittimismo, forse perché in questo modo ci concediamo un alibi per rinunciare a essere felici, per rinunciare al nostro diritto di piacere e di godimento. Un po' un modo per trasferire ad altri le responsabilità degli insuccessi e della vigliaccheria, per dare un senso all'insoddisfazione che ci pervade. Per non dover fare i conti con quello che poteva essere e che non sarà. Con quello che poteva essere e non è stato.

Perché mi faccio questo? Perché sono attratta da ragazzi come Marco? Magari ha che fare con mio padre. Magari con la mia natura inquieta. O forse dipende dal non aver mai conosciuto mia madre. Magari è solo un modo per confermare ogni volta a me stessa di essere stata abbandonata, e ancora, e ancora. Abbandonando, abbandonandomi.

Ma io ho la mia musica, ho i miei sogni, io non soffrirò per tutta la vita. E ho le mie amiche... Poco fa Camilla mi ha scritto: "E poi senti nel cuore la necessità di qualcuno che ti capisca senza dire una parola, un'amica che sappia sentirti solo guardandoti negli occhi, in silenzio, ascoltando il rumore del tuo cuore... qualcuno come te...". Certe persone ti vogliono così bene che ti accarezzano solo pensandoti. È questo che fa di noi calamite di rarità, è il magnetismo dell'amore, riconoscersi come anime simili, la capacità di cercarci anche negli angoli dimenticati, lì dove si deposita solo terra, polvere e silenzio, lì dove, quando ti perdi, non ti trova mai nessuno...

Oggi Zagal scrive:

> Se ha voglia di te, non se ne va, non sparisce. Non credere a chi ti dice il contrario, sono solo parole. Chi ti ama ti vuole vicino, ha bisogno di stringere la tua mano, anche restando semplicemente lì, in silenzio. Ha bisogno di contare i battiti e i sospiri, per essere certo che non ne manchi nemmeno uno. Ha bisogno di raccogliere le tue paure e farle un po' sue. Per alleg-

gerirti il peso, per vederti sorridere, per guardarti dormire serena, mentre ti accarezza. Chi ti ama sente la necessità di coccolare la tua fragilità fino a trasformarla in un punto di forza, perché è proprio lì che vede bellezza, nelle imperfezioni che ti rendono speciale. Nelle mancanze che ti rendono affamata d'amore. Se davvero ti vuole, non te lo fa capire col silenzio o con l'assenza. Non sparisce. Naa... non crederci! Se ti vuole, ti cerca, ti aspetta sotto casa, ti corteggia, ti sorride. Si dichiara.
Ti bacia.
Ecco, se ti ama, se ha voglia di te, non se ne va...

Casca a pennello... non sbaglia un colpo, Zagal. C'è qualcuno che può dare torto a Zagal? Gli ho lasciato un commento: "Rapiscimi!". Non ha risposto. Niente da fare con Zagal.

Io invece sul mio blog ho scritto una cosa, forse un po' scema:

C'è un momento, un momento preciso dell'anno in cui esci di casa, di sera, inspiri, e senti che è arrivata l'estate. È un bel momento. A me fa sorridere. In quel preciso istante capisci anche quanto ogni cosa sia possibile. Basta avere voglia di sentirla nei polmoni, quella cosa. Basta crederci...

Quello che sogno è il mio viaggio in Grecia, spero che mio padre si sbrighi a darmi una risposta. Potrebbe essere la vacanza più bella della mia vita!

Ora scappo a prepararmi per il concerto, Bea passa a prendermi fra un'ora, questa sì che è una figata.

Metto a palla Izi ed Ensi con *Casa*.

A presto, diario.

Laura

8
Quanto sei bella!

6 marzo 1997

La sera l'ho chiamata, non ho fatto altro che pensare a lei tutto il giorno. Durante le ore di lezione c'era una voce di sottofondo, come un ronzio, era quella del professore che parlava della Letteratura francese dell'Ottocento: Flaubert, Baudelaire, Daudet, Dumas figlio, Zola... ma era solo un piccolo disturbo, nulla che potesse distogliermi da quella magia, perché poi c'ero io, in quell'aula universitaria, io staccato dal mondo, dall'universo, io con lo sguardo perso nel vuoto a pensare a quell'incontro, a quel profumo, a quello sguardo, a fantasticare su di lei, su quando l'avrei rivista, su quello che le avrei detto...

«Pronto.»
«Buonasera, sono Leonardo, cercavo Angela.»
«Ciao...»

È stato il "ciao" più bello che io abbia mai sentito, pieno di stile e poesia. Passiamo la vita a chiederci come sarà l'amore quando arriverà, cosa ci farà innamorare di lei, poi arriva un ciao e ti stende. E capisci che l'amore a volte è solo un gesto o una parola banale pronunciata da qualcuno capace di farla suonare in modo speciale nel tuo cuore. L'amore è millemila cose ogni volta diverse, quasi sempre piccole e insospettabili, in apparenza. Arriva e fa volare tutto. E se lo puoi definire, non è amore.

Non ha risposto una voce mostruosa, ha risposto lei, lei che era lì da almeno mezz'ora – mi confesserà poi – vicino al telefono a sperare che squillasse, ad aspettare la mia chiamata. Lei che per me era già tutto, anche se ancora non lo sapevo, anche se ancora non lo sapeva, o forse era chiaro dal primo secondo, ché certe cose si sentono subito nel cuore, ma a volte facciamo fatica a decodificarle, in mezzo a mille messaggi fasulli e incomprensibili che arrivano dall'esterno, in mezzo a quel rumore.

Lei per me era già tutto, e lo sarà per sempre. Perché l'amore è così. Infinito. Improvviso. Magico. Per sempre.

Parliamo ore. E così anche la sera successiva. Ci raccontiamo qualunque cosa. Io le dico dei miei genitori, di mio papà geometra, di mia mamma insegnante d'inglese. Lei mi dice dei genitori che vivono a Palermo, del padre che fa il notaio come il nonno e il bisnonno, della mamma biologa. Della loro casa enorme. È figlia unica, di famiglia ricchissima. Eppure non ha per niente l'aria della bimba che ha avuto sempre la pappa pronta, della viziata, non ha quella saccenteria tipica di chi ha le spalle coperte, di chi le ha avute sempre tutte vinte. Anzi, spesso sembra squisitamente insicura.

Parliamo dei nostri sogni, di quello che vorremmo per il futuro, degli amici. Delle passioni. Descriviamo il nostro carattere, o quello che pensiamo sia il nostro carattere. C'è la voglia di conoscersi, di condividere... con tutte quelle domande che magari dall'esterno potrebbero sembrare stupide e banali... ma che invece sono di una bellezza disarmante. *Qual è un tuo difetto? E un pregio? Il tuo colore preferito? E il piatto? Sei mai stata a Bologna? Cosa sogni? Ti piace il campeggio? Di cosa hai paura?*

Ore al telefono senza mai avvertire il desiderio di attaccare. Solo che le bollette sono salate e il conto arriva a casa dei miei che, da un lato, meravigliosi come sempre, capiscono, dall'altro, quello dei costi, meno...

È per questo che nel tempo libero ho deciso di dare lezioni private di chitarra. L'ho studiata seriamente fin da piccolo, per anni, con un maestro che veniva a casa. Ho stampato dei volantini e li ho appesi nelle bacheche delle facoltà, per mettere da parte qualche soldo e pesare meno sui miei che fanno già molti sacrifici per pagare le tasse universitarie, l'affitto e le spese dell'appartamento che mi hanno convinto a prendere per non farmi partire all'alba tutti i giorni da Ostia. Ho rinunciato alla macchina in cambio dell'appartamento, mi basta la Vespa, e poi per qualche necessità specifica, piccoli viaggi o altro, me la presteranno loro, la macchina.

Da quando Angela se ne è andata, da quel sabato di dicembre del 1998, io non ho più toccato una chitarra...

Un paio di giorni dopo, mi faccio forza e poco prima di attaccare decido di buttarmi.
«Domani vai in facoltà?»
«Sì...»
«Ci vediamo per un caffè? Prima di passare il resto della vita insieme vorrei sapere come prendi il caffè, non so, se ti piace macchiato, se lo preferisci amaro o metti lo zucchero e, nel caso, quanto...»
«Che scemo» dice con un tono divertito ma anche un po' imbarazzato.
«Guarda che non scherzo» rilancio con un tono divertito, ma anche un po' serio.
Qualche secondo di attesa.
«E se facessimo di sera?» mi chiede rompendo il silenzio. «La mattina è un casino perché sto con delle amiche a cui ho promesso di aiutarle a ripetere per un esame che hanno dopodomani. Mi sa che la cosa sarà lunga, e le promesse sono promesse...»

«Ma certo! Per me va bene» esclamo, poi aggiungo: «E le promesse sono promesse...».

«Già...»

«E dove facciamo?»

«Se ti va e non ti pesa, potremmo berci una birra dopo cena, vicino a dove vivo io, a Trastevere. Ma non posso fare tardi, il giorno dopo mi sveglio all'alba per ripetere un'ultima volta con la mia coinquilina, è una di quelle che deve fare l'esame...»

«Va bene, va bene! Quindi scoprirò come bevi la birra, se rossa, bionda o ambrata. Oppure guardandomi...»

«Sei tremendo!» Silenzio e poi: «Comunque vale lo stesso per me».

«Cavolo, non ci avevo pensato... verrò con gli occhiali da sole!»

Ride. «Io con una coperta in testa...»

Stavolta rido io. «Comunque... Dio, la amo Trastevere!»

«A chi lo dici...»

«Va bene per le nove e mezza?»

«Sì, Ok! C'è un pub in piazza Trilussa, si chiama Doc.»

«Ah, sì, certo, lo conosco»

«Bene! Allora a domani, Leo...»

«Allora a domani, Angela...»

Silenzio bello. Silenzio di eccitazione.

«Alle nove e mezza...»

«Alle nove e mezza...»

Il giorno dopo, già alle 5 del pomeriggio sono nel panico. Non posso fallire, è la mia occasione. Indosso i 501, a vita alta e consumati, le Dr. Martens nere con il filo giallo da cui non mi separo mai, la camicia felpata a quadri con le toppe sui gomiti, sbottonata, sopra una T-shirt nera scolorita, il giubbotto di pelle tagliato sotto e con la chiusura lampo sulle tasche. I capelli con una mezza riga da un lato ma tutti indietro, abbastanza lunghi.

Alle 7 sono pronto, due ore e mezzo prima. Mi preparo un panino con il prosciutto e la mozzarella, anche se ho lo stomaco chiuso e zero fame, due mozzichi e lo butto. Inserisco una cassetta nello stereo, una compilation degli Smiths e dei Joy Division, schiaccio play e parte *There is A Light That Never Goes Out*. Sono elettrico, mi siedo sul divano e poi mi rialzo, controllo l'orologio e mi rendo conto che sono passati solo cinque minuti dall'ultima volta che l'ho guardato, l'attesa è straziante, mi chiedo se le piacerò, magari rivedendomi e guardandomi con più attenzione mi troverà brutto, o poco interessante, o poco divertente. Più si avvicina il momento di rivederla e più aumentano paranoie e insicurezza. E mentre Morrissey canta e *Bigmouth Strikes Again* suona con quel suo meraviglioso mood, io sento qualcosa dentro che non avevo mai sentito, e mi terrorizza: è un batticuore, è un movimento circolare e poi verticale, che non so controllare, a cui non so dare un nome, è un po' fisico e un po' mentale, è un po' sulla pelle e un po' nel cuore. È la chimica dell'amore. E alle 21.30 mi aspetta per una birra...

«Sono qui» la voce mi sorprende da dietro.
Mancava qualche minuto... Ehm, circa un'ora, a dire il vero... E allora mi ero messo ad aspettarla sulla scalinata del fontanone nella piazza, vicino a un gruppo di ragazzi, ma deve avermi visto. Mi giro e... cazzo cazzo cazzo, manca il fiato! È qui davanti a me con i suoi occhioni neri e illegali che mi sorride. Penso di nuovo la stessa identica cosa che ho pensato la prima volta che l'ho vista: "Dio, quanto sei bella!".
«Anche io sono qui» è invece il massimo che riesco a rispondere.
"Leo, ti prego, non ricominciare... Al telefono andavi forte!" mi dico.
«Eh, lo so, ti vedo...»
Ha un tono dolcissimo e cerca di mettermi a mio agio. Questo mi aiuta molto.

«Bene...» le restituisco il sorriso e trovo un po' di calma. Poi stavolta parto davvero: «Dài, andiamo a vedere come bevi la birra!».

Ed è lei, ora, ad arrossire. «Dàiii!» urla fingendo disappunto con le guance che s'infiammano.

Il locale è un classico pub in stile americano, con i tavoli lunghi e le panchine in legno scuro e lucido, gli sgabelli al bancone, le tv appese, la musica country, gli universitari che urlano e bevono.

Angela ha un vestito in lana color panna, poco sopra il ginocchio. Sono quasi sicuro le sia stato cucito addosso quel vestito, senza di lei sarebbe un bel vestito, ma lei lo rende speciale, unico, il vestito più bello della storia, ecco. I capelli sciolti e nerissimi le cadono mossi sulle spalle. E quel profumo... ancora quel profumo!

Ci sediamo in fondo, c'è un tavolo con un'altra coppia, ci mettiamo all'angolo uno di fronte all'altra.

«Cosa prendi?» mi chiede.

"Prendo te" vorrei dire. Ma ho paura e sto zitto, ché a volte l'amore spaventa più dell'odio, perché per odiare basta odiare, non servono domande, e noi abbiamo una paura assurda di guardarci dentro e perderci nei nostri silenzi. "Io invece vorrei solo perdermi nel tuo abbraccio."

«Prendo una birra... no?» e sorrido.

«Ok, anche io...» e sorride.

Ordiniamo due Affligem, io una rossa, lei un'ambrata alla spina. La guardo e penso di continuo e senza sosta "Dio, quanto sei bella!", nel frattempo parliamo, tanto e di ogni cosa, le millemila domande che ci siamo fatti al telefono, le lunghissime risposte, e quello che mi stupisce non è tanto la voglia di chiedere o di raccontare, quanto quella di ascoltare, con attenzione e interesse, il desiderio di conoscere l'universo dell'altro tramite le sue parole, un modo per entrare nella sua vita. Con la speranza di non uscirne più.

La naturalezza e quello strano grado di intimità che abbiamo raggiunto al telefono nei giorni scorsi si ripetono anche adesso. Le farfalle, le capriole, lo stomaco sottosopra e il cuore in gola non sono spariti. Per niente...

«C'è un momento in cui, se hai il coraggio di ascoltarlo, puoi distinguere con chiarezza quello che il mondo si aspetta dalla tua vita da quello che il tuo cuore si aspetta da te. Lì devi scegliere, puoi essere "in linea" con quello che vogliono gli altri, oppure puoi essere felice» dice prima di bere un po' di birra, poi mi guarda seria, e io penso che è una delle cose più vere che abbia mai ascoltato. È fantastico parlare con lei.

«E tu ci riesci? Sai esserlo, felice?» le chiedo.

«Non sempre, la felicità è un casino. Correrle dietro è un casino. Ma vorrei trovare il coraggio di seguire sempre il mio cuore, questo sì...»

«Già» rispondo. Solo questo, e butto giù un sorso.

Angela deve aver pensato di essere finita su un terreno minato e decide di uscirne subito: «E quindi da grande vorresti fare il professore al liceo?».

«Sarebbe bello, sì, ma ecco, prima di tutto vorrei seguire il mio cuore...»

Sì, sono io a rientrare in punta di piedi su quel terreno minato che, in fondo, non mi dispiaceva affatto.

«Già» stavolta lo dice lei.

La conversazione va avanti meravigliosamente, scorre così bene che non ci rendiamo conto che si è fatta quasi mezzanotte, al che lei mi dice che deve proprio andare.

Pago e usciamo.

Subito fuori dal pub, ci ritroviamo uno di fronte all'altra.

«Allora ciao...»

«Allora ciao...»

«Domani sera sarai a casa?» le chiedo.

«Sì, dalle sette, più o meno.»

«Magari ti chiamo.»
«Ok.»

Sono ufficialmente cotto. Perso.
Senza la minima voglia di ritrovarmi.

«Io vado di là...»
Indica uno dei vicoletti nella parte in cui piazza Trilussa si rimpiccolisce insinuandosi poeticamente nella Trastevere più vecchia, quella con i palazzetti antichi, attaccati e con le veneziane verdi, quella piena di botteghe e piccole vie illuminate dai lampioncini in ghisa, con la luce gialla che si riflette sui sanpietrini e rende tutto ancora più magico.
«Io di là...»
Col mento faccio un cenno verso un punto del Lungotevere in direzione di ponte Sisto.
La luna si specchia sul fiume, e dal ponte puoi vederla nitida, in lontananza, accanto a San Pietro.
«Ok...»
«Ok...»

Ci salutiamo allontanandoci, facendo piccoli passi all'indietro, come in una romanticissima moviola. Poi ci giriamo nella direzione verso cui siamo diretti, e poi ci rigiriamo ancora per guardarci, questo fino a che lei non arriva all'angolo dove deve svoltare e io non sbatto contro la mia Vespa legata a un palo della luce. Quindi Angela sparisce, non prima di avermi salutato ancora con la mano e quel suo sorriso illegale. Quando sparisce dietro un palazzo, penso che non posso permettermela questa cosa di lasciarla andare così. Un'altra volta. È la mia chance. Quindi comincio a correre. Forte. Arrivato all'angolo, me la trovo davanti. Anche lei stava tornando indietro...
Ci guardiamo negli occhi.
«Angela...»

Ho il fiatone e non è per la corsa.
«Sì...»
Ha il fiatone e non è per la corsa...
«Ecco, volevo dirti...»
«Sì...»
Le sue guance non sono più rosse, sono bordeaux.
«Ehm... Ecco... No... Giuro che questa volta non dovevo dirti solo "ciao"...»
Stringo i pugni.
«E cosa volevi dirmi?»
«Eh... E cosa volevo dirti... E cosa volevo dirti...» Silenzio, poi aggiungo: «Mi ha fatto piacere incontrarti...».
«Ah, ok» e sorride «anche a me...»
La guardo e sto zitto.
Poi alzo le braccia, quasi in segno di resa. «Allora ti chiamo domani!» Nella mia voce c'è un pizzico di sconforto, e tanto imbarazzo.
«Sì...»
«Ciao!»
«Ciao!»
«A dopo...»
E ci allontaniamo di qualche passo...
Ma quando è a circa due metri da me, faccio uno scatto e la chiamo ancora... Urlo «Angela!», le arrivo davanti e le prendo le mani, intrecciamo le nostre dita, la nostra pelle, le nostre vite... quindi mi libero, e finalmente, lo dico: «Dio, quanto sei bella!».
Lei non fa passare nemmeno una frazione di secondo e risponde: «E allora baciami». Lo dice piano, con un modo un po' da bambina, con le vocali leggermente aperte, con un tono terribilmente sexy.
Io sento il petto che s'incendia, il bruciore sale e scende, dai piedi alla testa, c'è tutto il fuoco dell'universo nel mio corpo in questo momento, ma non me lo faccio ripetere due volte, la

guardo per pochi secondi, poi inclino un po' la testa, chiudo gli occhi e la bacio.

È stato il bacio più lungo e meraviglioso del mondo. C'era Trastevere, c'era Roma, c'era lei che era tutto quello che volevo, c'erano i nostri sogni. Eravamo in vicolo del Cinque, davanti al civico 11, un portone di quelli in ferro battuto, inserito in una cornice di mattoncini antichi, un palazzo di quelli con l'edera sulle pareti e le stelle addosso, quelli con intorno le nuvole rosa che insieme ai nostri sogni fanno da scaletta per l'ottavo cielo, ma solo se di mezzo c'è il bacio più bello della tua vita, solo se questo ha a che fare con le sue labbra e la sua pelle, solo se puoi guardarla negli occhi e innamorarti di continuo, ecco, quella sera era tutto così, pieno di poesia, non potrò mai dimenticarlo, eravamo lì, abbracciati, sospesi. Innamorati. Io ogni tanto mi staccavo, ma solo per guardarla ancora una volta accarezzandole il viso, per essere certo che non fosse un sogno, o sperando che lo fosse. Ripensandoci, non era un bacio, era un miracolo, era volare, era la prova che l'amore arriva in un attimo, e che quando ti raggiunge, incasina le tue prospettive, le certezze, i progetti. L'amore arriva e capovolge il senso di ogni cosa. La direzione degli elementi. Trasforma il rumore in musica, rende colorato quello che sembrava grigio e senza vita. L'amore è questo: la tua corsa verso di lei, i polsi che tremano, la voce rotta, il fiato corto, il batticuore, il muro che crolla, il cielo che cade, la terra che trema. Il vuoto. Volare.

Il nostro amore non era ancora iniziato ed era già infinito...

9
Le favole

Diario di Laura
19 luglio 2016
Ore 00.45

Il concerto dei Thegiornalisti insieme a Bea è stato spaziale, in una vecchia fabbrica abbandonata e riadattata per eventi musicali, luci basse, un po' stile post rock elettronico, atmosfera suggestiva. Quando hanno suonato *Proteggi questo tuo ragazzo* è esploso tutto e io quasi piangevo. Adoro quel pezzo!
Abbiamo bevuto birra, e fumato, e viaggiato con i pensieri...
Mentre la musica andava e io stavo così bene, ho capito che gli ingredienti per una vita bella sono pochi e semplici, e hanno a che fare appunto con la musica e la birra. E con l'erba.
Di Bea mi fido. È una che non giudica, non predica, sa stare al mondo, parla quando c'è bisogno e tace quando le parole non servono. A volte ci capiamo con uno sguardo, con un'occhiata, mi succede solo con lei e Camilla. Spero di essere come zia Bea fra qualche anno, eclettica, brillante e cazzuta. Comunque, l'altra sera è stata una di quelle volte in cui avevamo entrambe voglia di parlare, abbiamo chiacchierato tanto: degli uomini, della musica, del futuro... Anche di Marco, quello stronzo. E di papà. Lei lo stima tanto, nonostante ne riconosca i limiti, dice che è una bella persona, che ha tantissime virtù, e che dovremmo confrontarci di più abbassando le difese, accorciando le distanze, non lo so... Vorrei stimarlo anche io come lo stima lei, come lo stimavo quando ero piccola...

Non mi ha ancora detto se mi manderà in vacanza in Grecia... Quando lanciamo parole che cadono nel vuoto, mi chiedo: siamo noi che sbagliamo mira, o i nostri interlocutori poco interessati a raccogliere?
Ne ho parlato con Bea. Anche lei trova assurdo che papà non voglia lasciarmi partire e che faccia tutte queste storie, mi ha promesso che proverà a parlarci. Quando le ho detto che non c'è assolutamente nessun piano sul quale io riesca a comunicare con lui, mi ha risposto: «In passato spesso inserivo la chiave e non girava. Provavo a forzare la mano. Tentavo addirittura con delle spallate. Ma niente. Poi ho capito... e mi sono sentita sciocca: bastava girare la maniglia, la porta era aperta... Perché, la porta, quando è quella giusta, è sempre aperta...».
E questo mi ha fatto un sacco riflettere... Su lui, ma anche su Marco... Se avesse voluto girare la maniglia, lo avrebbe fatto, e sarebbe venuto da me, lasciando tutto il resto, la mia porta era aperta. E lo era solo per lui. Bea dice che chi ti fa sentire in difetto non è una persona che vuole stimolarti, è solo uno stronzo. E va trattato in quanto tale. E ha ragione, cazzo! Non possiamo pretendere di essere la prima scelta di qualcuno, ma possiamo pretendere di essere la prima scelta di noi stessi. Perché poi impari a ridere in faccia a chi ti tradisce e a sorridere nel cuore di chi ti ama... Anche se, mi chiedo, chi mi ama, a me?

Prima ho letto un post, su Tumbrl, di un certo Loy. Mi ha colpito:

> Se fossi un figlio di puttana, sarei un figlio di puttana con i controcoglioni. So essere il più grande figlio di puttana fra i figli di puttana. So come prenderti di testa, come usare le parole, dove mettere le mani, la lingua e il resto. Pensandoci bene, un figlio di puttana deve essere leggero, senza carichi sulle spalle, sulla testa e sul cuo-

re. Senza un cazzo da perdere, per questo nessuno sta meglio di un figlio di puttana. Per questo mai mettersi con un figlio di puttana o, peggio, *contro* un figlio di puttana. Non avere nulla da perdere non è una scelta, è una condizione mentale, a un certo punto senti che sei solo, e che il mondo è il tuo parco giochi. Per te, le persone non hanno un cuore o delle esigenze, sono passatempi e sfide di vario livello. E tutto questo perché lo vuoi, perché vuoi prenderti tutto e non dare indietro nulla, e lo fai solo perché sei un figlio di puttana, non per altro. E va bene, vuoi campare così? Vuoi essere un figlio di puttana? Campa così! Ma ricorda, prima o poi troverai uno più figlio di puttana di te, molto più di te. E non sarà bello. Però in fondo, un vero figlio di puttana, a queste cose non pensa...

Mi piace lo stile, anche se crudo e brutale, e mi piace il senso. Prima o poi troverai qualcuno più figlio di puttana di te, molto più di te. E non sarà bello, Marco! Ma in fondo tu sei un vero figlio di puttana, vero? E a queste cose non pensi...

Come sempre Zagal mi fa sognare, lo leggo mentre ascolto Marco, il mio amore, con *Parole in circolo*:

Hey, amore mio, non immagini nemmeno quanto vorrei fare una pazzia, adesso, a quest'ora della notte, con te. Non immagini quanto vorrei che questo fosse possibile. Verrei a prenderti, ovunque tu sia, monterei in macchina e verrei. Porterei le felpe, le birre, le candele e il sacco a pelo. Poi guiderei con te al mio fianco fino al mare. E staremmo abbracciati. E ci racconteremmo un sacco di cose. E faremmo l'amore... come quella notte che abbiamo guidato fino a Sabaudia. Ricordi? Ci conoscevamo da poco, ma eravamo già follemente innamorati. Io tremavo dall'emozione. Ecco, tu ricordami, se puoi, come quello un po' impacciato che una sera ti ha tenuta per mano fino all'alba e ti ha fatta sorridere dicendoti che eri la cosa più bella che avesse mai visto. Perché era vero: tu, amore mio, sei la cosa più bella che io abbia mai visto...

Se fai suonare le corde più profonde e nascoste del cuore di una donna, poi non puoi smettere di suonare solo perché la musica ti annoia o non fa per te... Quella non è solo musica, quella è la melodia che parla di lei, quella è la sua storia, la parte più fragile e preziosa della sua vita...

Ecco, e se giochi col cuore di chi ti ama, non sei un "grande", sei l'uomo più piccolo del mondo.

Gli uomini come Zagal forse non esistono, esistono solo nelle favole e su Internet, ma quando leggo le sue parole, sogno, ed è bello. È bellissimo sentirsi una principessa, anche solo per qualche istante, chiudere gli occhi e credere un po' alle favole...

La mia buonanotte la affido al blog:

> Buonanotte a te che cadi e ti rialzi tutte le volte più bella, qualche volta fa freddo senza quell'abbraccio di cui avevi bisogno, qualche volta piove dentro il tuo cuore, perché quando ti sbilanci, allungandoti per toccare il punto più bello, quello più alto, l'unico che davvero può farti stare bene, rischi di perdere l'equilibrio e andare giù. Ma sai che ne vale la pena, e sai che quello è l'unico modo in cui vuoi vivere, mettendoci il cuore e tutta la tua vita. E allora prendi la mia mano, ci sono io, non ti lascio. E buonanotte, buonanotte a te...

10
Io e te insieme?

19 luglio 2016

Bo Diddly suona in sottofondo *I'm A Man*, io e Marta siamo seduti a un tavolino in un angolo. È un venerdì sera di fine luglio, nel locale non c'è troppo casino, e questa, in altre circostanze, dovrebbe essere una buona notizia.

Continuo a giocare con il mio accendino Zippo, lo apro e lo chiudo, *clic cloc, clic cloc*, e non faccio che ripetere l'ultima parola di ogni sua ennesima scontata noiosa riflessione.

«Cavolo, Leo, è stato elettrizzante provare tanta emozione!»

E io: «Eh, sì, immagino, emozione...».

E lei ancora: «Che poi, dài, quelli che si fissano con una relazione d'amore, anche quando proprio non va, contro ogni logica... Ma che imbecilli, che cretini, o no?» Ride sguaiata.

E io: «Certo, cretini...».

«Capisci? Io credo fortemente nell'amore, per me l'amore è davvero la cosa più importante!»

«Sì, capisco...» Abbozzo un sorriso di circostanza. Questa serata è già finita e non è nemmeno iniziata.

Marta l'ho vista solo una volta, me l'hanno presentata tempo fa alcuni amici con cui mi sono trovato a trascorrere una serata in un jazz club, in occasione della presentazione di *Boom boom*, il nuovo album di Michele Villari, un jazzista che amo. Siamo finiti a letto la notte stessa, a casa sua. Fa la traduttrice, fisicamente è davvero bella ed eccitante, una bomba. Alta, atletica, piena di tatuaggi, e ha dieci anni meno di me. Però non la sopporto. E se la prima volta non era emersa con fermezza, la nostra incompatibilità adesso è impetuosa.

Abbiamo deciso di rivederci, ci siamo dati appuntamento in centro, davanti al Pantheon, poi siamo entrati in un bistrot abbastanza noto che conoscevamo entrambi, molto carino, dove mettono del blues e servono ottima salumeria e formaggi di qualità. Nel nostro scambio su WhatsApp, le reciproche intenzioni erano state chiare: un dopo cena, del buon vino, e... Ma, ecco, non ci sarà nessun "e...", sono già pentito di averla rivista. Mi sento così a disagio, cazzo. Parla di amore ma non sa di cosa parla, dice di averne bisogno ma non sa quello che dice. Tantomeno quello di cui ha bisogno. Eccede in tutto, negli aggettivi, nei gesti, nel tono della voce, nelle pose. Nelle risate scomposte. Nell'ipocrisia.

Quello che mi ci vorrebbe adesso è altro. Filippo. La sua compagnia, la sua folle, compulsiva, paranoica sincerità.

«Perché non hai una fidanzata?»

C'è un limite a tutto.

"Dio! Anche questa..." penso, e abbassando la testa provo a pensare una risposta qualunque. Sorrido con una punta di sarcasmo e poso il calice di vino sul tavolo, è un Nero d'Avola. La cosa migliore delle ultime due ore.

Va avanti: «Sei bello, interessante, non ti manca nulla... La domanda ci sta, no?».

«Be', ecco... no!»

Un altro sorrisetto sarcastico, quindi allargo le braccia storcendo un po' la bocca, quasi a voler giustificare quel no secco.

«E perché? La trovi offensiva?»

«No, non offensiva, la trovo banale, mi fa pensare che forse, in fondo, l'idea dell'amore che dici di avere non è poi così profonda...»

«Non ti seguo, Leonardo...» non potrebbe avere una faccia più sorpresa e infastidita, «quindi mi stai dicendo che se non hai una fidanzata e sei solo è perché credi in modo troppo profondo nell'amore?»

«Ecco, intanto... io sono single non *solo*, vedo coppie in cui sono entrambi soli pur non essendo single, c'è differenza...» alzo un po' le mani fingendo quasi di scusarmi per la precisazione e poi continuo «e comunque, non è proprio così, mi riferisco al fatto di credere *in modo troppo profondo nell'amore*, ma già va meglio...» e le faccio l'occhiolino.

«Quindi?» è stizzita adesso. «Perché sei solo e non hai una fidanzata?»

«Me lo chiedono spesso, sai... "Sei fidanzato?" E quando dico di no, in genere mi domandano perché. E io rispondo: "Perché, quando sarà, sarà qualcosa di speciale, e le cose speciali sono rare. Perché, quando sarà, la sceglierò, ci sceglieremo non come due persone che avevano bisogno di qualcuno a caso per non restare soli, ma come due persone che avevano voglia l'uno dell'altra come se tutto il resto non avesse senso...".»

"E questa cosa rara" penso "nel mio cuore è già successa, precisamente diciannove anni e quattro mesi fa, e no, non potrà accadere un'altra volta. Perché è ancora dentro di me. Perché non uscirà mai." Ma questo non lo dico, resta custodito in un angolo del mio cuore, lontano e protetto da tutto. Specialmente da Marta e dalla sua banalità.

Poi aggiungo, senza concederle la possibilità di replicare: «Non ti offendere, davvero, ma non credo sia necessario continuare, se non ti dispiace...».

«Io dico che sei solo perché sei uno stronzo, un grandissimo stronzo!» urla fortissimo.

«Ecco, appunto...»

«Ma "ecco appunto" cosa? Ti comporti in questo modo e pretendi che non te lo sbatta sul muso?»

«Non è necessario alzare la voce, è imbarazzante...»

Nemmeno la guardo mentre lo dico, fisso con vergogna il

cameriere che ci sta osservando come fossimo lo show della serata. E in effetti lo siamo.

«Mi stai dicendo che sono imbarazzante? Che sono volgare?» grida ancora. «Vaffanculo, coglione! Scopi anche male!»

Si alza ed esce dal locale.

Assurdo. Assurdo che mi ritrovi a sorridere da solo, in modo forse un pizzico isterico, e poi a ridere proprio, nevrotico e un po' comico. Però mi pare un miracolo che se ne sia andata... Prendo il calice, lo alzo come per brindare in direzione del cameriere, che continua a guardarmi divertito.

Tiro fuori il telefono e inizio a scrivermi su WhatsApp con Filippo:

Leo: Ti prego, dimmi che sei in centro e che hai voglia di bere!

Filippo: Sei un ragazzo fortunato, lo dico sempre io, sei nato con la camicia. Sei bravo, dottore, tu hai il bernoccolo...

Leo: Ah! Ah! Fil, tu e le tue citazioni... sei in giro? <3

Filippo: Quali citazioni??? Ho appena finito di cenare con un cliente, sono in piazza di Grecia, tu dove sei?

Leo: Grande! Sono in zona Pantheon, al P23

Filippo: Fra 10 min sono lì!

Mentre lo aspetto bevo e mi ritrovo con lo sguardo perso nel vuoto, e pure con la mente. Penso ancora a Marta, che parla di amore: l'amore... voglio dire, cazzo ne può sapere, lei? Nessuno ne sa nulla, nessuno!

Sono teso, inquieto. Esagero e me ne rendo conto, ma non riesco a trattenermi.

E io, cosa posso saperne io dell'amore? Io che, lo sanno tutti, mi confondo spesso. Io che mi confondo sempre. Io che confondo il vorrei con il potrei, l'essere sofisticato con l'essere stronzo, il gioco con la perversione, le parole con le parolacce, le parolacce con la volgarità, il gusto amaro col cattivo gusto. Io vorrei parlare d'amore, giuro, ma non so nulla dell'amore. Vorrei declinarne il significato in mille modi, ma non ne conosco nemmeno uno. Vorrei raccontare del sudore che sa d'amore, e dell'amore sudato, dell'amore tradito, del tradimento per amore, dell'ansia che lo affanna, del fiato corto, del respiro corto, dei sogni senza sonno che non smettono mai di produrre incubi, dell'orgoglio agonizzante, di promesse non mantenute, di spose promesse, di spose compromesse. Di biglietti lasciati lì, come lettere d'amore, come lettere d'addio, come veleno per il futuro. Vorrei parlare di Angela, ma sto male solo a nominarla. Vorrei parlare di parole lanciate nel per sempre, nel mai più, nell'infinito. Ché poi, era un minuto, eh... Ché poi, l'infinito, dico, era un minuto, solo un minuto. Ci sono fisici o filosofi in ascolto? Se sì, vi chiedo, l'infinito, può durare solo un minuto? Se sì, non ditemelo, non voglio saperlo. Se no, non ditemelo, non voglio saperlo. Ché l'amore chiede, ma non vuole sapere, domanda, ma non ascolta, ascolta, ma non capisce, capisce, ma poco, e male. Fraintende, amplifica, riflette. E se ne sapessi qualcosa, di questa roba, non ne parlerei al mondo, forse? Mica sono così stronzo. Solo, cazzonesò, io? Cazzonesò dei brividi che ti regala Chopin, o dell'amore che vibra con le corde del violino rock di David Garrett quando suona *November Rain*? Cazzonesò che quando Lisa Jaeggi canta *All Over Now*, io, l'amore, in tutta la sua struggente passione, lo sento scorrere nelle vene? Cazzonesò di Levov lo Svedese, della sua perfezione, del sogno americano, del suo dramma personale, che poi è il dramma di tutti noi, cazzonesò dell'amore che c'è nelle pagine rothiane? Cazzonesò del perdono e del riscatto che nascono dall'amore e ti commuovono mentre guardi la scena finale di *Crash*? Cazzonesò del perché, quando ascolto Marracash con *Bastavano le briciole*, io provo tenerezza, e penso a mio padre, a mio nonno, alle origini, alle radici, alla

mia famiglia. Cazzonesò io, poi. Io, io che confondo il ciao con l'addio... Ah ah! Cristo! Fa ridere... il ciao con l'addio! Ma che coglione che sono... Angela aveva detto ciao quella mattina prima che io uscissi. Invece era un addio. Invece era un addio, e io lì, come uno scemo ad aspettarla. Prima di leggere quella lettera che non diceva nulla. E anche dopo averla letta...
Io dell'amore non so nulla, ma sento di averlo intorno. In alcuni sì, in alcuni no, in certi abbracci che ti scaldano il cuore, in certe dita che si sono incrociate e che, forse, s'incroceranno ancora. In certi sguardi che forse si fondono, in certi colori che a volte ne generano altri. In certe interminabili pause prima della notte, negli interminabili sospiri prima delle pause. Ché poi è già qualche mese che, con l'intento di comprendere, mi peso ogni giorno, ché vorrei pesare il giusto. Non pesavo molto... ma promettevo bene, e ho cominciato a nutrirmi. Ok, va bene, qualche porcata dovrei evitarla, ma 'sticazzi, l'istinto mi fotte, quindi mangio. Mangio di tutto, e bevo di tutto. In compagnia...

Per fortuna l'arrivo di Filippo mi sottrae a questo delirante monologo.
«Leooo!» urla, urla tantissimo, ma non m'imbarazza.
«Eccoti!»
Mi alzo e lo abbraccio forte, come se non lo vedessi da mesi. Lui, Bea e Matteo sono la mia famiglia, insieme a Laura. E anche questo è amore.
È altissimo e magro, piuttosto in forma, la carnagione bianca e gli occhi furbi. Ha i baffi lunghi e neri che immagino facciano colpo. Non so dire se sia oggettivamente bello, ma è di sicuro un uomo che piace moltissimo, inoltre le più giovani subiscono il fascino dei soldi e del look modaiolo, che però, devo ammettere, non sconfina mai nel trash, una fusione fra un hippie e un fighetto dei giorni nostri. Un po' hipster. E poi è simpatico, simpaticissimo, a volte anche senza rendersene conto.

Filippo, come Matteo, lo conosco da tanto. È arrivato a Ostia qualche anno dopo di noi, abbiamo fatto il liceo insieme, poi subito dopo ha trovato un lavoro, non gli andava di studiare, voleva subito guadagnare, voleva *vendere*, qualunque cosa, aveva le idee chiare. Adesso fa l'agente immobiliare e credo sia davvero in gamba, a giudicare da quanti soldi riesce a mettersi in tasca.

È un tipo sui generis, diciamo, un po' strambo. Fra le sue stranezze, per esempio, oltre a varie piccole e comiche manie, o al rapporto ossessivo con i soldi, con il sesso e con le donne, c'è questa fissazione di citare pezzi di canzoni o libri o film famosissimi e sostenere che siano frutto del suo pensiero, e che la coincidenza sia puramente casuale. *Perché in fondo, se è venuto in mente a lui, perché non potrebbe venire in mente a me?* Nessuno ha ancora capito se fa sul serio, se ci fa o ci è. Non l'ha capito nemmeno la sua ex fidanzata, pur essendo psichiatra...

È abbastanza pazzo, insomma, sopra le righe, o almeno questa è l'immagine che vuole dare di sé. Ma è anche terribilmente sensibile e leale, va solo interpretato, serve un po' di impegno, come con tutti, non basta fermarsi all'apparenza, bisogna andare oltre, se vuoi davvero farti un'idea delle persone.

Ricordo un episodio che la dice lunga su di lui. Avevamo dieci anni, l'anno in cui è arrivato in zona con la sua famiglia, una sua zia invece già viveva lì da tempo. Un pomeriggio, con gli altri ragazzi ci ritrovammo a casa di questa zia, la signora Giancarla, che abitava al piano terra del suo palazzo, aveva un grande giardino dove giocavamo spesso a pallone, era molto ospitale. Filippo si mise a parlare con i pappagallini che la zia teneva in una gabbia sopra a un tavolo davanti la cucina. Ci volle molto per spiegargli che non avrebbero risposto, perché non era quel tipo di pappagallo che ripete quello che dici... Ma lui continuò. Sembrava incantato da quegli animaletti. Batteva le mani, saltava, cantava. Gli parlava, gli sorrideva... Poi, mentre noi giocavamo a pallone, lui prese un bastoncino di legno fino, di quelli che si usano per gli spiedini, e iniziò a rompere le palle ai pappagallini, da fuori, infilando il bastoncino fra le piccole grate della gabbia, punzecchiandoli bonariamente... ma ci andò giù forse troppo pesante, e li fece fuori entrambi. Stecchiti. Poco dopo, la zia, insospettita dal silenzio, si avvicinò e trovò Filippo, impassibile, a fissare i poveri uccellini morti. Lei iniziò a urlare e a piangere, gli era davvero affezionata, «Che cosa hai fatto?» urlava. Lui restò ancora impassibile, quasi impietrito. Poi dopo un po' rispose: «Ci stavo solo giocando... gli parlavo... gli ho anche raccontato una barzelletta, forse sono morti dal ridere...» e accennò una mezza risatina isterica, totalmente fuori luogo.

La zia rimase inquietata, ci cacciò e non volle più vederci. Qualche giorno dopo chiesi a Filippo come mai se ne fosse uscito con quella stronzata di cattivo gusto, e lui rispose: «Era una battuta, per sdrammatizzare, su! Un po' d'ironia!» accennando una mezza risata. Al che, io gli dissi: «Che cavolo di battuta è, Filippo? Erano appena morti quei pappagallini!», ma lo guardai negli occhi e vidi che stava piangendo.

Lì capii che Filippo, dietro quel suo modo di essere "strano" e per certi versi arrogante, nascondeva la sua vera natura, sensibile e fragile. Forse era una difesa, chissà. In fondo avevamo solo dieci anni.

Lo abbracciai forte, senza aggiungere più nulla, e lui si fece abbracciare.

Un vero amico, quando sei al buio, non accende la luce con violenza, ma si siede accanto a te in silenzio.

Non ne parlammo più. E fu chiaro che saremmo stati per sempre amici.

«E quindi» conclude il suo monologo «ecco, capisci, ho pensato di rinominarle tutte, una per una.» Mentre dice "una per una", con l'indice sfiora il bordo del bicchiere e disegna cerchi immaginari.

«Tutte?» chiedo, seguendo quel cavolo di movimento circolare del dito che quasi mi ipnotizza.

«Sì, tutte.»

«Mi stai dicendo che hai rinominato ventimila foto?»

«Sì, esatto. Anche i selfie!» E ride soddisfatto, sbattendo il pugno sul tavolo come a dire *sono una forza*.

«Ma che caz... Filippo, ma perché?»

«Perché adesso mi basterà usare una parola chiave per individuare immediatamente quella che cerco.»

«E, sentiamo, come fai a ricordare come si chiama ogni foto?»

«Ahahaha!» scandisce la risata soddisfatto, e fra le righe pare esserci un *che pivello*. «Ragiona, Leo, ragiona...» mi fissa per capire se riesco a seguirlo, e si porta alla tempia lo stesso indice magico dei cerchi immaginari.

Rimango in silenzio e lui prosegue: «Non devi ricordarlo... è questo il bello!». Fa una pausa, insieme a un'espressione sorniona, una di quelle che precedono l'applauso. «Eh? Mi segui, Leo?» Allarga la bocca in quello che sembra un fermo immagine di una grassa risata. Infine si tocca i baffi, ci gioca mentre attende la standing ovation.

Io abbozzo un sorriso, come per assecondare un matto, poi sono costretto a chiedere: «Cioè?».

«Ragiona, Leo, ragiona...» ripete, «se tu dai un determinato nome a una foto, ci sarà un motivo, no? Giusto? Giusto, Leo?» Ancora quell'espressione indagatoria, per capire se capisco. «Ecco, ti basta seguire i tuoi stessi percorsi mentali. Facile, no?»

"Facile, no?" lo urla col tono del papà che ha svelato la soluzione del problemino di matematica al figlioletto. E poi si produce in un altro fermo immagine di grassa risata, e altri cerchi immaginari con l'indice magico sul bordo del bicchiere. «Basta chiederti come chiameresti la foto che stai cercando e taaaac, ecco il nome...» Fa seguire un'altra risata satanica, liberatoria, un mix fra Gargamella e Dracula.

«Ma non ti bastava ordinarle per cartelle? Non so, tipo "Parigi", "Sardegna", "Io e Donatella", roba così, come la gente normale...»

«Ma tu sai quanto tempo inutile sprechiamo a cercare file nel pc? Te lo sei mai chiesto? Eh? È un conto che hai mai fatto, Leo?»

«No, Filippo, in effetti no, questo conto mi manca, non so come mi sia sfuggito...»

«Non avevo dubbi, Leo, ma per tua fortuna ci sono io...»

Mi punta il dito contro con orgoglio.

«Filippo, ma che cazz... Ma che mi frega di quanto tempo perdiamo a cercare foto?» alzo un po' la voce con fare scherzoso.

Lui ridacchia e cambia repentinamente discorso. «Oh, me ne sono fatta una ieri... da urlo, oh!» dice quasi a bassa voce, avvicinandosi, fingendo discrezione.

«Bene!»

«Ventun'anni...»

«Ventuno? Non è un po' piccola?»

«Piccola? Sì, be', forse... Ma è maggiorenne, no?»

«Sì, certo... ha quasi l'età di Laura, cioè, io sono l'ultimo che può parlare, eh! Ma ventuno...»

Arrossisce e chiede, diventando serio per un attimo: «Ora cosa c'entra Laura?». Si tocca di nuovo i lunghi baffi neri.

«No, niente, era per dire... Comunque, oh, dài, grande notizia... Ti è piaciuto?»

«Molto, fa la modella... Tiè, guarda che figa!» Mi mostra una foto sul cellulare. Bella ragazza, niente da dire. «È anche attratta dai soldi e dalla bella vita, l'ho portata a mangiare pesce da Mariuccio a Fregene, poi al FashionStar a via Veneto, in Porsche, champagne e poi a casa.»

«Bea mi diceva che avevi perso la testa per una...»

«Ah, sì, ma poi è andata scemando... Mi ha deluso, mi aspettavo altro...» Sembra quasi sdegnato.

«Ma finiscila con quella faccia, non ti crede nessuno! Dài, sentiamo, su cosa ti ha deluso? Tipo che per esempio non era d'accordo sul fatto che hai contemporaneamente altre dieci, quindici storie parallele?»

«Leo, ti prego, non mettertici anche tu, sai come vanno queste cose, fra uomini ci capiamo, eh?» Mi dà di gomito.

«Oppure anche a lei hai detto quella cosa del figlio?»

«Quale?» casca dalle nuvole.

«Quella che hai detto all'ultima di cui ti eri follemente innamorato... Aspetta, com'era? "Se tu rimanessi incinta, io il figlio lo terrei, amore, lo terrei a casa tua..."» e rido forte.

«Tu e gli altri non avete còlto il senso di quella frase, di quel mio gesto di generosità!»

Alza il dito quasi ammonendomi, ma visibilmente divertito.

«Sei tremendo!»

«Leo, Leo, tu, tu che sei diverso, almeno tu, nell'universo...»

«Mia Martini.»

«Cosa?»

«Mia Martini. È una sua canzone.»

«Mia Martini? No! Mi è venuta così, ora... Ma davvero lo dice anche lei? Dài, è assurdo! Giuro che non l'ho mai sentita! Comunque lei era bravina eh! Mi stai facendo un complimento indiretto...»

Sembra davvero convinto, è assurdo.

«"Era bravina"? È stata la più grande! Comunque, ok, vabbe', ti credo... Senti, dimmi una cosa: ma tu, a Bea, ci pensi ancora?»

«In che senso?»

«Come in che senso, dài! Siete stati insieme, è passato un millennio, ok, ma boh, a volte vi vedo litigare e punzecchiarvi con quel vostro modo che, ecco, mi chiedevo se magari tu ancora...»

«Non ti seguo...»

Sì che mi segue, ma non ha alcuna voglia di affrontare l'argomento.

«Vabbe', Fil, ho detto una cazzata... lascia perdere.»

Mi guarda fisso negli occhi questa volta e, solo per un istante, serio. Li stringe un po', quasi a voler nascondere quel suo dolcissimo lato fragile. E io fingo che ci sia riuscito.

«Chi non ne dice, di cazzate, caro Leo, chi? Non siamo perfetti! Siamo fatti di aspetti positivi e negativi, lo sai. Prendi me: sono bello, ricco e intelligente. Ma ho anche dei pregi.»

Ed ecco di nuovo quella sua espressione simpatica e paracula.

Pericolo scampato, Filippo, tutto sotto controllo.

Scoliamo l'ultimo bicchiere e usciamo dal locale.

Ci salutiamo in modo caloroso, ripromettendoci di sentirci per la cena di sushi da fare tutti insieme. Poi mi chiede se domenica andrò a vedere la partita della Roma con lui e Matteo, ma declino l'invito senza esitazione.

Dopo pochi minuti sono in macchina, accendo la radio, passa Stromae, con *Formidable*.

E il pensiero va ad Angela... Ora che fai? Con chi sei? Chissà se stai dormendo...

Io e te insieme? Io e te insieme saremmo stati quattro, e avremmo fatto un sacco di casino. Ti saresti incavolata spesso, certo, ma poi di notte ti avrei abbracciato a lungo per farti calmare. Da dietro. Fino a che non mi avresti cacciato perché avresti avuto caldo, e perché tu ogni tanto hai bisogno di sentirti libera. E perché io ogni tanto ho bisogno che ti senta libera. Per poi tornare sul mio petto, rannicchiandoti su di me, per le carezzine in testa. Per prenderti l'amore. Per darmelo. Io e te insieme? Io e te insieme sarebbe stato bello. Tanto. Abbiamo passato diciannove mesi, e ogni singolo giorno è stato il più incredibile della mia vita. Ma se devo ricordare qualcosa di te, qualcosa che mi fa vibrare il cuore tutte le volte, ecco, sono i dettagli, le cose apparentemente più piccole, quelle solo tue: il neo sotto l'occhio, la cicatrice sulla pancia che baciavo sempre, la scottatura sul polso, il tuo imbarazzo quando ti dicevo che eri splendida, diventavi seria e arrossivi, l'imbarazzo di chi non sa di esserlo eppure è la creatura più bella dell'universo. La donna delle meraviglie, quella che ti cambia la vita, lo fa con un sorriso. Ti esplode dentro con uno sguardo e ti regala lo spettacolo più sexy possibile, si spoglia piano piano, lentamente, togliendo strati di paura e riservatezza, e poi ti mostra il suo cuore, completamente nudo.

Giorno 2567

Navigo da circa due mesi nell'oceano Atlantico settentrionale. A Capo Verde – Latitudine 14.968667 / Longitudine -24.055939 – dieci giorni fa, vicino alla costa, sono stato individuato da alcune persone, ma poi niente...

11
Il posto più bello dove sono stato sei tu

12 marzo 1997

Nei giorni successivi al primo bacio, ci siamo sentiti tutti i giorni, più volte al giorno.

Il sabato l'ho invitata a cena nel mio bilocale, un piccolo seminterrato in via Berlinguer, in un palazzo elegante, a cinque minuti di Vespa dalla Sapienza. È un po' buio, ha solo tre piccole finestre, una in bagno, una in camera da letto e una nella stanza piuttosto ampia che fa da ingresso, saloncino studio e angolo cottura. Le finestre sono posizionate molto in alto, per via del terrapieno che circonda per circa un metro e mezzo di altezza l'appartamento; si possono aprire solo tramite un meccanismo basculante costituito da una staffa di ferro che parte dagli infissi e finisce con una manovella cigolante dal manico di plastica nera. Nel salone c'è un divano marrone, di pelle lisa e sbiadita, con i braccioli enormi e morbidi. In mezzo, un tavolino di legno, rettangolare, e quattro sedie. Per terra, un meraviglioso e consumato parquet, e un grande tappeto che spazia dal porpora al bordeaux. L'angolo cottura è composto da un mobile in acciaio con forno e fornelli, la cappa, un lavandino di ceramica, un vecchio frigorifero bianco stracolmo di adesivi e calamite, una piccola credenza antica con i vetri sugli sportelli. Alle pareti, poster, parole, canzoni, quadretti, il bersaglio con le freccette, uno specchio con al centro una pantera rosa che fuma. Su un mobile, in un angolo, la tv, rigorosamente tubo catodico, con lo schermo quadrato e arrotondato e cornice nera, una Brionvega, regalo dei miei che non la usavano più da anni e la tenevano in cantina.

Questo bilocale per me è il posto più bello del mondo dove vivere.

E io e Angela, questa prima sera, siamo qui, seduti al tavolino di legno piuttosto scorticato, a mangiare hamburger e bere birra. Lei ha una minigonna, una camicetta scollata e un maglioncino nero con i bottoni, aperto. Le calze a rete. I tacchi. Il rossetto rosso.

Ho preparato una compilation su cassetta.

Suonano gli Oasis con *Don't Look Back in Anger*, lei è seduta sulle mie gambe e i nostri occhi non si staccano un secondo.

«E sarebbe bello prendere un pezzetto di ognuno dei nostri sogni, quelli che abbiamo desiderato e disegnato nel nostro cuore, quelli a cui abbiamo dato una forma e un nome, ecco, sarebbe bello prenderli e metterli insieme, dentro uno zainetto a spalla che porteremmo un po' io e un po' tu, uno di quelli piccoli, semplici dove entrano poche cose.»

«Sarebbe bello, sì, sarebbe bellissimo...» Angela annuisce, beve e sorride.

«I sogni hanno una caratteristica magica: non pesano, ma solo se ci credi e li porti sempre con te. *Dentro di te.* Ovunque tu vada. Ecco perché nel nostro zainetto entreranno tutti i nostri sogni e non peseranno affatto: perché io ci credo, nei miei e nei tuoi. Comunque andrà.» Accendo una sigaretta di quelle rollate col tabacco e le cartine e faccio un tiro profondo, butto fuori il fumo e continuo: «A volte questa vita è così lontana da quella che vorremmo, viene voglia di abbandonarsi... e allora chiudiamo gli occhi e lasciamo fare alla fantasia...». Lei mi guarda incantata e sento che siamo già quello che alcune coppie non sono dopo anni e anni di parole, di costruzioni, di tentativi. «La fantasia è come l'amore: ci rende liberi, azzera le distanze, colma i vuoti. E qualche volta, proprio come l'amore, fa succedere cose che le azioni reali non avrebbero potuto: come creare delle storie in cui far vivere i nostri cuori e le nostre fragilità, i desideri e le speranze. Storie nelle quali riscattare le sconfitte e i fallimenti. Storie in cui rifugiarci tutte le volte in cui questo mondo non ci basta, o noi non bastiamo a lui. Ecco perché, nello zaino, prima di partire, insieme ai nostri sogni, metteremo una penna, per scrivere queste storie, e dei pennarelli, per colorarle... La gomma non la porteremo, perché non ci sarà nulla da cancellare...»

«E scriveremo sempre nuove storie?» chiede lei come lo chiederebbe una bambina.

È la prima volta che percepisco il suo bisogno di rassicurazioni, di conferme.

«Certo! E poi le coloreremo come piacciono a noi, e inventeremo sempre un finale diverso, ecco perché non finirà mai...»

«Mi sembra così... fantastico!»

«Io scriverò sempre nuove storie per te, Angela, nuove forme, nuove strade, nuovi colori... Sarà la nostra storia, la nostra strada, e sarà sempre diversa, e tu sarai sempre bella, perché sarai sempre felice!»

«Come se fosse una favola?»

«La nostra sarà una favola, una favola sempre nuova, solo che non inizierà con "C'era una volta" ma con "Ci sarà per sempre".»

«Dio...» mi fissa e dice solo questo. Dopo qualche secondo aggiunge: «E come fai a sapere che sarò sempre felice?».

«Perché io mi prenderò cura di te, ecco perché lo so.»

«Anche quando saremo vecchi e io non sarò più bella?»

«Tu sarai ancora più bella, perché avrai dentro tutte quelle storie, tutte quelle idee, tutte quelle forme. E tutta quella felicità.»

Lei sorride, resta in silenzio un pochino fissandomi ancora, poi dice: «Sai, adesso mi sento bella, forse perché sono con te, perché ci sei tu che mi abbracci, o forse perché, come dici tu, sono felice... sì, sono bella in quel modo speciale in cui lo sono solo le persone felici...».

«Usciremo sempre insieme, io e te, come se fosse sempre la prima volta.»

«Mmm, come la prima volta...» lo ripete lentamente, e scoppia in quel sorriso disarmante. Poi torna seria. «E cosa mi dirai per convincermi a uscire con te tutte le volte come se fosse la prima?»

«Ti dirò ogni volta qualcosa di diverso...»

«Per esempio?» mi sfida con dolcezza.

«"Ti prego, esci con me, vediamoci così, senza prepararci, io in Havaianas, tu con un vestitino semplice, leggero, esci senza trucco, ma vediamoci subito. Devo raccontarti una storia..."» La guardo negli occhi. «E poi lo farò sussurrandotela nell'orecchio. Dopo aver fatto l'amore...»

«Mi piace, viaggiatore!»

«Quindi... adesso... vuoi fare l'amore con me?»

Mi sorride, stavolta in modo piccante e ingenuo, poi avvicina le labbra al mio orecchio e continua con un filo di voce, con un tono caldo: «Perché la storia me l'hai già raccontata, vero?», e mi accarezza i capelli.

Io sono tutto rosso, eccitato, trasportato in quel nostro fantastico universo, perso in quel luogo magico rappresentato dalle sue mani su di me. Mi giro e la guardo.

«Sì, vero...»

Poi la bacio, poi la guardo ancora negli occhi e le sorrido... E di nuovo la bacio, e ci guardiamo negli occhi, e ci sorridiamo, adesso in silenzio, dopo aver parlato e fantasticato per ore.

Ecco, succede così, siamo qui, in questo sottoscala delle meraviglie, già perdutamente innamorati l'uno dell'altra.

La bacio e mi alzo prendendola in braccio.

«Dove mi porti, viaggiatore?» chiede mordendosi le labbra.

«Ovunque tu voglia...»

«Ma tu lo sai dove voglio andare, vero?»

«Forse, ma dimmelo tu» rispondo mentre la poggio delicatamente sul divano.

«Voglio andare da te, dentro di te, per sempre, e voglio che tu venga da me, dentro di me...» dice col fiato corto e il respiro affannato, e mi tira su di sé.

Io la assecondo continuando a fissarla negli occhi, e la bacio con dolcezza. Le nostre lingue che si toccano, e si vogliono, e si cercano, sono la prova che un Dio esiste, forse non nel modo in cui ce lo hanno venduto, ma nel senso che ha creato un universo con degli angoli magici, con dei momenti irripetibili, come questo in cui siamo sospesi.

Quanto è difficile descrivere l'amore con le parole, e quanto è facile, invece, capirlo e sentirlo con un solo semplice contatto.

Le alzo un po' la minigonna, con le mani posso sentire la sua pelle morbida e vellutata. Scendo lentamente con la testa e la bocca sul suo collo, aprendole la camicetta, la sfioro sui seni, e intorno, e sbottono, e scendo, e bacio, e lecco...

Ho voglia di prenderla e chiuderle gli occhi col palmo della mano, per abbassare il livello del rumore, per proteggerla, per spegnere la luce, e dirle a voce bassa "shhh! è tutto ok!", possiamo andare dove vogliamo, lo stiamo già facendo, non finirà mai. E sussurrarle nomi di città, sapori d'Oriente, colori d'India, quartieri, fruscìo di foglie, momenti di musica e di vita, danza di oceani, balletti di vento e pioggia e neve e soli, ecco, ricordo la voglia di raccontarle tutto questo come raccontare una favola, e poi baciarle il collo, e con la lingua, sul suo collo, ripercorrere quelle traiettorie emotive del mio universo, mentre siamo ormai uno dentro l'altra, mentre siamo una sola cosa, poi scendere ancora giù, con la testa, con le labbra, col cuore, sul petto, sulla pancia, per essere certo di ritrovare la strada e non perdermi più, per essere certo di tenerla per mano perché non si perda mai, e poi soffiarci piano, lì dove è bagnato, più giù, più su, sopra, sotto, soffiare sulla saliva dei miei percorsi, su quella saliva che le parla dei miei voli e delle sue direzioni. Dei vuoti e dei silenzi. Degli attimi e delle esitazioni. E poi fuori e dentro, ancora, fondendoci in un corpo unico, in un solo vibrante, martellante attimo di piacere...

«Non mi lascerai mai, vero, viaggiatore?» sussurra mentre siamo ancora avvinghiati, intrecciati, appena rientrati dal paradiso.

«Mai.»

E mentre la guardo penso che nessuno l'ha mai guardata come sto facendo io, nessuno l'ha sentita come la sto sentendo io, perché siamo nati per incastrarci con una sola anima nel nostro percorso, perché quando osserviamo qualcosa, abbiamo sempre l'opportunità di osservarla in un modo nuovo, bello, speciale... Per molti un tramonto è solo la parte finale del giorno, per me è la meravigliosa alba della notte. Angela è la mia meravigliosa alba della notte, il tramonto più bello e assurdo che io abbia mai visto, un tramonto che comincia invece di finire. È il tempo che invece di passare o scandire momenti immortala magia, scatta foto dentro le quali tutto è meravigliosamente in continuo movimento. È il sole infuocato che si specchia nel mare, dando vita a quei colori e riflessi spettacolari, ma invece di scendere, quel sole, sale. Invertendo le regole, ridisegnando le geometrie. Illuminando il mio cielo.

«Lo giuri?»
«Lo giuro.»
«Angela...»
«Sì...»
«Il posto più bello dove sono stato sei tu.»

12
Quando fuori c'è silenzio, nel mio cuore c'è casino

20 luglio 2016

«Laura, già esci?»
«Sì papà, vado al mare con le altre.»
«Alle nove di mattina?»
«Sì, papà, a Fregene è sempre un casino per il posto, così facciamo colazione con calma e poi noleggiamo i lettini.»
«Ah ok» dico, «ricorda di chiamare i nonni ogni tanto. Anche se sono in vacanza ci tengono. Che poi lunedì rientrano.»
«Papà, io li sento tutti i giorni i nonni! Tu?»
Come sempre, è ironica.
«Io, no... Non tutti i giorni... Comunque ok, Laura, ok...»
«Bene, allora vado, eh. Ciao.»
«Vai piano con la macchina.»
Ogni volta che la vedo salire su quella macchina 50 mi prende l'ansia, ma il motorino sarebbe stato molto peggio...
«Dài, lo sai che non corro e che guido bene. In fondo sono pur sempre la figlia di un "meccanico figo", no?» dice mimando il virgolettato. Poi sfoggia uno sguardo da stronzetta, posandolo prima su di me poi per terra, non capisco verso cosa. Guardo giù, più o meno ai piedi della sedia davanti allo scrittoio della mia camera da letto, accanto alla porta. C'è un foglietto e allora capisco: è un vecchio messaggio scritto a penna da Francesca, che non trovavo più, doveva essere nella tasca interna dei jeans che ho tolto ieri sera e appoggiato sulla sedia. C'è scritto qualcosa come "Al mio meccanico figo di

fiducia, in attesa di ricevere la prossima revisione e messa a punto...".

«Ah... Ehm...» Non riesco a dire altro e divento rosso. O almeno credo.

«Ciao, allora...» Altro sorrisetto odioso.

«Divertiti, amore!»

«Grazie, papà, però ricordati di darmi una risposta per la Grecia, io non te lo chiedo più.»

Divento serio e mi giro dall'altro lato del letto.

«Ciao, Laura...»

Non risponde e dopo pochi secondi sento la porta chiudersi.

Mi terrorizza l'idea che vada così lontano a diciassette anni. Mi terrorizza l'idea che vada ovunque. È già successo, ma era in Italia, sentivo di poter controllare la faccenda, sarei partito qualora fosse successo qualcosa, era a Firenze, nemmeno tre ore di macchina: adesso è diverso. Si tratta dell'estero. Sarebbe la prima volta che prende l'aereo, come potrei controllarla? E me la immagino lì, in vacanza con le sue amiche, ingenue e piene di voglia di scoprire. I falò... le discoteche... l'alcol... gli uomini che le girerebbero intorno, è così bella... Sembra molto più grande dell'età che ha... E se le offrissero della droga? Se le succedesse qualcosa? Se qualcuno le facesse del male? Non potrei sopportarlo. Non potrei affrontare ancora una volta un dolore tanto lancinante, non potrei accettare di essermi fatto sfuggire di nuovo l'amore dalle mani. Non posso permetterlo.

Un altro abbandono? No grazie.

Ma che dico? Prima penso al fatto che potrebbe succedere qualcosa a mia figlia e poi penso a me stesso, al mio dolore, al mio passato, al mio dramma dell'abbandono? Davvero sono tanto egoista? Ma allora è solo questo...

Ancora una volta la deriva pericolosa del mio monologo viene interrotta dallo squillo del telefono. È Beatrice.

«Ohi, ciaooo!»

«Ciao, Bea.»

«Allora facciamo per le sette, io e te? Aperitivo veloce e cenetta in centro e poi raggiungiamo gli altri?»
«Ok. Dove?»
«Ma ancora dormi?»
«Sono a letto, è sabato, e sono le 9.20 del mattino...»
«Su, alzati, dormiglione!»
«Ma che avete tutti?»
«Tutti chi?»
«Laura è già uscita per andare al mare...»
«Anche io sono già in spiaggia, sai che casino sennò qui a Fregene per il posto, i lettini e il resto?»
«Ah, anche tu?»
«Perché non passi? Sono con delle amiche, una è molto carina, potrebbe essere il tuo tipo... Stiamo fino all'ora di pranzo al massimo.»
«Per carità, non è proprio aria, mia figlia mi tratta come il peggiore dei puttanieri...»
«Filippo! Lui è il peggiore dei puttanieri, tu sei a metà classifica, diciamo...» E ridacchia. Io resto in silenzio. «Dài, lo sai che scherzo...» aggiunge «un po'...» e ride ancora.
«Maledetta!» fingo un tono arrabbiato.
«Dài, ci vediamo in via del Governo Vecchio? Un giro per i negozietti e le botteghe, poi con calma ci facciamo il nostro apericena da Giorgio, all'Osteria del Baratto, e ci rilassiamo. Beviamo, fumiamo, parliamo... Un po' di ore solo per noi. Così poi siamo già vicini al locale dove si svolgerà la festa e raggiungiamo Filippo e i suoi amici...»
«Va bene, Bea, alle sette davanti al nostro negozietto dell'usato, quello dove hai preso il trench beige anni Sessanta?»
«Perfetto! Confermato, sono felice!»
«Anche io...»
Ci salutiamo e getto il telefono sul cuscino accanto a me. Allargo le gambe, e le braccia. E penso.

È tanto che non vedo Bea, solo io e lei, un po' di tempo per noi... Mi fa davvero piacere incontrarla stasera, ho bisogno di sfogarmi, e di sapere cosa pensa della Grecia, di Laura, e delle mie paure. Dopo raggiungiamo Filippo e andiamo in discoteca, c'è una festa, una di quelle modaiole col servizio d'ordine all'entrata, i pass, le ragazze immagine. Da quello che ho capito è un evento di PlayStation e Coca-Cola, una brand union, roba cool.

Il pensiero inevitabilmente va da Laura a lei, Angela... In tutti questi anni non ho fatto che pensare a come sarebbe potuto essere. Ho ripensato a ogni minuto, ogni attimo trascorso insieme, al giorno in cui ho incrociato per la prima volta il suo sguardo, alla prima volta che ci siamo baciati, a quando abbiamo fatto l'amore. Ho ripercorso le nostre parole, i nostri discorsi, gli sguardi, le domande, le fragilità, la dolcezza. Ci ho pensato in modo ossessivo, lo faccio sempre, tutte le notti prima di dormire, e lei torna nei sogni, negli incubi. Penso a lei, al suo accento, a quel suo modo incerto di parlare. Penso a quel punto scuro che non capivo, che ogni tanto si palesava qua e là, in certi atteggiamenti, in alcuni modi d'inarcare le spalle, in certi gesti istintivi quasi di difesa, quasi fosse una bambina, come se mancasse qualcosa negli elementi e mi fosse sfuggito un passaggio della sua vita, forse del suo passato, o magari solo qualcosa nel suo cuore di cui non mi aveva parlato. Quelle sue domande. Quelle continue richieste di rassicurazione. E poi? E poi eccomi qui, dopo tutti questi anni a farmele io le domande, sempre le stesse, senza mai avere la grazia di una sola risposta, una sola.

Perché, perché mi hai lasciato così? Perché hai abbandonato me e Laura? Cosa non ho capito? Dove ho sbagliato?

E tutte queste domande strazianti e questo tentativo di colpevolizzarmi hanno avuto come conseguenza la perdita di equilibrio, hanno prodotto in me una falla, un buco enorme che mi ha reso sbagliato, difettoso nel rapporto con me stesso e anche con Laura. Non so capirla, non so ascoltarla. Senza Angela manca un pezzo, una stampella, e io non sto in piedi. Non posso reggere senza tutto quell'amore bruciato, perduto, dissolto. Senza noi. Ma no, non va. Non è così che funziona. Io esisto, io voglio esserci, e Laura non si merita questo.

Mentre penso mi metto in piedi e alzo a palla il volume delle casse attaccate al muro della camera. E ballo, ballo da solo. Salto e ballo sul letto, completamente nudo. Io ballo da solo. Tra una nota e un'altra di *Two Fingers*. È un pezzo che conosco da poco, un pezzo commerciale. Ma cosa me ne frega? Perché quello che conta è che adesso mi fa saltare. E questa notte uscirò, non andrò a un concerto rock, o a sentire musica dal vivo, o jazz o blues. No, uscirò con Filippo e Beatrice, i miei amici, andrò a una festa un po' mondana, con gente un po' mondana, con musica e cocktail un po' mondani, ok ok, ma sarò sempre io, sarò sempre me stesso, quello che sono, o no? E soprattutto, cosa conta, se questo mi farà ridere? Cosa conta, se potrò abbracciare delle persone a cui voglio bene? Cosa conta, se sarò felice per alcune ore? E questa notte, rientrando, so che in macchina ascolterò ancora al massimo volume possibile il pezzo di Jake. E urlerò parole a cazzo, ché il testo non lo so bene, e da ubriaco lo saprò ancora meno.

Il cantante di *Two Fingers*, Jake Bugg, non avrà più di vent'anni, qualcuno più di Laura, molti meno di me, fa musica orecchiabile, un po' prevedibile, un bel po', sì, ma chi se ne frega? In quanto a emozioni, e come voglia di vivere, è un mio coetaneo. E ha talento. Ed è uno che ce l'ha fatta proprio per quello.

Una persona a cui voglio bene, tempo fa, mi ha detto che le certezze, e le conferme, e le rassicurazioni, potrebbero non arrivare. Soprattutto quando ne abbiamo bisogno. Soprattutto *perché* ne abbiamo bisogno, aggiungo io. Ché gli altri potrebbero ragionare in modo diverso da noi. Potrebbero non condividere. Potrebbero fottersene, semplicemente. Lei dice che dobbiamo cercarle dentro di noi, certe risposte. Lei è d'accordo con me sul fatto che strategie e tattiche hanno fatto il loro tempo... ma quali strategie, poi? Quali? Con chi?

Io, dopo Angela, non ho più voluto niente accanto al mio cuore, ho fatto del sesso, sì, tanto sesso, ma l'ho tenuto a debita distanza dal mio cuore. Credo che la consapevolezza nella vita sia tutto; il resto, ciò che non ha piena consapevolezza di sé, lo racchiudo, esaurendolo e dissolvendolo, in un breve e fuggevole sorriso. Fra un bicchiere e un altro. Fra cassa e rullante. Fra un orgasmo e un *meglio finirla qui*.

Mentre ballo da solo penso alla pienezza delle cose. Che essere felici è possibile, basta volerlo. Basta crederci. Basta esserci. Io cerco la pienezza della vita, la quadratura perfetta del momento. E poi cerco il sempre. E questa è una novità. Cioè, la novità è che l'ho capito. La cosa assurda è la sostanza della cosa.

Voglio dire, cazzo me ne dovrei fare io della pienezza o della perfezione di qualcosa o di qualcuno? Io che non sono né pieno né perfetto. Né tondo né quadrato. Io che, come dicono alcune persone, sono pieno di frammenti sparsi. Vario ed eventuale. Corretto, ma non del tutto. Serio, ma non sempre. Chiaro, ma non troppo. Pulito, con dei *di cui*. Sicuro, con dei *forse*.

Dicono che io non sia debole come potrebbe sembrare, penso sia vero. Io dico che non sono volubile come tanti credono. Io che ho sempre snobbato la matematica mi accorgo di fare i conti tutti i giorni con la vita. Io che conto il tempo che è passato dall'ultima volta che l'ho vista, diciassette anni, sette mesi, quattro giorni... e conto il tempo che manca per lasciarla andare dal mio cuore: infinito... e quello che resta perché sia ancora un po' nei miei pensieri: infinito... E quando faccio le somme e le sottrazioni finali i conti non mi tornano mai. Oggi fa lo stesso...

Io che pensavo di essere fin troppo indeciso, ora so di essere forte, più forte di un *no*. Più forte di un *vedremo*. Ora so che riderò anche da solo. So che sarò quello che sono, fin dall'inizio di ogni cosa, qualunque cosa sia... fin dal primo giorno. So che, se non sarà semplice arrivare a quel naturale risultato, lo farò risolvere ad altri il problema. Nel frattempo io canterò una canzone nudo sul letto...

So che andrà come deve andare. So che amare me stesso è una questione meno egoistica di quello che pensavo. Ed è pure meno difficile di quello che sembrava. Oggi so che nel mio futuro ci sarà un *noi*, e spero che sarà *lei* l'altra metà, me la immagino tornare, tutti i giorni, con quello sguardo e quella fragilità, con le sue domande e l'allegria, me la immagino tornare e abbracciare me e Laura, e dirci che non voleva andare, che non voleva lasciarci, che è stato un errore, che si può ricominciare. Me la immagino così, cazzo...

Ma prima di tutto questo, oggi so che ci sarà un *io*... Proprio io, che pensavo che il futuro potesse essere solo *noi*. Lo devo ai miei genitori, ai miei amici. Lo devo a Laura. Ora penso al mio equilibrio, immagino me stesso, mi guardo da fuori... Lui, il me stesso che immagino, cammina su un muretto lungo e molto stretto. Ok, lo vedo alzare prima una gamba, poi l'altra. Lo vedo agitare le braccia e le mani per controbilanciare il peso... c'è Laura da un lato, Angela dall'altro, il vuoto sotto, mattoni pesanti e macerie dietro, lo vedo cadere, e poi rialzarsi. Cadere e poi rialzarsi ancora. Il me stesso che vedo non ha un equilibrio stabile, no, ma lo cerca. E non molla, cazzo, non molla! Cade e si rialza. Va avanti. Non cerca scorciatoie. E finirà quello che ha iniziato. Magari con le ossa rotte, ma arriverà alla fine del muretto.

I got out, I got out, I'm alive and I'm here to stay...

La mattinata scorre così, musica ad alto volume, colazione, sigaretta, caffè, sigaretta, musica, io che canto e ballo come un adolescente. Io che a volte, nonostante tutto, mi sorprendo ancora a pensare ad Angela.

Pranzo con un aglio olio e peperoncino da sballo: il sottoscritto quando s'impegna è un ottimo chef.

Subito dopo mi metto a riparare la testiera del letto di Laura, si era staccato il perno che si aggancia allo stop sul muro. Le avevo promesso di farlo mesi fa.

In camera sua non posso evitare di notare un diario aperto, non è facile girare la testa dall'altra parte e non leggere. Ma ci riesco. E sono fiero di me. Ci sono anche molti post-it e fogli attaccati a una bacheca di sughero, scritti a mano da lei. Data la loro visibilità, questi li considero *pubblici* e sollevo la mia coscienza da qualunque senso di colpa, ne leggo qualcuno:

Le parole più belle sono baci.

Dimmelo tu come devo chiamarti perché, se la parola non è *amore*, allora da quel momento, l'amore, per me, avrà un altro nome.

Ho paura del buio a volte è solo un modo per dire *non te ne andare*.

L'amore è quella magia che fa crollare muri e poi con le macerie costruisce ponti...

Quando non ci sei mi manca tutto.

L'amore ti insegna che per sentire davvero qualcuno, non c'è bisogno di sfiorarlo nemmeno con un dito, perché ti basta toccarlo con il cuore.

Se ti ama ti fa sorridere. Punto.

Saprai che a ogni incrocio corrisponderà una scelta, e che se sceglierai con il cuore, la strada sarà sempre quella giusta.

Amo la sua scrittura semplice e diretta.

Uno non mi sembra suo, per la lunghezza forse è solo una trascrizione: mi colpisce, inizio a leggere e sembra una poesia:

> Vivi ogni giorno come se fosse l'ultimo della tua vita, ma fa' di tutto perché non lo sia...
>
> Prega, se pregare ti fa stare bene, ma ricorda che trasferire il motivo dei tuoi insuccessi a qualcosa di esterno a te stesso sarà il motivo del prossimo fallimento...
>
> Baciala! Tu baciala!
>
> Circondati delle prime persone a cui pensi quando sei felice e quando stai male, sono quelle che non ti chiedono "come stai" ma fanno di tutto perché tu stia bene...
>
> Arriverà un momento in cui fare qualcosa di romantico ti sembrerà stupido, forse perché qualcuno avrà riso della tua sensibilità, ma tu fallo lo stesso, segui il tuo cuore, portala lì, su quella spiaggetta che ti piace tanto, al tramonto, con il mare e le stelle... Più avanti scoprirai che, al contrario, non farlo sarebbe stata la cosa più stupida della tua vita...
>
> E piangi, se ne hai voglia, tu piangi!
>
> Vai a trovare la persona di cui dici sempre "devo andare a trovarlo", ma vacci adesso! Chiama quella di cui dici sempre "devo chiamarlo", ma chiamala adesso!
>
> Non incastrarti in un ruolo solo perché pensi di doverlo fare o perché gli altri se lo aspettano, ricorda che la coerenza forzata sfocia nell'ottusità: fregatene di essere a tutti i costi un uomo "tutto di un pezzo", molto meglio essere un "pezzo di tutto".

E poi diglielo... diglielo che la ami!

Non fare il gradasso, non raccontare i dettagli delle tue esperienze intime, perché questo non ti renderà un "grande uomo" ma solo un "uomo piccolo" di cui non fidarsi... E poi, ecco... tieni a mente che se lei urla, non è detto che dipenda dal fatto tu sia un toro: per esempio, l'ultima volta era un crampo...

Innamorati, tutte le volte come se fosse la prima volta!

Cerca di mantenerti in forma, ma a una certa età smettila di recitare la parte del ragazzino perché hai paura di invecchiare... oppure fai pure il ragazzino, ok, ma tira fuori quello che scalpita dentro il tuo cuore e non hai ascoltato mai. Guardalo bene negli occhi, senti cos'ha da dirti, e non deluderlo.
Non più.

Difendi le cose in cui credi, anche quando ti metteranno in un angolo, anche quando rideranno di te, tu difendile, perché sono i tuoi sogni, è tutto quello che hai...

Non chiederle perché piange, abbracciala!

L'amore più grande della tua vita arriverà nel modo più inaspettato, da un momento all'altro, all'improvviso, ti stenderà lungo la strada di casa, quella che percorri tutti i giorni e conosci a memoria, quella su cui non pensavi di poter trovare sorprese. Fatti trovare preparato!

Riconsidera la scala delle tue priorità, rifletticì... e se il tuo lavoro viene prima di ballare e cantare completamente nudo dentro casa mentre ascolti il tuo pezzo preferito, ecco, allora fatti una domanda, chiediti se è quello che vuoi, se stai seguendo davvero il tuo cuore, sei ancora in tempo per cambiare la tua vita!

E poi... mandale quel messaggio!

Verso le 16.30 mi butto sotto la doccia e ci resto quaranta minuti buoni. Esco e con calma mi preparo.

Nel cassetto cerco la maglia di lino, quella bianco sporco con i cerchi neri minuscoli che mi ha regalato anni fa proprio Beatrice: mi piace come mi sta, è ampia ma valorizza le spalle. Metto i jeans consumati, con un mini strappo sul ginocchio e piuttosto aderenti. Ci abbino una giacca nera, sfoderata e dal taglio sportivo. Per le scarpe opto per delle Adidas. Spettino un po' i capelli, li imbratto di un prodotto che li sporca e li modella, casualmente ma con metodo. Una spruzzata del mio profumo preferito e via.

Alle 18.20 sono in macchina, in un quarto d'ora sono in centro ma preferisco fare tutto con calma. Lascio la macchina al parcheggio di piazza Navona, e poi due passi a piedi in via Rinascimento e piazza della Pace.

Arrivo puntuale. Mentre attraverso la strada e le vado incontro, alzo il braccio per farmi vedere da Bea che mi cerca con gli occhi davanti al negozio in cui ci siamo dati appuntamento.

Mi sorride.

Bea ha i capelli rossi, di un punto di rosso vicino al rame, lunghissimi, con la frangetta. Ha la pelle chiara e gli occhi blu. È alta, molto alta, pochi centimetri meno del mio metro e ottantasei, ed è magrissima. La sua magrezza pare quasi una dichiarazione d'intenti, sembra dire *io sono leggera*.

Il look sembra quello di una cantante indie rock londinese. Questa sera indossa jeans a vita alta, strettissimi che finiscono con una campana su uno stivaletto marrone con le borchie. Ha una camicetta acetata con dei fiori stilizzati simili a rombi dal marrone chiaro al marrone scuro fino al rosso porpora. E poi ha i suoi grandi occhiali con le lenti rotonde e le stecche fini e dorate.

La abbraccio forte e dico: «La mia rock star più bella dell'universo!».

«Oddio, solo tu sai farmi arrossire così... E comunque, vogliamo parlare di chi è davvero figo? Cioè, ma ti vedi? Hai fatto girare mezzo centro storico!» risponde ridendo, con quel suo dente un pochino storto.

«Ma finiscila! Qui c'è una sola star!»

«No, davvero, Leo, sei uno gnocco! Poi con questa giacca... Ma perché non t'innamori perdutamente di me?»

«Smettila di sfottermi, ok?» e mi stacco un po' da lei continuando a tenerle le mani.

«Andiamo, ti faccio vedere la chiesa dove voglio che mi sposi» mi dice.

«Ma tu non eri atea?»

«Sono agnostica, Leo, ho lasciato quel minimo margine di possibilità all'esistenza di una divinità superiore solo perché non sono ancora riuscita a spiegarmi chi possa aver creato le patatine fritte e la Nutella...»

«E le fettine panate fine!» aggiungo ridendo ancora.

«Giusto! E le fettine panate fine!» e sorride. «No, comunque, davvero, questa chiesa è meravigliosa, anche se non sono credente voglio che mi sposi lì! E pretendo un abito da sposa bianco e lunghissimo. Andiamo, te la faccio vedere!» aggiunge con la smorfia di una mocciosa. Mi tira per la mano trascinandomi dietro di lei.

«Ok, andiamo.»

Dopo pochi minuti, camminando su via del Governo Vecchio, passando per via dei Coronari, ci ritroviamo in piazza San Salvatore in Lauro.

«Eccola! Guarda che spettacolo!»

«La chiesa di San Salvatore in Lauro... certo, una meraviglia artistica e storica, è del Seicento, e il santuario conserva una delle più antiche icone lauretane...»

«A me trasmette serenità. Allora, mi sposi qui?»

La serata scorre leggera e piacevole, camminiamo parecchio, guardando vetrine di ogni tipo, da quelle di giocattoli in legno alla biancheria intima femminile, passando per gli abiti vintage e i gioielli.

Verso le 20.30 siamo seduti da Baratto, la mia osteria preferita, gestita da Giorgio, un uomo sulla quarantina, colto, simpatico, un po' pazzo e profondamente irriverente. È dove porto tutte le persone con cui sto bene o a cui voglio regalare una bella serata, quello dove mi sento a casa, rilassato. Giorgio è il re della sala, serve a tavola, gestisce le comande, riordina... Ma non è solo questo, lui è un artista, un poeta, un pittore, un attore, un comico, un mito, un genio che per "campare" fa il cameriere a un livello esagerato, con una passione mai vista, tanto che il ristorante sembra suo e la gente va lì soprattutto per lui: attori, politici, avvocati, cantanti, intellettuali, meccanici... insomma, gente d'ogni tipo. Oltre a trattarti come un ospite d'onore, oltre a portarti in omaggio sempre qualcosa fuori menu, come i famosi "biscottini di Giorgio", non manca mai d'incantarti con qualche perla di cultura, di vita, di follia...

Il locale ha delle applique di stoffa alle pareti, alcune piantane qua e là con le cappelliere rosse e le candele. Luci soffuse, profumo di buono e quadri kitsch. E ottima musica in sottofondo, anche questa selezionata da Giorgio: perlopiù cantautorato italiano, da Mina a Fiorella Mannoia, spesso con arrangiamenti particolari.

Beviamo un ottimo Merlot. Come antipasto dividiamo un tortino alle zucchine e uno alle melanzane. Squisiti. Poi io prendo dei tagliolini con astice e pomodorini pachino, lei risotto ai funghi.

Parliamo di tutto, ma il tema Laura è subito centrale.

«Perché ancora non le hai dato il permesso per la Grecia?»

«Guarda, Bea, non lo so, ci pensavo proprio oggi... Lo ammetto, sto temporeggiando non per una motivazione logica... è una cosa irrazionale.»

«Ok, questo ci sta, è umano, Leo, ma per lei è importante, ti rendi conto quanto?»

«Certo.»

«Dovresti parlarle, ha bisogno di te e del tuo supporto.»

«Non lo so, a volte pare che mi detesti...»

«Ma scherzi? Ti adora! Solo che non avete più un terreno dove comunicare: c'è la sua età, da un lato, i tuoi fantasmi, dall'altro... Dovete solo ritrovarvi.»

«Sì, hai ragione...»

Abbasso lo sguardo.

«Ha a che fare con Angela? Ne parli così poco...»

«Ecco, io...»

«Ti manca ancora, eh?»

«Da morire.»

«Non so molto della vostra storia, sono arrivata dopo, ma è strano... Io e te siamo così intimi eppure me ne hai parlato talmente poco...»

«Non è facile, Bea, non è facile.» Gioco nervosamente con una mollica di pane.

«Lo so...»

«Era tutto perfetto. Poi un giorno, da un momento all'altro, mi ritrovo in mano una lettera incomprensibile e ciao. È finita così, con una lettera che non spiegava nulla, le ragioni, eventuali mie colpe, nulla, una cosa senza senso...»

«Le cose ce l'hanno sempre un senso.»

«Ma io non lo trovo, non l'ho mai trovato...»

«Hai provato a cercarla?»

«Una volta, poco tempo dopo, e fu orribile. Presi un treno fino a Palermo, ma i suoi genitori mi dissero che era partita per gli Stati Uniti, che era andata a stare da alcuni zii, per studiare lì, che non sarebbe mai tornata e sarebbe stato meglio che smettessi di cercarla. Chiesi un numero, un indirizzo, un aiuto qualunque, ma loro furono irremovibili. Mi offrirono un mega assegno per crescere Laura. Lo rifiutai, e poi basta, e poi boh...»

«E poi basta?»

«Già. E poi basta. Qualche giorno prima eravamo lì nella nostra oasi d'amore, con Laura, il nostro angelo appena nato, e qualche giorno dopo... tutto finito, mi ritrovo per terra a cercare i pezzi della nostra vita, a chiedermi perché...»

Butto giù un bicchiere di vino. Alzo il calice e la guardo negli occhi. «Salute! A noi, a questa nostra amicizia così preziosa!»

«Salute! A noi! Ti voglio bene!»

«Anche io!»

Sorridiamo.

Penso che il discorso sia chiuso, ma qualche minuto dopo Bea lo riapre: «Lei non ti aveva dato segnali? Nulla di strano?».

«Be'... Sì, ma non avrei mai pensato che... Sai, il parto è stato piuttosto travagliato, tanto da spingere i medici a sedarla. Ecco, dopo il risveglio non era più la stessa...»

«Cioè? Fammi degli esempi...» E prima che io risponda, aggiunge: «Ohi, se ti scoccia parlarne, davvero, la smetto».

«No, Bea, tu puoi chiedermi quello che vuoi...»

«Ok...»

«Era taciturna, spesso la sorprendevo con lo sguardo fisso nel vuoto. Quando le chiedevo cos'avesse mi rispondeva sempre "Niente, amore, niente".»

Bea annuisce in attesa che io vada avanti.

«E poi non mi cercava più. Si occupava di Laura, mi aiutava a cucinare, ma non mi cercava più come prima, nemmeno le sue classiche domande, o le rassicurazioni che voleva sempre, niente...»

«Le rassicurazioni?»

«Be', Angela era una ragazza particolare, per certi versi molto sicura di sé e disinvolta, per altri fragilissima. Mi chiedeva di continuo di garantirle che non l'avrei mai lasciata, o che non mi sarei mai stancato... Ecco, negli ultimi giorni nemmeno questo c'era più.»

«Strano...»

«Be', sì, l'ho sempre trovato strano anche io, perché poi la sua famiglia di certo non le faceva mancare l'affetto e la sicurezza: le davano tutto, persino più di quello che chiedeva. E poi era davvero bellissima, piaceva a chiunque...» Faccio una breve pausa perché sto pensando a lei. «Era intelligente, brillante, spiritosa. Non le mancava niente di quello che chiunque possa desiderare. Guarda, me lo sono domandato un miliardo di volte ma non lo so, non lo so cosa possa essermi sfuggito...»

«Che tipi erano i suoi?»

«Non saprei dirti molto, perché della famiglia parlava poco. All'inizio mi aveva raccontato qualcosa, che erano molto ricchi, erano uniti, e non ho mai colto note negative nelle sue parole, o non so... Ecco, io li ho visti poco, sono saliti qualche volta durante la gravidanza, magari non erano troppo felici che la figlia fosse rimasta incinta così giovane, ma devo dire che la supportarono in tutto, e furono gentili anche con me. E lei non ha mai detto niente che potesse far pensare a conflitti emotivi. Poi, in generale, accettavo questa sua forma d'insicurezza di fondo, era diventata anche un po' il nostro gioco: lei mi chiedeva di rassicurarla e io lo facevo. Ed era bello.»

«Capisco...» Mi guarda per un attimo, in silenzio, quasi volendo scrutare qualcosa nei miei occhi, poi prosegue. «Sai, in alcune donne dopo il parto scattano dei meccanismi psicologici particolari, che possono portare anche a gesti estremi e apparentemente incomprensibili... Però in questo caso c'è qualcosa che sfugge...»

«Non dirlo a me» e accenno un sorriso. «C'è stato un momento in cui pensavo di essere dentro un sogno, o un incubo, mi chiedevo quale fosse la realtà.»

«E chi può dirlo cos'è la realtà...»

«Io no...»

«Io nemmeno...»

«Le persone, me compreso, hanno bisogno di dare un nome alle cose, un nome preciso, ma le cose ho l'impressione non ce l'abbiano quasi mai un nome unico» le dico, e in verità lo sto dicendo più a me stesso. «La gente vede, in noi e in tutto, quello che vuole vedere, e chiama le cose in tanti modi diversi. È come la storia del bicchiere mezzo pieno o mezzo vuoto... La realtà la creiamo noi, con le nostre azioni.»

«E anche un po' con i nostri sogni...»

«E anche un po' con i nostri sogni, giusto. *Cheers*, Bea!»

«*Cheers*, Leo!»

Nel frattempo sono comparsi in tavola i nostri secondi, polpette al sugo lei, carciofi alla romana io.

«Prima o poi arriverà il senso, Leo, ne sono certa. Prima o poi qualcosa succederà...»

«Lo spero.»

«L'amore, Leo.»

«Eh, l'amore...»

Sorride, buttiamo giù entrambi un sorso di vino, poi proseguo: «Sai cosa penso? Penso che capisci che è amore quando non hai bisogno di capirlo. Perché in fondo, dài, se te lo chiedi, lo stai già un po' mettendo in dubbio, e quando la vita ti cambia in un istante, quando sotto i tuoi piedi trovi chilometri di cielo, quando intorno a te, all'improvviso, trema tutto. Quando fai suonare le stelle e il tramonto, e disegni i colori e le onde del mare, quando la guardi negli occhi e ci trovi la sabbia bianca e i fondali e la freschezza, il tuo nirvana e le canzoni, la notte le albe e i tramonti, e lì dentro, nei suoi occhi, non mancano i millenni e gli oceani che prima erano ghiacciai, non manca la poesia e i poeti e il suono del vento, e c'è il rumore delle pagine sfogliate, lo scorrere dei granelli, le estati e gli inverni, e la magia... Dico, quando succede tutto questo, allora lo sai che è amore. Ecco, io lo so che lei è amore. Non ho bisogno di capirlo».

«Wow... Dio! Ecco, io... mi hai lasciata senza parole!» mi guarda come venissi da un altro pianeta.
Aleggia un silenzio carico di significato.
Non aggiungo nulla e sorrido.
«Dopo tutto questo tempo ancora la ami così: questo è davvero meraviglioso...»
«Sai, Bea, in questi anni una cosa l'ho imparata, ho imparato che non si deve mai dare per scontato nulla»
«Hai ragione... ma a cosa ti riferisci?»
«Dare per scontato che gli altri ci siano, che si occupino di noi, è un errore d'ingratitudine verso la vita, non solo verso chi ci ama così tanto da sottrarre tempo ed energie a se stesso. Ho imparato a non aspettarmi nulla, e non perché io abbia ricevuto poco ma, al contrario, perché ho ricevuto molto, e adesso so che l'amore non può che essere energia circolare, un'onda che per sopravvivere ha bisogno di riflettersi nel cuore delle persone e poi rimbalzare nelle loro vite, nelle loro storie... e così via, in una catena di bellezza che non merita di essere spezzata solo per una questione di egoismo o di cecità emotiva. L'amore dev'essere restituito, perché è in quel momento che possiamo davvero considerarci liberi di godere della fortuna di un bacio sotto le stelle o di un abbraccio che ci fa sentire meno soli. L'amore ha senso solo se condiviso, e darlo per scontato è il modo più sciocco di perderlo.»
«Vorrei non smettere mai di parlare con te...»
«Io vorrei dirti che non lo do per scontato il fatto che tu sia nella mia vita, e che è bello, tanto...»
«Cazzo, Leo, così mi fai piangere» ha gli occhi lucidi.
«Possiamo bere un amaro del Capo ghiacciato, allora... così tu non piangi e non ci pensiamo più!» le faccio l'occhiolino prendendole per un attimo la mano sul tavolo.
«Ci sto! Vorrei solo dirti, se mai ce ne fosse bisogno, che per me vale lo stesso!»
«Lo so...»

Non so davvero come sarebbe la mia vita senza di lei...
«Il caffè lo prendiamo al *bar del Fico*? Tanto è qui dietro.»
«Sì!»

Usciamo e dopo il caffè ci dirigiamo a piedi alla festa che si svolge in un locale a due passi dal ristorante. Ad aspettarci fuori troviamo Filippo e Maria, la sua ultima conquista, una bellissima ragazza svedese. Bionda e alta, manco a dirlo. Immagino non arrivi a venticinque anni, ha un sorriso davvero fantastico e una scollatura vertiginosa. Insieme a loro c'è una coppia di amici di Filippo: Luca e Mary.

Mi colpiscono, hanno una luce diversa negli occhi, si tengono per mano, si guardano di continuo, senza staccarsi mai, sembrano felici. Sono lì, ok, ma non sono davvero con noi, stanno su un mondo diverso, il *loro* mondo, e si vede che non gliene può fregare di meno della compagnia, della musica, dello champagne, dei divanetti, dei braccialetti che ci hanno messo al polso per accedere al privé e farci sentire vip, delle hostess che distribuiscono gadget degli sponsor. A loro basta tenersi per mano, solo quello... Lui, mi ha raccontato Filippo, fa lo scrittore, ha mollato tutto per rincorrere la sua passione, prima faceva il broker assicurativo. Lei invece è un architetto, figlia di un architetto di livello internazionale, anche lei ha *lasciato* tutto, ha *lasciato* tutto per lui, per Luca: conviveva con un ricco avvocato, rampollo di una famiglia di industriali torinesi. Li osservo mano nella mano, nel locale, durante la festa. Mi trasmettono serenità. Quella luce negli occhi... hanno l'amore addosso.

A un certo punto incrocio lo sguardo di lui, non so, che sensazione assurda, come se ci conoscessimo ma io non lo conosco... Resto pietrificato, sento che ha qualcosa da dirmi, ma non ho il coraggio di rivolgergli la parola.

Non posso non pensare a te, Angela, a quello che poteva essere. A quello che sento dentro, al vuoto che mi spacca il cuore da quando non ci sei più, non posso non pensare a te e al nostro mondo, alle nostre mani, a tutta quella magia.

Ti penso tanto, amore, tanto. Non c'è un giorno, un solo minuto, da quando mi hai lasciato, che io non pensi a te. Lo faccio senza fare rumore, ti amo da impazzire senza dire niente, ti amo di continuo senza smettere un attimo, ti amo pure quando manchi da morire, ti amo anche quando cerco motivi per non farlo e mi perdo nel vuoto, ti amo soprattutto quando ripenso a noi due e mi sento solo. Il rumore è dentro di me, il mondo non lo sa, ma quando fuori c'è silenzio, nel mio cuore c'è casino, esplode l'universo, e intanto io ti amo, mentre l'universo crolla, io ti amo. Ti amo. Anche se il mondo non se ne accorge. Anche se il mondo non sa niente. Io ti amo.

Verso le tre, i due amici di Filippo, Mary e Luca, ci salutano spiegandoci che domani devono partire presto. Quindi fanno per andarsene, ma dopo pochi passi lui, Luca, torna un attimo indietro, mi punta e mi dice all'orecchio: «È tutto lì, davanti agli occhi, l'amore, le cose preziose, le risposte... sono lì, davanti ai nostri occhi... Non lasciarle sfuggire, amico!». Poi sorride e mi fa l'occhiolino. Quindi se ne va. Io resto lì, immobile, senza nemmeno riuscire a dire grazie o ciao. Destabilizzato. Cosa intendeva? Cosa voleva dirmi?

"È tutto lì, davanti agli occhi..."
Eh, sì... Ma davanti ai miei occhi ci sei solo tu, sempre tu...
Più cerco di non pensarti, più ti ritrovo in ogni cosa. Nelle scene dei film che mi colpiscono, nelle parole delle mie canzoni preferite, quando bevo un ottimo vino, o quando parlo con qualcuno d'interessante. Tu sei sempre lì, tutto mi ricorda te. E allora smetto di combatterti, torna(ci) quando vuoi nei miei pensieri, eri la mia casa, sei la mia casa, e questo non cambierà mai. Anche se adesso non so più dove sei...

13
Importante per tutti, speciale per nessuno

Diario di Laura
21 luglio 2016
Ore 04.00

Sola. Ecco come ti senti. Importante per tutti, speciale per nessuno. È come se passando davanti a uno specchio fossi trasparente, come se in quello specchio si riflettesse qualunque cosa meno che la tua immagine. Ti chiedi se quello che hai dentro, quello che provi, faccia la differenza per qualcuno... E allora ti dici che forse le linee che disegnano i tuoi pensieri sono banali, poco interessanti. Ti metti in dubbio, ti cerchi fra le righe di un diario che non vuole leggere nessuno. Ti rincorri fra i dubbi e le incertezze che hanno il volto di te donna, ti ritrovi nelle stesse paure mentre guardi una foto di te bambina. È che a volte vorremmo proprio urlare forte: "Oh, sono qui, non mi vedi? Scegli me! Scegli solo me, e lascia tutto il resto!".

Ma non sarò io a chiederti di amarmi a ogni costo, non verrò a elemosinare attenzioni in qualche angolo del tuo cuore. Non funziona così, sarebbe un errore. Sarebbe sbagliato.

Non sarò io a spiegarti che quando sono gelosa e vado fuori di testa e do di matto, in realtà sto urlando che ti amo da morire, e che ho paura che tu non sia più mio, e che ho paura di non essere all'altezza...

Non sarò io a raccontarti di quelle notti in cui a volte mi

perdo, quelle in cui vorrei che fossi con me, a tenermi la mano. Senza dire una parola.

Non sarò io a spiegarti che dove c'è un muro in genere c'è un cuore che vuole proteggersi perché ha paura di rischiare ancora. Perché ha paura di morire.

Non sarò io a dirti che se davvero ci tieni, il muro lo butti giù, in qualunque modo, e che a volte basta un semplice abbraccio per farlo crollare...

Non sarò io a chiederti di essere diverso da quello che sei, perché quando accogli qualcuno nella tua vita, non gli chiedi di cambiare in base ai tuoi capricci, perché ti piace per quello che è, col buio e la luce, col rumore e la musica, con la forza e la fragilità.

Ci sono persone che entrano nella nostra vita in modo sbagliato, tossico, nocivo. Non ci danno nulla, non si sforzano di comprendere, non mettono nemmeno un po' d'amore mentre toccano le nostre cose più preziose. Eppure al nostro cuore capita di essere rapito proprio da loro, non so bene come succeda né cosa scatti nel nostro cervello. So che ci s'innamora anche della persona sbagliata. Forse un po' perché ci sfugge, forse per quel senso del proibito che c'intriga fin da quando siamo bambini, il gioco interessante è quello più pericoloso, quello che non possiamo avere...

Forse perché c'è una parte nascosta, dentro di noi, che ha bisogno di essere salvata dal rifiuto, e per qualche strano controsenso psicologico è proprio di rifiuto che si nutre. So solo che queste persone che non fanno nemmeno un passo verso di noi, che non provano empatia per il nostro dolore, godono della nostra massima attenzione.

Poi però arriva un momento in cui ci domandiamo cosa stiamo facendo, perché stiamo usando così tanto delle nostre energie e del nostro tempo per chi non ci considera minimamente, per chi entra in casa nostra senza bussare, per chi prende tutto e non dà in cambio niente. Siamo l'amore che diamo, è vero, ma siamo anche l'amore che non regaliamo a chiunque. Arriva un momento in cui capisci che il ruolo di quelle persone nella tua esistenza è importante solo per capire il tuo, di ruolo. Per mettere a fuoco chi sei e da dove vieni. Ecco, certe persone capitano nella tua vita per ricordarti che rispettarti è un atto dovuto a te stessa. Tu sei il tuo più grande amore, e le persone sbagliate, quelle che non hanno a cuore la tua felicità, sono la tua più grande occasione di dignità...

Se non ti convinci di essere una prima scelta, per gli altri sarai sempre un'alternativa.

Mentre penso questo, trascrivo due post di Zagal su un foglio che finirà sulla mia lavagna di sughero:

> Se non sono sicuro di poter fare del tuo cuore un posto migliore, scelgo di non varcarne la soglia, nemmeno in punta di piedi.

> Volevi essere bella per lui, ma lui non si è accorto di te. È successo perché lui non sa riconoscere una perla rara in mezzo a un mare di bigiotteria. Ma adesso stai tranquilla e chiudi gli occhi, perché tu rimarrai un gioiello unico, mentre lui solo uno pieno di braccialetti di latta.

E il mio pensiero va a quelle volte in cui io e Marco lo abbiamo fatto, e lui non mi ha nemmeno baciata. Come posso permettere questo? Non sono certo il tipo che cerca una scopata tanto per, io non mi butto via. Io volevo fare l'amore, non scopare. Io volevo essere baciata. Io volevo essere un gioiello unico, per lui, e non un braccialetto di latta. Di quelli di poco valore, quelli che si cambiano così, senza nemmeno farci caso.

Sento che ogni giorno perdo un pezzo di me stessa. Spesso le persone non cambiano così, per conto loro, ma perché qualcuno le ha cambiate. Quando cadi e devi rialzarti da sola, dopo sei diversa, non sei più la stessa. Tieni la guardia alta. Non ti fidi di chi dice di esserti amica, e ancora meno di chi dice di amarti. Perché sai che certi sentimenti si dimostrano con i fatti e non con le parole, perché le parole più belle sono baci, baci sugli occhi, baci sulle labbra, baci sulla tua vita, il bacio sul collo... Quello appena dietro l'orecchio, quello possibile solo dopo aver spostato una ciocca di capelli con le dita, in penombra, delicatamente, sfiorando appena la pelle... Quello che dài solo quando vuoi provocare un brivido di bellezza nel cuore della persona che ami. E sai che se adesso sei diversa, se sei cambiata, lo devi a quelli che hanno detto "ti voglio bene" senza metterci il cuore, senza pesare le parole, senza badare al fatto che tu ci credevi davvero...

A volte sono triste, come questa notte, come adesso. Per fortuna posso leggere Zagal, che mi salva sempre:

> Ti porterò via con me, ma senza sfondare muri... lo faremo volando!

E io mi farei trovare pronta!

Ascolto Noemi con *Vuoto a perdere* e sul mio blog scrivo:

> Buonanotte a te che volevi essere speciale. Volevi essere speciale per lui. Ma lui non ti ha notata...
> Ok, vieni qui, fatti abbracciare, fammi sentire che sapore ha la bellezza, fammi vedere come è fatta una meravigliosa occasione persa. E scusalo, non sa cosa si perde. E forse non lo saprà mai...

Più trovo odio fuori, più cerco amore dentro.

Laura

14
Quando tu sei con me, con me c'è tutto l'universo

5 settembre 1997

Sono quasi le 19, siamo usciti per mangiare una cosa veloce prima del concerto di Jovanotti, all'Olimpico. Al concerto ci saranno anche Matteo e altri amici dell'università...
«Mangiamo gli arancini della mia terra?» mi chiede.
«Sì, dài! C'è un posto famoso per gli arancini, dietro Piazza Bologna... così mi dici se li fanno davvero buoni. Io non li ho mai mangiati, vediamo se sono meglio dei nostri supplì...»
«Hai detto *supplì*? Ecco, Leo, tu non capisci... i vostri supplì non hanno nulla a che fare con i nostri arancini. È come confondere lo spagnolo con il portoghese. Non è questione di meglio o peggio, sono proprio due pianeti lontanissimi, ok?»
«Gnè gnè gnè... la finisci?» e le do una spintarella.
«Ma sentilo!» Mi restituisce la spintarella. Ridendo.
Poi mi dà un bacio. Come sempre.
Ormai sono già più di tre mesi che Angela vive praticamente da me, di nascosto ai suoi. Continua ad andare a casa della sua coinquilina quasi tutti i giorni, prima di cena, cioè nell'orario in cui il padre e la madre la chiamano. Non le pesa troppo lo sbattimento, è un modo per stare un po' con Fabrizia, la sua amica, e non abbandonarla: sono molto legate, e lei è una persona leale. A volte la accompagno e mi fermo lì a cena, altre va da sola col suo motorino e torna più tardi, per mangiare con me. Non ci pesa niente, non ci mette paura niente, è tutto bellissimo, perché lo facciamo insieme...

Mentre mangiamo i nostri arancini, che ho scoperto essere squisiti e molto diversi dai supplì, appoggiati a una macchina parcheggiata di fronte il bar, lei mi chiede: «Sicuro che sei felice che io stia sempre da te? Non è che ti rompo?».

«Angela, ma che dici?»

«Ok...» Sorride e abbassa lo sguardo

«Ehi, guardami! Ti amo! Come potresti rompermi?»

«Anche io ti amo...» e sorride ancora.

«Sei bella quando sorridi, quando sei felice, quando c'è qualcuno che ti tiene la mano. Sei bella dentro un abbraccio silenzioso. E lunghissimo.»

«E allora abbracciami...»

«E allora vieni qui» e la tiro a me.

«Certe volte sono un po' gelosa...» Me lo dice senza staccarsi dal mio abbraccio e guardando verso la strada.

«E quando, di chi?»

«Quando guardi le altre...»

«Io non guardo le altre!»

Qualche volta, raramente, litighiamo. Ma è quasi sempre per lo stesso motivo.

«Possibile che devi studiare per forza con quella lì? Quella Federica...»

«Non per forza, Angi, abbiamo seguito il corso insieme, sempre seduti vicini, ed è venuto da sé... io non ti dico mica di non studiare con Fabrizia e Gabriele...»

«Be', non è la stessa cosa... c'è Fabrizia!»

«Ma una volta hai studiato anche a casa di Gabriele, no?»

«Oh, non so che dirti! Forse tu non sei geloso, ma io invece sì... mi manda al manicomio che vi chiudete in camera sua da soli!» Dopo averlo detto mi guarda: ha il viso rosso, è fuori di sé, ma è sempre bella.

«Sì che sono geloso, ma cerco di controllarmi!»

«E io non mi controllo, va bene?» e fa un'espressione fingendo di ruggire...

«Va bene...» le sorrido
«Che cavolo ti ridi!» e ride anche lei. «Non fare il furbetto...» dice e mi tocca il naso con il dito, poi attacca con il solletico, e io a lei, così scoppiamo a ridere e prendiamo a inseguirci sul marciapiede, in mezzo alla gente, come due bambini. Due bambini felici.

Perché anche la gelosia ci rendeva felici, in fondo. Perché, in fondo, se sei innamorato sei anche un po' geloso, e sotto sotto sei felice se anche lei è un po' gelosa, perché ti fa sentire più importante, perché ti sembra il segnale che la passione è viva e che tu sei il centro del suo mondo... E noi eravamo innamorati. E lei era il centro esatto del mio universo.
Poco prima che il concerto partisse, mi ha chiesto: «Come inizierebbe la canzone che scriveresti per me?».
«"È successo tutto in modo veloce / e mentre ti dico ti amo mi trema la voce..." Ecco, inizierebbe così...» e la bacio.

Siamo come stelle, certe notti brilliamo, altre ci nascondiamo dietro le nuvole, dietro al blu del cielo. Per non essere viste, o perché nessuno ci viene a cercare. Qualche volta sappiamo dove stare e quale isola illuminare, altre facciamo casino, e disegniamo forme che confondono chi ci guarda. Io pure mi confondo spesso, mi perdo su strade che non conosco, mi ritrovo nei pensieri più assurdi e apparentemente inconsistenti. A volte chiudo gli occhi perché anche in mezzo a tanta gente mi sento solo e allora cerco un motivo che mi salvi, una musica che parli di pelle, di mani, di tramonti, un'idea per cui valga la pena smettere di correre, di cercare chissà cosa, chissà dove. Acqua, fuoco, cielo, terra... Qualunque posto purché ci sia tu, perché una cosa la so: quando tu sei con me, con me c'è tutto l'universo.

15
Come stai?

9 agosto 1998

Siamo stati a cena con i suoi e i miei, si sono incontrati per la prima volta. È stato impegnativo e un po' imbarazzante... la pancia cresce, e lei è ogni giorno più bella. Ma qualche volta leggo nei suoi occhi un po' di paura.

I miei ci hanno lasciato la loro macchina per il periodo della gravidanza, visto che ne hanno un'altra. Quindi, verso le 23, abbiamo salutato tutti e ce ne siamo andati. Il ristorante, di proprietà di amici dei miei genitori, è in zona Garbatella, un vecchio rione di Roma con tanta storia alle spalle. Mentre torniamo a casa, veniamo colpiti da una meravigliosa scalinata con i gradini bassi, larghi e profondi, piena di verde intorno, con dei piccoli lampioni lungo tutta la salita e una fontana in un angolo.

«Che bella!» esclama lei.

«Scendiamo un attimo?»

«Sì, ok...» dice sorridendo.

Dopo qualche passo, accarezzandole la pancia le chiedo: «Cresce, eh... come stai?».

«Bene...» risponde esitando, ma non sembra convinta.

«Bene?»

«Bene.» Ora è più energica, e mi dà un piccolo schiaffo sul viso, ridendo. Ma nei suoi occhi leggo ancora qualcosa che non capisco fino in fondo, malinconia. O paura...

«Io di te vorrei la parte che non mostri a nessuno, quella che tieni solo per te. Troppo facile fermarsi al primo strato e prendere solo ciò che ci fa comodo. Un po' come chiedere "Come stai" e poi fregarsene della risposta. Io voglio sapere come stai, come stai davvero. Non mi bastano quattro parole di circostanza o una risposta cortese, io voglio leggerlo nei tuoi occhi, voglio prenderti per mano tutte le volte che abbassi un po' lo sguardo sorpresa da qualche piccola paura, quando sorridi invece di piangere, quando cerchi risposte che non trovi, quando ti specchi e ti vedi grassa, quando sei gelosa perché hai bisogno di attenzioni. Io voglio davvero sapere come stai, io voglio essere certo che stai bene. E poi, ecco, lo vedi? Se tu mi sorridi così, poi io devo baciarti. Non c'è alternativa, capisci?» M'interrompo un attimo, prendendole la mano, e la guardo negli occhi usando un pieno di dolcezza. Poi glielo chiedo ancora: «E adesso dimmi, come stai?».

Lei diventa seria, e invece di rispondere mi abbraccia forte. Rimaniamo in silenzio per un po', e in quel silenzio, in quell'abbraccio, c'è tutto ciò che vogliamo dirci, tutte le parole del mondo, tutto ciò di cui abbiamo bisogno.

«È che a volte ho paura di precipitare...» Lo dice con un filo di voce.

«Ascolta, Angela... ma non lo vedi? Non facciamo altro che cercare un modo per non soffrire, per proteggerci dalle persone che forse un giorno potrebbero ferirci, per ripararci da quelli che chiamiamo fallimenti, o dagli amori che forse un giorno potrebbero scordarsi di noi. E allora puntiamo al male minore, perché fa meno paura, perché sappiamo dargli un nome. Ci confondiamo con i toni medi, quelli che danno sul grigio, quelli dove tutto, in fondo, è niente. Ci affacciamo sulla finestra più alta della nostra vita, convinti che da lì nessuno possa vederci, e poi guardiamo giù, le vite degli altri, i nostri sogni, quello che poteva essere... Ecco, vieni qui, affacciati con me, guarda giù... Cosa vedi? Il vuoto? È solo questo che vedi, vero? Io invece vedo la mia chance... la mia occasione per imparare a volare. E ha a che fare con te. Tu sei il mio effetto collaterale più pericoloso, sei il mio fattore di rischio più alto. Tu sei il mio rischio di felicità!»

«Che bello! Mi lasci sempre senza parole, *mochilero*! È bello essere il tuo fattore di rischio più alto! Il tuo rischio di felicità!»

«Io voglio che tu sia felice, non mi basta vederti sorridere, perché a volte sorridiamo per non mostrare al mondo quanto siamo fragili, o forse perché ci hanno insegnato il senso della dignità, e allora, qualche volta, sorridiamo mentre ci casca il mondo addosso. Dammi la mano, amore, se il tuo mondo crolla, ti regalo il mio.»

Inizia a piangere: «Grazie...».

«E di cosa? Perché piangi?» le chiedo.

«Di tutto questo, di occuparti di me, di volermi con te...»

«Non è un impegno, è quello che voglio, quello che sento... scema! Non dirlo più! Non dire grazie! E smettila di piangere che mi fa male il cuore!» e le prendo il naso con due dita, per giocare.

«"Come stai" è una domanda bella, bella... lo sai?» lo dice e mi abbraccia ancora. Asciugandosi le lacrime. Sorridendo.

"Come stai", più che "come stai", significa: "Io mi voglio occupare di te, di te che sei così importante". E poi significa "ti amo", e poi significa "non lasciarmi", sì, significa "ti amo" e "non lasciarmi".

E io ti amavo. E io ti amo...

16
Sogni

Diario di Laura
22 luglio 2016
Ore 02.00

Camilla e gli altri hanno pagato la casa di Mykonos che avevamo prenotato, perché l'agenzia non poteva più lasciarla in sospeso. Mi hanno detto di non preoccuparmi, che il posto per me ci sarà lo stesso fino alla fine, nel caso mio padre si decida a darmi l'ok. Che dolci loro. E che rabbia per mio padre... mi sento esplodere, ha deciso di rovinarmi la vita! Lui non fa altro che uscire con donne ogni volta diverse e poi si mette a blaterare di regole e moralità o a sindacare su cosa sia giusto o meno per la vita degli altri. Che cosa ne può sapere uno come lui, che l'amore non sa nemmeno dove sta di casa? Per lui è stato un bene che mia madre sia scappata, gli ha permesso di farsi questa bella vita da playboy, da latin lover, senza legami e responsabilità... Ma cosa cazzo parla? Come fa a non vergognarsi? Giuro che appena posso scappo! Si preoccupa degli inesistenti pericoli di mandarmi in vacanza a Mykonos e non si accorge dei tagli che mi faccio da mesi sulle braccia e in altre parti del corpo...

Bea se n'è accorta subito, mi ha chiesto se ho voglia di parlarne, mi ha chiesto perché lo faccio, e poi mi ha fatto tutte le domande che può fare una persona che ti vuole bene e che è davvero attenta ai dettagli della tua vita, non alle stronzate che non contano un cazzo. Le ho fatto giurare di non dirlo a papà, e lei ha giurato. Sono solo piccolo tagli, niente di che, un modo per punirmi quando sento dentro il bisogno di farlo, un modo per rendere il dolore meno pesante, quando la mia vita va in frantumi e ho voglia di spaccarla in pezzettini ancora più piccoli, per farli sparire, per sparire io, per dissolvermi, per lasciare un segno di ogni lacrima versata sulla mia pelle, per fare uscire un po' di veleno... perché questo è l'unico modo che conosco di non morire.

Con Marco ho chiuso, mi ha cercata solo per scopare, bastardo... non sono una delle tue puttanelle! Quelle sai dove trovarle...
"Siamo tutti la più grande occasione di qualcuno." Non so dove l'ho letto, ma credo sia vero, anzi, ne sono certa... E io sono la tua più grande occasione, Marco, la tua più grande occasione persa!
C'è un momento preciso in cui le persone ci deludono. Questo può succedere in vari modi e per diverse ragioni, ma si tratta di un attimo: *clic*. E in quel preciso istante, in quel clic, anche Mister Universo diventa ai nostri occhi la creatura più brutta del mondo. Clic.

Ascolto *Ho scelto di no*, Marco Carta.
Sul mio blog ho scritto:

> Ti ho visto ridere a crepapelle di lei. Un giorno potresti voltarti e dire: "Guarda cosa mi sono fatto scappare, lei mi amava come nessuno farà mai più". E il bello è che lei non ti renderà il colpo, non perderà tempo a ridere di te. Perché lei sa che a salire ci si mette una vita intera, ma per scendere nella meschinità basta un attimo. No, lei t'ignorerà, semplicemente, come s'ignora chi non ha capito niente. Chi non merita la nostra attenzione.

Camilla è un'amorina unica, siamo inseparabili e io la adoro, mi ha detto che se mio padre non mi fa partire, non parte nemmeno lei e resta con me a Roma. Ovviamente le ho risposto che questo proprio non esiste, ma quanto l'ho apprezzato!

Io e te, mano nella mano, contro tutto il mondo. Insieme. Qualunque cosa accada.

Posso fidarmi solo di lei. Oltre a zia Bea...

Evviva quelli che ridono con gli altri e non degli altri. Evviva quelli che urlano per qualcuno e non contro qualcuno. Evviva le persone belle, quelle che sanno colmare vuoti, quelle che cercano di farti ridere anche quando non c'è niente da ridere. Quelle che quando non ci sono manca qualcosa, qualcosa di bello. E poi evviva quelli che ti dicono: "Quando vuoi, ci sono" e poi ci sono davvero, quando ne hai bisogno, e non solo quando possono o vogliono loro.

Siamo solo per pochi: sempre più convinta delle parole che ho inciso sulla mia pelle!

Un giorno zia Bea mi ha detto: «Non permettere mai a nessuno di guardarti come una che non ce la può fare. Tu ce la farai! Arriverà qualcuno a dirti di lasciare perdere quello in cui credi, e tu farai sì con la testa, ma davanti agli occhi avrai ancora gli stessi sogni. Più nitidi di prima. E penserai: "Fottiti"».

Mi è venuto in mente ieri, quando ho incontrato la mia professoressa di Italiano al supermercato. Mi ha chiesto cosa volessi fare da grande, come lavoro, e quando le ho detto che vorrei fare la scrittrice, mi ha risposto che non è facile, che di libri se ne venderanno sempre meno, che la possibilità di farcela è prossima allo zero, che serve tanto sudore, tanto talento, parecchia fortuna, e che forse è meglio se lascio perdere... Mentre la assecondavo facendo sì con la testa, pensavo proprio: "Fottiti! Quello è il mio futuro! Quelli sono i miei sogni! E io i miei sogni non li lascio toccare a nessuno!".

Scrivo ancora sul mio blog:

Corri! Ti osserveranno in silenzio, aspettando un passo falso e di vederti inciampare. E tu vola!

Prima ho letto un altro post duro, diretto e incazzato di Loy, che spacca:

> Io lo so che alla fine vincono loro, vincono sempre loro, quelli che non si espongono mai, quelli che ti dicono tutto e non ti dicono niente. Quelli che stanno nel mezzo, fra te e i tuoi nemici, fra te e i tuoi dolori, e sono amici tuoi e dei tuoi nemici, ma mai dei tuoi dolori. Quelli dei mezzi sorrisi, delle mezze verità, delle mezze parole. Quelli del "sì, però...", del "certo, anche se...". Nell'era del *low profile* e del politicamente corretto io rivendico, perdio, il mio diritto a essere uno stronzo sociopatico rompicazzo che chiama "amore" quello che considera amore e "merda" quello che considera merda, e non chiama "amico" quello che non considera amico. Rivendico il mio diritto a essere radicale nelle scelte e nelle posizioni. Sono un cazzo d'irriducibile, con la rogna. Sì, sono rognoso come certi cani da discarica. E non mi muovo di un millimetro. Vinceranno sempre loro, mediocri leccaculo senza sostanza, ma io morirò con un sorriso pieno di goduria per avergli detto in faccia: SUCA!

Oddio, Loy, tu sei un mito! Ne conosco qualcuno di questi mediocri soggetti... Facile quando sul piatto non c'è il tuo, di cuore.

Questa sera Zagal invece scrive:

> Volevamo essere la cosa più bella del mondo, ma potevamo esserlo solo insieme, perché separati nulla era bello davvero, e il mondo era un mondo a metà. Allo-

ra abbiamo chiuso gli occhi e ci siamo sognati. E tutti quei chilometri non erano più distanza, non erano più niente. Perché c'eravamo solo tu e io. E il mondo era meraviglioso.

Che dolcezza infinita che sei, Zagal... E quanto è vero! La distanza è l'alibi di chi non ci crede.

Buonanotte a te che hai lo stomaco sottosopra per la paura di perderlo. Sei gelosa perché lo ami, e un po' perché sei fragile...

E in fondo basterebbe che lui ti dicesse "Amore, io voglio solo te" e in un attimo tutto quello che ti rende insicura si dissolverebbe nel tuo bellissimo sorriso. Basterebbe solo quello, e tu saresti felice...

Laura

Giorno 3012

Dopo due anni trascorsi nell'oceano Atlantico meridionale, fra l'Africa e il Sudamerica, ora, da qualche giorno sono arenato di fronte all'Antartide (Latitudine -66.51326 / Longitudine 27.597656). Qui fa tanto freddo, si gela. Inizio a pensare che non ce la farò...

17
Ti penso. Mi manchi. Ti amo.

23 luglio 2016

"Ti vuoi mettere con me?"
Era un biglietto piccolo e ripiegato almeno tre volte su se stesso. Lo avevo dato direttamente in mano a Vanessa un attimo prima che suonasse la campanella di entrata. Intorno alle 8.15. Eravamo in quarta elementare. Grembiule blu io e rosa lei. Con i piccoli bottoni in madreperla e il colletto bianco. Profumo di bucato. Io frangetta, lei occhi grandi. Ricordo quel giorno come se fosse oggi. Nello zaino l'astuccio, il diario, i libri e i pennarelli. E la pizzetta rossa. E i sogni. Dopo pochi minuti, lei mi fa recapitare, tramite passamano dei compagni di classe, banco dopo banco, mano dopo mano, lo stesso foglietto con sotto la risposta, intanto la maestra spiegava geografia, i mari che bagnano l'Italia. I fiumi e confini.
C'era una crocetta sul sì: significava che eravamo ufficialmente fidanzati. E sentii la prima fitta allo stomaco della mia vita.
Da bambini sappiamo quello che vogliamo perché sappiamo ascoltare il nostro cuore, e abbiamo il coraggio di manifestarlo senza tanti filtri o giri di parole. Da grandi, invece, non sappiamo più quello che vogliamo, e quando lo sappiamo c'incasiniamo la vita senza motivo. Basterebbe essere semplici, basterebbe dire "ti penso", "mi manchi", "ti amo".

È più o meno la stessa ora di quel giorno, qualche minuto prima, ma sono sveglio già da un po'.

Sarebbe bello se oggi, in modo semplice, così, all'improvviso, come se fosse la cosa più naturale del mondo, tu tornassi da me. Magari con un foglietto in mano ripiegato tante volte, scritto a penna e con una crocetta sul sì. Sentirei una fitta anche questa volta, ma sarebbe la più bella della mia vita. Non ti chiederei nulla, non ti farei domande, ti bacerei. Ti bacerei e basta.

Sai, se tornassi indietro, lo rifarei. Raccoglierei ancora quel braccialetto per terra, ti chiederei di nuovo: «È tuo?». Tu forse mi ringrazieresti sorridendomi nello stesso disarmante modo. Ma questa volta, balbettando come allora, aggiungerei: "È tuo", senza punto interrogativo, "il mio cuore è tuo". Questo aggiungerei. Semplicemente questo.

In cucina, la mattina d'estate, la luce è bella e abbondante. Dalla grande finestra accanto al tavolo sono felice di osservare un po' il giardino, non ci sono molte piante, ma quelle che ci sono stanno bene, sono sane e ben curate, soprattutto per merito dei miei genitori che ogni tanto vengono, piantano, potano, travasano, spostano. Alcune volte si fanno accompagnare da un giardiniere, quando magari occorrono interventi più delicati. Sono orgoglioso dell'orchidea che ho posizionato sul pavimento esterno proprio accanto alla portafinestra della cucina, sotto il patio: negli anni l'ho curata con grande amore, è una pianta delicata e difficile da coltivare per via del nostro clima, ci tengo tanto, e ora ha proprio un bell'aspetto, folta, con delle foglie lunghissime e un sacco di fantastici fiori.

Guardarla, adesso, mi trasmette serenità. E solo Dio sa quanto ne ho bisogno.

Mentre preparo il caffè e ascolto un po' di musica mi chiedo com'è possibile che io non riesca a trovare un modo semplice per comunicare con Laura. Un modo semplice per comunicare con i miei. Un modo semplice per comunicare con me stesso.

Ho bisogno di ossigeno, è come se io stessi trattenendo il fiato da troppo tempo. Mi salvano gli amici e il calcetto del lunedì e mercoledì sera, sembrerà banale ma è una delle poche cose che mi scaricano davvero, in quell'ora di partitella mi dimentico di tutto, non mi pongo domande, non cerco risposte, non penso a niente, se non a fare gol e a non prenderne... e ieri sera ne ho segnati due, ancora me la cavo! A fine partita ho esultato come se fosse stata la finale della Champions League.

Prima di uscire per andare a lavoro faccio uno squillo a Bea, ho voglia di sentirla, ho bisogno di un pezzetto di felicità per affrontare la giornata. Tanto è sveglia, faceva la notte in ospedale...

«Ohi, che dici, staccato?»

«Ciao! Sì, venti minuti fa! Tu inizi, invece?»

«Eh sì. Ho preso il caffè proprio ora. Visto che bella giornata?»

«Sì, davvero splendida. Che succede, Leo?»

«Niente, volevo solo farti un saluto...»

«Sicuro?»

«Sì, certo...» ma non devo essere troppo convincente. E forse in fondo non voglio nemmeno esserlo.

«Oh, non insisto, tanto, se hai bisogno, sai dove trovarmi!»

«Grazie...»

Qualche secondo di silenzio.

«Prometti di chiamarmi per qualunque cosa?»

«Prometto!»

«Ti voglio bene... Buon lavoro!»

«Anche io, e adesso vai a riposare!»

La saluto e penso che ha capito, sì che ha capito.

La verità è che una donna capisce tutto, e lo fa in silenzio.

Anche oggi giornata assurda a lavoro, si trotta senza sosta. A Riccardo ho chiesto la cortesia di venire a tempo pieno, in questo periodo. È sveglio e di grande aiuto. Auto che vanno, auto che vengono, più di quelle che potrei lavorare e smaltire. Quanto manca per le mie vacanze?

Ale 20 sono fuso, come la guarnizione della testata di una 500 che mi hanno lasciato poco fa. Il proprietario, un tipo che lavora qui vicino, si è raccomandato che sia pronta in tempi stretti. Perché deve partirci. Sai che novità...

Sto per salire in casa quando ricevo la telefonata di Filippo che mi chiede se mi va un hamburger, una cosa veloce. Laura come sempre non c'è, mangia da Camilla, quindi accetto, anche se devo rimettermi in riga con gli orari e con il sonno.

«Ok, dài, ma senza fare tardi, eh! Sto uscendo tutte le sere...»

«Ma certo! Guarda, anche io sto dormendo poco... facciamo presto, promesso.» E poi aggiunge: «Ma non sei felice di vedermi, cazzo?» e lo urla con un entusiasmo quasi teatrale.

«Ma certo!»

«È la nostra vita, viviamola!»

«Giusto, Fil, giusto! Allora a fra poco!»

«A fra poco, *brother*! Oh, Leo... ascolta: dài a ogni giornata la possibilità di essere la più bella della tua vita!»

«Mark Twain...»

«Cioè?»

«Cioè è di Mark Twain. "Dài a ogni giornata la possibilità di essere la più bella della tua vita": l'ha detto Mark Twain, Filippo!»

«Ma se l'ho appena detta io, perché dici che è di Mark Twain?»

«Perché lo sanno tutti, l'hai detta perché l'hai sentita da lui...»

«Io non lo sapevo... Allora l'abbiamo detto in due...»

«Oddio... Ok, Fil, ok... Dài, sarà come dici tu, non perdiamo tempo, mi sbrigo a farmi una doccia al volo e in venti minuti sono lì!»

«Ma che buffo che sei, a volte!» e fa una risata di quelle bonarie, una di quelle con cui perdoni le marachelle dei giovani. «Ok, a fra poco, grande Leo!»
Che tipo...

Ci troviamo in un posto in zona Monti, è un posto noto per gli hamburger, sono di ottima qualità, con un'ampia varietà di carne. Hanno anche la birra artigianale. Diciamo che con Filippo riesci nell'impresa di spendere, per un panino, delle patatine fritte e una birra, quaranta euro a persona, che non è facile...
Il tempo con lui scorre come sempre in modo piacevole e divertente.

«La verità è una bugia mascherata a cui cambiamo trucco e vestito in base alla festa.»
«Questa è bella, Filippo!»
«Ecco perché mi fido delle persone che a volte sono dure per difendere un po' della loro fragilità...» Mi stupisce questa profondità, infatti poi aggiunge: «Per esempio, prendi le donne dure, quelle che sono sempre un po' incazzate, ecco, quelle vanno rispettate! Fino a che non te la danno!» e ride forte con la bocca apertissima.
«Filippo, sei un coglione!» Ma rido anch'io. Ecco di nuovo che trova vie di uscita...
«Scusa, Leo, lo sai che quando per sbaglio dico una cosa seria poi devo controbilanciare con una cazzata, è più forte di me!»
«Lo so, ti conosco...»
«Ricordi quella volta che dissi a quella... come si chiamava? La hostess! Ah, sì, Giulia! Le dissi: "Tesoro, cosa potrei desiderare di più? Tu hai già tutto quello che cerco in una donna: respiri!".» E ride ancora forte. «Ricordi che espressione fece! Ma dico... ma un po' d'ironia!» Poi diventa un attimo serio: «Oh, non me la diede, eh!».

«Fil, so cosa c'è al di là di questa corteccia di finta superficialità che ti ostini a mettere tra te e tutto, sappi solo che lo so...»

Resta in silenzio e mi fissa tornando serio: «Leo, lo vedi, sei scorretto, mi avevi detto che con l'erba ci avevi dato un taglio, e invece tu fumi, tu fumi ancora, e chissà cos'altro ti fai! Altrimenti non so davvero da dove potresti tirarle fuori certe cazzate zen!»

E ride forte.

E rido anche io.

Anche se ci siamo capiti.

Ma questo è il suo modo di esserci, e va bene così...

Ci salutiamo.

«Dài, tanto ci vediamo sabato!»

«Ciao, Filippo!»

«Ciao... oh, Leo...» esita un attimo poi mi guarda dritto negli occhi e mi dice: «Buonanotte...».

Ecco, questo è il suo modo per dirmi un sacco di cose, fra le quali "grazie" e "ti voglio bene".

Alle 23.30 sono a casa. Ho fatto davvero presto. Mi spoglio e accendo una Marlboro, anche se in camera non dovrei. Apro la finestra. Non dovrei, ok, ma ne ho voglia.

Mi butto sul letto completamente nudo, a quattro di bastoni, sul comodino ho una pila di libri, la trilogia delle 50 *sfumature*, *L'ultimo tra i sognatori* di Gibran, *Storia di un corpo* di Pennac, *Funny Girl* di Nick Hornby, *No logo* di Naomi Klein poi c'è *Il piccolo principe* e Kundera con *L'insostenibile leggerezza dell'essere.* Sono alcuni fra gli ultimi che ho preso in libreria il mese scorso, più quelli che ho portato su nello studio, un paio li avevo già letti ma non me li ritrovavo nella libreria e allora li ho ricomprati. Non seguo una linea precisa nella lettura, acquisto qualunque cosa mi rapisca o m'incuriosisca in libreria o sul web. Vado dai classici ai titoli più leggeri. Dalla narrativa alla saggistica. Certo, ho le mie preferenze, Hornby è una di queste. Mi piace anche sperimentare o leggere esordienti. Fra quelli che ho preso l'ultima volta, per dire, ce n'è anche uno di cui ora non ricordo il titolo, con una barchetta di carta in copertina, è di un tizio mai sentito, me l'ha consigliato Bea. Ma tanto in questo periodo li apro e li richiudo. Quando sono nervoso non riesco a leggere, invece di rilassarmi mi rende ancora più teso. Ultimamente penso spesso al concetto di felicità. Credo che la felicità abbia molto a che fare con il coraggio di ammettere a noi stessi che desideriamo qualcosa. A prescindere dal fatto che esista o meno nella nostra vita.

Una volta mia mamma mi ha detto: «Molti, quando non possono avere quello che desiderano, si fanno bastare quello di cui hanno bisogno». E questo è al tempo stesso vero e triste!

Era l'inizio di ottobre 1998... avevamo passato tutto il giorno a fare controlli in ospedale. La sera a casa erano passati a trovarci alcuni amici dell'università, visto che ormai non la frequentavamo più e non ci vedevano da un po', avevo cucinato un piatto di pasta e avevamo mangiato tutti insieme: era stata una bella serata. Dopo che se ne erano andati, lei mi aveva chiesto: «Amore, io sono quello di cui hai bisogno?».

E io le avevo risposto: «No, Angela, tu non sei quello di cui ho bisogno, sei molto di più, tu sei tutto quello che desidero. Sei la scelta che rinnovo tutte le volte che i miei occhi incrociano i tuoi. Io non ho bisogno di te, io *ho voglia* di te. È diverso».

Ecco qual è il punto, io non avevo bisogno di lei, io la desideravo da pazzi, più di ogni altra cosa. È solo quando sei libero di scegliere che capisci davvero cosa vuoi.

L'amore è quando la guardi di continuo e ogni volta pensi sia più bella dell'attimo prima.

Quello che spero è che un giorno, ripensando a me, guarderai al nostro *prima* e al nostro *dopo* come luoghi che non reggono il confronto con quel paesaggio meraviglioso che eravamo noi. Penserai che era bello prima d'incontrarmi, e che forse è stato bello anche dopo esserci persi, ma che quando stavamo insieme era tutto speciale... per come ci guardavamo, per la voglia che avevamo di cercarci, perché forse tu non hai più sorriso a nessuno come hai fatto con me, perché sì, forse hai fatto l'amore ancora, ma non è stata la stessa cosa, perché per me era come la prima volta, e per te era come guardare un uomo che non aveva mai toccato una donna prima di allora. E tutto questo perché siamo stati qualcosa che sappiamo solo noi, e quando un giorno mi ripenserai, so che lo farai così, sospirando, in un modo speciale...

Ti penso.
Mi manchi.
Ti amo.

18
Cosa non essere

24 luglio 2016

«Secondo te c'è davvero tutta questa differenza abissale fra uomini e donne?» chiedo a Bea al telefono, mentre mangio un panino nel mio piccolo ufficio dietro l'officina. Riccardo, dietro di me, mangia la sua insalata di riso e finge di non ascoltarmi.

«Be', non si può certo generalizzare, ma direi che tendenzialmente sì, c'è differenza, in particolare su alcuni aspetti...»

«Tipo? Fammi un esempio.»

«Non so... ecco, per esempio: una donna sa aspettare anche tutta una vita un solo abbraccio, mentre molti uomini, se non ottengono subito quello che vogliono, spariscono dopo il primo appuntamento. Ecco una differenza. Ecco *la* differenza...»

«Wow» dico, e mi fermo a riflettere. Dopo qualche secondo di silenzio, aggiungo: «Forse allora, sotto sotto, io sono una donna...».

«No, Leo, tu sei un uomo sensibilissimo. Tutto qui. Infatti ho detto "molti uomini", non "tutti". Ci sono tante eccezioni, e tu sei una di queste.»

«Io lo aspetto da una vita, il suo abbraccio. Quasi vent'anni... Era così bello prenderci per mano, non serviva altro. Era già tutto lì, in quell'intreccio, in quel contatto. In quella magia.»

«Leo...»

«Ohi...»

«Lo sai che ti voglio bene?»

Resto un attimo in silenzio godendomi questa sua domanda retorica e dolcissima, poi rispondo: «Anche io, Bea...».

Attacco con Bea e il mio pensiero va a un momento bellissimo con *lei*...

Eravamo a letto, volevo avere qualcosa di te che non aveva mai avuto nessuno. Non il sesso, non il corpo... E allora ho iniziato a guardarti negli occhi, e tu eri lì, in silenzio. Io dopo un po' ti ho chiesto se avessi voglia di parlarmi di te, ma non nel modo in cui eri abituata a fare, io volevo sapere davvero di te. «Parlami di quelle cose che non dici a nessuno» ti ho chiesto. E tu mi hai sorriso, poi, sempre senza dire una parola, ti sei girata, di spalle, di fianco, e mi hai tirato a te. Ti ho abbracciata da dietro, e siamo rimasti tutta la notte svegli, così, senza parlare. C'erano i nostri respiri, c'erano le nostre vite. E io ho avuto quello che volevo, quello che non aveva mai avuto nessuno: la tua fiducia.

Torno nel mondo reale distolto da Riccardo che mi porta il caffè.
Sul tavolo del mio ufficio, accanto al pc, c'è uno stereo di quelli vecchissimi, quelli per le musicassette, con gli altoparlanti laterali e la maniglia per portarli in giro. Nero, doppia piastra, diversi adesivi attaccati su, il più bello e kitsch è uno con la scritta I LOVE NY, ma al posto della parola *"love"* c'è un cuore rosso. Me lo ha regalato mio zio Giovanni, il fratello di mamma, tanti anni fa: sapeva quanto amassi la musica e aveva deciso di farmi quel grande dono. Ero andato a prenderlo a casa sua, sulla Nomentana, angolo Regina Margherita, con i mezzi, da solo. Me lo ricordo come fosse oggi, quel giorno: era il 18 dicembre 1991, e io avevo tredici anni...
Sull'autobus era salito un ragazzo sui diciott'anni, bello, alto e muscoloso, vestito figo, tutto firmato: aveva le Timber-

land, il montone marrone scuro con il collo di pelliccia, i capelli con la frangetta e il sorriso da stronzo. Dietro di lui altri coetanei, tutti con gli zaini sulla spalla. Erano le 13.30, l'orario dell'uscita di scuola. Questo ragazzo godeva del rispetto dei suoi amici, si vedeva da come lo guardavano, da come gli parlavano. Pendevano dalle sue labbra, era il boss, il punto di riferimento, comandava lui. Fissava tutti dall'alto al basso. Sicuro di sé. Anche io lo guardavo con ammirazione, dentro di me pensavo che da grande sarei voluto essere come lui, uno rispettato, con carisma...

Dopo tre fermate, prima di scendere, si era rivolto a una vecchietta e l'aveva offesa senza motivo, poi le aveva strappato la collana dal collo, così, solo per divertimento, solo per dimostrare agli altri di cosa era capace. Lo aveva fatto ridendo. E l'aveva gettata per strada. Quella povera vecchietta era pietrificata, non aveva opposto resistenza. Non aveva né la prontezza né il coraggio di protestare. Era rimasta lì, in silenzio, a guardare quella giovane parte di mondo marcia e senza cuore, e dopo un po' le era scesa una lacrima. Da quel giorno, ogni volta che vedo una donna piangere penso che il mondo abbia perso per sempre un pezzetto di felicità. Io avevo il nodo in gola e lo stomaco sottosopra per la rabbia, la pena e la frustrazione. E avevo deciso che da grande sarei voluto essere tutto il contrario di quella merda. Ecco, in quel momento imparai che non è facile sapere cosa essere nella vita, ma se tieni cuore e occhi aperti, puoi scoprire presto cosa *non* essere...

Sempre quel giorno, mentre tornavo impugnando lo stereo per il manico, ricordo in modo nitido di aver incrociato su via Nomentana un ragazzino sui sette anni che correva forte con in mano una barchetta di carta. Era strano, indossava dei vestiti enormi, eleganti, aveva la camicia aperta ed era scalzo... Non erano i suoi vestiti, erano da adulto. Era tutto sudato, quasi sconvolto, ma sembrava anche così felice, aveva una luce negli occhi, qualcosa di diverso, una scintilla, quasi venisse da un altro mondo... Poi aveva girato l'angolo ed era sparito. Il suo sguardo non l'ho più dimenticato.

Lo stereo mi ha fatto compagnia per il resto della mia vita. È stato nella mia cameretta durante gli anni del liceo, e ha suonato a manetta nel bilocale vicino l'università. Mi fa pensare ad Angela, al nostro primo appuntamento, alla prima volta che abbiamo fatto l'amore. E mi ricorda quel bambino strano che correva forte con la barchetta, i vestiti immensi e la felicità negli occhi. Ma soprattutto mi ricorda l'espressione colma di dolore e umiliazione di quella dolcissima vecchietta. Ecco, questo stereo mi ricorda con esattezza cosa non dovrò mai essere nella vita...

Apro il cassetto e prendo una vecchia musicassetta, un mixtape. La avvolgo dal lato B, e partono i R.E.M. con *Losing My Religion*. E alcune cose, così, per magia, si rimettono al loro posto, nel loro tempo...

La ripresa del lavoro, dopo pranzo, è traumatica. Oggi proprio non ci sono. Mi serve una vacanza. Stacco prima, verso le 18.30, prendo la borsa e vado in palestra, al circolo, tanto poi alle 20 abbiamo il calcetto. Chiedo a Riccardo di chiudere al posto mio. Io cerco aria.

Certe volte è come se mi sentissi bloccato, in un angolo, in un vicolo cieco, e non conta dove io sia, potrei trovarmi anche su una spiaggia incontaminata e avere intorno a me chilometri di mare e sabbia e cielo e aria. È una condizione mentale, come l'amore, che inverte tutte le prospettive.

Per esempio, guarda, Angela, guarda... adesso sono qui, dopo tanto tempo, senza limiti e confini, con tutto lo spazio del mondo a disposizione, però mi sento come se fossi in gabbia. E io invece vorrei essere chiuso dentro quattro mura, ma con te... allora sì che sarei libero!

Durante la partita di calcetto ho litigato con Federico. Non lo conosco da molto, ci saremo visti al massimo un paio di volte per un pizza e birra post partita. Ho sempre pensato fosse un rosicone, uno un po' scorretto... Ma questa volta è stato davvero stronzo! Mi ha dato un calcio da dietro, in modo gratuito, mentre me ne andavo verso la porta avversaria dopo averlo dribblato con scioltezza, col rischio di farmi parecchio male. Queste cose mi mandano il sangue al cervello, non le accetto... Mi sono alzato e gli ho dato del coglione. Non è finita alle mani solo perché ho imparato a controllarmi, a rimanere calmo. Anche se questo è un periodo bollente, sono una bomba a orologeria, potrei esplodere da un momento all'altro...

È intervenuto Rodolfo, un compagno di squadra che conosco dai tempi del liceo. Ci ha divisi e poi mi ha fatto un cazziatone per la reazione scomposta e fuori luogo. Mi ha detto che sono stato un maleducato, un cafone, che non serve litigare e tutte queste stronzate... Ma non ha visto che fallo mi ha fatto? Invece di dirne due a quel Federico, ha aggredito me... proprio lui che blatera sempre di lealtà e amicizia, e su quanto conti in certi momenti il supporto delle persone di cui ci fidiamo...

Ecco, ho imparato anche questo: ho imparato ad accettare le offese di chi dovrebbe fare squadra con te e invece ti rema contro. Ho imparato che prima o poi scivoliamo tutti in quell'angolo di mondo in cui è facile sporcarsi con la nostra stessa mediocrità. Ci giudicano perché hanno il terrore di guardarsi dentro e perdersi nel loro buio, ci giudicano ma non sanno niente di noi. Niente. È sempre triste rendersi conto di aver sopravvalutato qualcuno, è triste scoprire che l'idea che ci eravamo fatti di quella persona era assolutamente sbagliata. Quando succede, subito dopo, tutto viene vanificato, così, in un attimo. E non ti resta nulla dentro, nemmeno una delle sue parole, zero, che se tornassi indietro non ci sprecheresti nemmeno un secondo del tuo tempo. Restano solo il vuoto e la convinzione che puoi sbagliare, nelle valutazioni, nelle analisi.

Rodolfo mi ha deluso, irrimediabilmente. Lui e il suo buio. E in fondo un po' anche il mio...

Verso le 22 sono a casa, entro e trovo Laura che mangia una fetta di torta in cucina, in piedi, con la musica alta e il telefono in mano. Va Mauro Ermanno Giovanardi e La Crus con *Io Confesso*.
«Ciao, bella.»
«Ciao...» serafica.
«Com'è andata la giornata?»
«Bene.»
«Ok, bene!» Mi aspetto che mi chieda qualcosa, che s'interessi alla mia giornata. E invece niente. «Anche la mia, comunque, eh! Grazie per avermelo chiesto!» le dico alzando la voce, quasi urlando.
«Ti gira?»
«Un po'...» rispondo guardandola negli occhi.
Anche lei mi guarda negli occhi: «E che vuoi da me?».
«Niente, Laura, niente...» abbasso il tono.
«Ecco...» Posa il telefono sul tavolo e quasi lancia la forchetta nel lavandino, poi ci mette anche il piatto, apre l'acqua per qualche secondo, quindi si gira e fa per andarsene...
«Buonanotte, Laura.»
«Sì, buonanotte...» lo dice sottovoce, con disprezzo, e dopo poco la sento sbattere la porta.
Arriva il suono di una notifica: è il suo cellulare, nella fretta l'ha dimenticato in cucina... l'occhio mi va sull'anteprima del messaggio.

Camilla: Ma poi per Mykonos? Novità da tuo padre?

Lo riposo subito. Dopo nemmeno un minuto lei viene a prenderselo e, sempre senza dire una parola, se ne torna in camera chiudendosi dentro.

Apro il frigo e prendo un contenitore con dell'insalata di riso. Ho fame ma non ho fame. Butto giù un boccone, in piedi, ma poi riposo il contenitore. Ricordo che quella volta, in cucina, poco prima di sparire, mi hai chiesto: «Ma tu... tu come stai?».

«Già, io... io come sto?» ho risposto ridendo. Senza aggiungere altro.

Io sto così, sto che ti odio da morire. Sto che ripenso a quel tuo ridicolo modo di prendermi in giro e a quella stupida pernacchia con la quale pensavi di mettermi paura. Sto che riascolto spesso quel pezzo che ascoltava il tipo parcheggiato di fianco a me il giorno che ci siamo conosciuti: tu eri appena andata via, e il mondo suonava già in modo diverso...

Io sto che ti detesto. E sto che mi viene in mente di continuo quel tuo buffo e meraviglioso modo d'imbarazzarti e nasconderti con la testa sotto il cuscino e di cercare, poi, la mia mano con la tua sotto le lenzuola.

Io sto così, a ripensare a tutte quelle volte che avrei voluto dirti "ti amo" e non l'ho fatto. A tutte quelle volte che volevo dirti "sei bella" e non l'ho detto.

Io sto che ti odio. E non c'è niente che conti più di te. Ecco, ecco come sto...

19
Rumore

18 marzo 1998

«Io non ti garantisco che riuscirò a notare ogni piccolo cambiamento del tuo look... ma ti prometto che sarò attento a sentire anche il più impercettibile movimento del tuo cuore.»

Le sposto una ciocca di capelli che le è finita davanti all'occhio e con delicatezza la infilo dietro l'orecchio, mentre la guardo, abbozzando un leggero e rassicurante sorriso.

«Davvero?» Ha le guance rosse, e gli occhi lucidi che cercano protezione.

«Davvero.»

«Come puoi esserne così sicuro?»

«Perché solo pensarti mi rende felice.»

Sorride e arrossisce un poco, poi aggiungo con tono più basso: «E io che pensavo che la felicità fosse solo una parola inventata, poi ecco il tuo sguardo...» e cerco ancora i suoi occhi con i miei.

«Scemo...» Scoppia nell'ennesimo meraviglioso sorriso e mi abbraccia forte incastrando la testa nell'incavo del mio collo, poi avvicina la bocca al mio orecchio, delicatamente, e mi sussurra: «Non mi prendi in giro, vero?».

«No, Angela, no... ti amo da impazzire.» Poi, nel buio, accendo un fiammifero, e le dico: «Io la nostra storia me la immagino davanti a un piccolo falò con la fiamma bassa, gli scoppiettii del legno e il profumo del mare, mentre sottovoce ci raccontiamo come intendiamo costruire il nostro futuro, quello che passeremo insieme».

Soffia sul fiammifero e mi abbraccia. Poi ripete: «*Il nostro futuro insieme...* Sì, il nostro futuro insieme...» e resta in silenzio.

«Sento il rumore dei tuoi pensieri anche quando resti in silenzio. Soprattutto quando resti in silenzio.»

«Davvero?»

«Certo!»

«E che rumore fanno, ora?»

«Certe cose non si raccontano, le sentiamo nel cuore e le facciamo nostre...»

«Smettila di lasciarmi senza parole, *mochilero*! Sei avvisato!»

«No che non la smetto!» prendo un altro fiammifero e accendo una sigaretta che avevo rollato prima.

«Fabrizia ha fatto sviluppare il rullino delle foto, ce ne sono un paio nostre stupende! In una ridiamo, e siamo belli!»

Mi prende la sigaretta e fa un tiro.

«Io e te siamo sempre belli!»

«Vanesio!»

«Non è questo... Io e te siamo belli perché quando ci fanno le foto ridiamo da molto prima che qualcuno ci chieda di farlo.»

«Oddio, amore, quanto ti amo... come ci siamo innamorati io e te?»

«Io parlavo e tu ridevi. Tu parlavi e io ridevo. E niente... ci siamo innamorati così...» faccio un altro tiro e poi disegno cerchi col fumo.

«E niente... così...» e ride.

«Così...» e rido.

Fuori piove.

«Amore...»

«Sì...» e ride.
«Dopo sentiamo la pioggia insieme?»

Eravamo completamente nudi, a casa, sul letto disfatto, nello stereo *I'll Be Missing You*. Avevamo appena fatto l'amore, ed era stato meraviglioso... Era sempre meraviglioso fare l'amore con Angela, ma quella volta avevo sentito qualcosa di diverso, e sono certo che era stato lo stesso per lei. C'era stato qualcosa di speciale quella volta, come una magia. Dopo qualche mese scoprimmo che la magia c'era stata davvero, e sarebbe stata bellissima. L'avremmo chiamata Laura...

«Ho detto ai miei di noi...» mi dice.
«Sì?» le chiedo, continuando ad accarezzarle i capelli. «... e loro?»
«Niente, mi hanno chiesto chi sei, che fai, quanti anni hai... le solite domande, insomma...»
«E tu?»
«Gli ho detto che sei un bravo ragazzo, che fai l'università come me, che ti piace la letteratura, che suoni la chitarra, che diventerai un bravo professore d'Italiano, che sei moro con gli occhi verdi, alto, e che sei figo... Gli ho detto tutta la verità!»
Ride.
«E poi?»
«E poi che a volte ti fai le canne...»
«Davvero?»
«Ma scherzi? Mi ucciderebbero. E ucciderebbero anche te!»
«Non voglio morire a vent'anni!»
Mentre lo dico le accarezzo il seno, e le bacio il capezzolo...
«Mmm... la finisci!?»
«Che c'è, non ti piacciono più le mie mani addosso?»
«Intendevo, la finisci di parlare...»
«Ah, intendevi quello...» e le lecco il collo, su e giù, lentamente, e poi dentro l'orecchio, poi ancora sul collo, e poi an-

cora dentro l'orecchio... So che questo la fa impazzire, e infatti chiude gli occhi e impazzisce...

Nel frattempo con una mano le prendo i capelli, li afferro con decisione ma senza farle male, e le piego un po' la testa a destra, per permettere alla mia lingua di giocare meglio con l'altra parte del collo, e di esplorare e leccare anche l'altro orecchio... Poi entro, entro fino in fondo, lentamente, con colpi sicuri, e ogni colpo è un sussulto, ogni colpo è il paradiso. Lei infila le mani nei miei capelli, poi le passa sulla mia schiena, mi graffia un po' con le unghie, e impazzisco anch'io, impazziamo insieme, e non mi fermo, non sto attento, oh no... le esplodo il mio piacere dentro, perché è naturale così, perché la amo da morire, perché non è possibile fermarsi, fra me e lei non ci sono limiti, non ci sono barriere, non servono precauzioni, non ne abbiamo bisogno.

Stare insieme, fonderci in una sola cosa: ecco, questa è la nostra unica precauzione.

«Dio quanto mi piace...» lo dice tenendo gli occhi chiusi, a bassa voce.

«Quanto?» lo chiedo senza mollare la presa sui capelli, anzi, serrando maggiormente il pugno mentre con l'altra mano la afferro per un fianco e scivolo sul fondo della sua meravigliosa schiena.

«Tanto!» lo urla questa volta. «Tantissimo!»

La spingo a me con gli ultimi colpi, quelli fatali, seguendo il ritmo affannato del nostro piacere, che coincide con i battiti del nostro cuore.

«Anche a me, amore...»

Poi crolliamo, adagiandoci sul letto, sudati, sconvolti e felici. Restiamo così, attaccati, abbracciati, intrecciati, in silenzio. Io le accarezzo i capelli, lei disegna lettere con le dita sul mio petto. Nel suo odore c'è casa, perché lì, nel suo odore, c'è anche il mio, di odore. I nostri respiri, piano piano, riprendono un andamento regolare e Whitney Houston canta

I Will Always Love You a volume bassissimo, dallo stereo sul comodino.

«Ti amo, troppo...» mi sussurra.

«Anche io» le sussurro.

«Sai, i miei sono molto protettivi, da sempre... hanno paura che io soffra...»

«Be', è normale!»

«E tu, tu hai paura che io soffra?» mi chiede alzando per un attimo la testa e guardandomi negli occhi, quasi per capire se io sia sincero o meno ...

«Io no, piccola. Semplicemente non è possibile, capisci?» La guardo con sicurezza negli occhi. «Perché io non lo permetterei mai. Tutto qui...» poi continuo: «Angela, me lo chiedi sempre. A volte ho paura che tu possa dubitare di me...».

Le faccio una carezza sul viso e le scende una lacrima, ma sorride emozionata. Nel mixtape è il turno di Mariah Carey con *Without You*...

«Sai, ogni volta che ridi io provo piacere. Anche questo è fare l'amore...» dico mentre le asciugo il viso con una mano, delicatamente. Lei mi fissa e sorride ancora. Poi abbassa lo sguardo e dice, con un tono dolcissimo e pacato: «Non dubito di te, amore. A volte dubito di me...».

20
Chi non ti trova forse sta cercando nel posto sbagliato

Diario di Laura
23 luglio 2016

Mi sento nervosa, tesa, incazzata, delusa. Provo rabbia e vorrei farmi male. Forse perché penso a Marco... Assurdo che nonostante il modo in cui mi tratta io lo pensi così tanto...

Oggi sono stata tutto il giorno a controllare gli accessi su WhatsApp, i post, i like e i commenti su Facebook... mi faccio pena. Lo detesto, e detesto essere così debole. Lo odio, ma vorrei fare l'amore con lui. Cazzo! È solo uno stronzo, ne ho avuto mille conferme, eppure in questo momento ascolto *La fine dei vent'anni* di Motta e piango. Non so bene perché, ma piango. "A volte è solo questione di fortuna..."

Fra poco telefono a Cami. Solo lei può salvarmi, mi sento così sola. Ecco perché adesso mi sto tagliando un po', sento il bisogno di punirmi, se sono sbagliata è giusto che io paghi, e io pago così...

Ma il mondo cosa cazzo ne sa? Cosa sanno di quello che ho dentro? Non sanno niente di me! Nessuno...

Ti dicono "non sei più la stessa, sei cambiata". Ma non sanno niente di te. Non sanno delle volte in cui sorridi invece di piangere. Di quando stringi i denti invece di crollare. Di quando resisti in silenzio anziché urlare. Non sanno niente di te, ma ti giudicano, parlano della tua vita, la toccano con le mani sporche. La calpestano. Senza rispetto. Senza attenzione.

Lidia, una mia compagna di classe, mi ha detto che sono una

stronza perché non l'accompagno in un'uscita a quattro con un tipo e il suo amico che mi viene dietro da sempre. Mica è un gioco uscire con qualcuno: perché dovrebbe andarmi per forza? Fino a ieri ero un modello da seguire, per lei... è che per certe persone siamo belli solo fino a che siamo come dicono loro... 'fanculo!

Dove siete tutti, ora che ho bisogno di voi? Dove cazzo eravate mentre sprofondavo?

Leggo Zagal, un post di quelli travolgenti:

> «Pronto... ehi, ciao! Sto partendo... non so a che ora arriverò, non so in che condizioni, ma fosse l'ultima cosa che faccio, mi chiedessero di mettere in gioco tutto il resto, servisse tutta la vita, ecco, volevo dirti che io arriverò. Perché ti voglio. Perché è l'unica cosa che voglio. L'unica che conti davvero...»
> È qualche giorno che rifletto sul concetto d'immobilismo. Immobilismo mentale, emotivo, dialettico.
> Non quello fisico in senso stretto, sia chiaro: quello, spesso, ne è solo una conseguenza.
> Penso sia una forma d'impotenza, odiosa e difficilmente comprensibile per chi non c'è passato, perché dall'esterno il più delle volte tutto sembra normale, regolare, e proprio per questo certe reazioni appaiono inspiegabili anche agli occhi di chi cerca di capirti.
> Ed è frustrante renderti conto di non aver la forza, o il coraggio, o le parole, o i mezzi per tirarti su.
> Per fare.
> Per reagire.
> Per alzarti e andarti a prendere quello che vuoi, mettendo in gioco il tuo stesso equilibrio mentale, quello che pensavi d'aver messo al sicuro.
> Per pronunciare quella singola, breve, fondamentale parola.
> Per comporre quel cavolo di numero telefonico, l'unico che vorresti comporre.

Per saltare su quel treno, l'unico sul quale vorresti essere.
E invece, il più delle volte, ne componi altri mille, di numeri, che non servono.
Che non vuoi.
Che non senti.
Che ti sembrano insensati già dal *tuuu tuuu tuuu* dell'attesa...
Ed è triste comprendere come col passare delle ore e dei giorni, mentre ti lasci inglobare in quel nonsenso esistenziale e senza fine che è il tuo non muoverti, ecco, in quel mentre è sconfortante comprendere che è proprio il tempo, implacabile, beffardo, a prendere le decisioni al posto tuo.
Che non sono mai quelle che volevi...
Che non sono mai *chi* volevi...
Ed è come se avvertissi, nel cervello, il ticchettio delle lancette, un *tic tac tic tac* sempre più netto, sempre più forte, sempre più incalzante, come la goccia cinese.
Come una tortura.
Un timer emozionale che ti lascia senza fiato.
E senza logica.
E senza appigli.
E resti immobile, quando vorresti correre via e urlare.
Ma non corri, e non urli, e resti lì.
Per timore, per vergogna, perché tremi...
Immobile.
Immobile per non essere notato.
Per non dare nell'occhio.
Immobile per mascherare lo sconforto.
Per mimetizzarti coi toni medi della vita, quelli che danno sul grigio. E per perderti poi in quel tutto e tutti che non è niente... che ti annienta.
Immobile, pregando di sprofondare nel punto in cui ti trovi.
Immobile come lo stupore.

Immobile come il rimpianto.
Immobile come una lacrima che non scende.
Immobile che vorresti alzarti e gridare: "Vaffanculo, sto arrivando!", ma poi no, poi non vai, ché sei nudo, senza più vestiti... e fuori è freddo, troppo freddo.
Immobile come l'orgoglio.
Silenzioso, cieco, fermo.
Sempre pateticamente uguale a te stesso.
Immobile.
Come le parole non dette, ferme lì, fra lo stomaco e la gola... immobili nel tuo cuore.
Come quando fuori nevica, così, all'improvviso, e tu resti immobile... immobile a guardare.
Immobile, con dentro un terremoto...
E trema tutto, cazzo, trema tutto.
Senti vibrare ogni centimetro del tuo corpo.
Ogni millimetro della tua pelle.
Ogni sospiro della tua anima.
E intorno tutto sembra crollarti addosso.
E intorno tutti sembrano scappare.
E tu vorresti urlare, ma l'unica cosa a non muoversi è la tua bocca... che non può chiedere aiuto.
Sei immobile e cerchi una via che sembra non esserci, una soluzione che ti sfugge e che quindi diventa impossibile...
E resti immobile... immobile a pensare, davanti alla tua vita che scorre come una pellicola.
Che vorresti riavvolgere e cambiare.
Riscrivere la sceneggiatura.
Sostituire gli attori.
E dirne due al regista, quel sadico del cazzo!
E vorresti piangere, spaccare il mondo, invece resti fermo, immobile, perso fra i mille nomi dei titoli di coda, sospeso nei silenzi delle attese.
Immobile come il tuo cuore, ghiacciato da un addio.
Immobile come i tuoi occhi, pietrificati da quel che non avresti mai voluto vedere.

Immobile come una mano che non trema più.
Immobile, come chi non crede più a nulla, come chi non ha più sogni.
Immobile come uno sguardo perso nel vuoto.
Immobile come nuvole senza vento.
Immobile, mentre aspetti che lei torni...
Immobile, nell'infinito, per sempre, come musica... come poesia...
Immobile come un nodo in gola...
Immobile davanti al tramonto...
Immobile davanti all'alba...
A riflettere su quel che poteva diventare...
Immobile come me, ora, che fisso immobile una stella nel cielo...
... e penso a te.
A te che un giorno forse ti dirò: «Pronto... ehi, ciao! Sto partendo... non so a che ora arriverò, non so in che condizioni, ma fosse l'ultima cosa che faccio, mi chiedessero di mettere in gioco tutto il resto, servisse tutta la vita, ecco, volevo dirti che io arriverò. Perché ti voglio. Perché è l'unica cosa che voglio. L'unica che conti davvero...».

Io scrivo sul mio blog:

> Hai comprato quel vestito per sentirti speciale, forse pensavi di averne bisogno perché non c'era lui a dirti che sei bellissima. Spogliati, specchiati: tu sei già speciale. Anche senza quel vestito, che invece è speciale solo addosso a te.

Vorrei tanto essere l'unica cosa che conti per Marco, speciale solo per lui. Sarebbe un sogno, e non avrei bisogno di vestiti...

Camilla mi ha mandato un WhatsApp che mi ha fatto piangere:

> E quello sguardo perso nel buio oltre la finestra. Non è arrivata la telefonata che aspettavi. Lui ti aveva promesso che lo avrebbe fatto, ma poi... Quanto è grande il vuoto che ci scava dentro quando ci sentiamo soli e abbandonati? Quando ci sentiamo non amati, non scelti... un pensiero te lo regalo io, piccola, perché quando il vuoto è così grande, noi ci sentiamo piccoli. A qualunque età.

Nelle cuffie suona *D'improvviso*, Lorenzo Fragola, e scrivo ancora sul blog:

> Buonanotte a te che hai nel cuore un pensiero che non cessa di insistere. Un amore che non ti fa dormire. Buonanotte a te che aspetti un messaggio che non arriverà. Ti mando questa mia piccola carezza virtuale. Chi non ti trova forse sta cercando nel posto sbagliato... Buonanotte.

Laura

Giorno 3897

Ce l'ho fatta, ho lasciato i ghiacciai dell'Antartide 32 giorni fa. Non riuscivo a trovare una via di fuga, sono rimasto bloccato per mesi e mesi, ma alla fine il sole e la natura mi hanno salvato. In questo momento mi trovo a Chemin de Bel Ombre, nell'oceano Indiano (Latitudine -20.838278 / Longitudine 55.656738), e c'è il sole. La scorsa settimana sono stato preso e poi rilasciato sulle rive dell'isola La Réunion, nell'arcipelago delle Mauritius.
Mi hanno trattato bene, con rispetto.
Io non mollo.

21
Quando le persone se ne vanno, poi ritornano?

26 luglio 2016

Sarà una giornata lunga e pesante. Ho tanto lavoro e sonno in arretrato. Ieri mattina ho aperto gli occhi alle 7, cioè dopo nemmeno due ore di sonno, in preda ai pensieri; questa mattina sveglia alle 6, perché alle 8 atterrano i miei di ritorno dalle vacanze e devo andare a prenderli all'aeroporto.

Mi sento davvero stanco e rincoglionito. Entro in cucina e preparo la moka, apro un croissant confezionato e lo farcisco di Nutella, tanta Nutella. Mentre aspetto che il caffè venga su, infilo il naso nel barattolo con la polvere, come tutte le mattine, e inspiro fortissimo: è la mia droga da sempre...

Ricordo che quando Laura era piccola, si divertiva un sacco a vedermelo fare. Io poi, per giocare, mi bagnavo un pochino il naso con l'acqua e mi sporcavo la punta con il caffè macinato. Quando tiravo su la testa, lei mi guardava stupita e poi rideva tantissimo, coprendosi la faccia con le mani. Mamma, quanto era bella, con quei boccoli e gli occhioni nerissimi! Poi aveva delle guanciotte da mangiare e i dentini davanti leggermente distanziati che la rendevano la bimba più dolce e divorabile del mondo.

«Buuuu! Sei tutto spocco!» urlava ridendo forte.

Allora io facevo il mostro: alzavo le braccia, digrignavo i denti e le correvo incontro, mentre lei urlava: «Lassimi in paceee!» ridendo ancora più forte e scappando.

Mi rendo conto, adesso che ci ripenso, che i miei occhi sono lucidi. Avrei tanto bisogno di un suo abbraccio, pagherei perché mi chiedesse di rimboccarle le coperte e raccontarle le favole...

«Mi 'acconti la 'toriella del pincipe assurro? E quilla di cappussetto 'osso?» Me lo chiedeva con un'espressione che no, cazzo, no, non era assolutamente possibile dirle di no!

Il fischio della moka mi richiama all'ordine e mi salva dalla nostalgia. Faccio colazione e corro a vestirmi.

La porta di Laura è chiusa, ma sento il pianoforte suonare... incredibile, era tantissimo che non ci si metteva! E poi a quest'ora! Certo, non è mai stata una dormigliona, lei anche quando potrebbe non dorme mai fino a tardi...

Riconosco con chiarezza il pezzo che sta suonando, è *La fine* di Nesli, ma nella meravigliosa versione di Tiziano Ferro. Lei suona e basta, non l'ho mai sentita accompagnare un pezzo con la voce.

E sempre incazzato, fino a perdere il fiato...

Me la canticchio dentro, aspetto che finisca per non disturbarla, poi busso.

«Io esco, Laura, vado a prendere i nonni, poi a lavoro!»
«Ok, ciao.»
«Sono felice tu abbia ripreso con il piano...»
Silenzio.

Senza ricevere risposta, aggiungo: «Ok, buona giornata, eh!» con una piccola punta di risentimento.

Sento armeggiare e poi parte un pezzo ad alto volume sullo stereo. Come sempre, la sua risposta per me è un vaffanculo silenzioso, espresso con qualunque mezzo possibile: una risata sarcastica, una smorfia, una fuga, una domanda o un'osservazione ironica, una frecciata piccata e mirata a ferire, una canzone sparata a manetta... E tutto questo sempre sublimato con malcelato astio, roccaforte della sua resistenza personale verso qualunque slancio affettivo nei miei confronti. Oggi il mezzo s'intitola *Counting Stars*...

Conteremo le stelle, certo, ma non le parole, non le parole...

Quando i miei aprono lo sportello della macchina cogliendomi sovrappensiero al parcheggio, io sorrido per via di un automatismo emotivo.

Riconosco subito il profumo di mamma, lo porta da sempre, è Opium di Yves Saint Laurent, e addosso a lei, sulla sua pelle, la fragranza è unica, la riconoscerei in mezzo a miliardi di persone. Quando lo sento sorrido, perché lo associo a quella parte della mia vita legata a emozioni e sentimenti esclusivamente positivi: quel profumo ha il sapore di fiducia mai tradita, di parole e gesti chiari, puliti e semplici, mai enigmatici, mai e poi mai confusi nella nebbia dell'ambiguità. Quel profumo ha il sapore di amore puro e disinteressato.

«Amore! Come stai?» urla mia madre.

«Bene, mamma! Voi?»

La abbraccio con calore, e lei ricambia con un entusiasmo anche maggiore, poi do la mano a papà che sorride, felice di vedermi.

Li aiuto a caricare i bagagli e saliamo in macchina. Mi raccontano della vacanza in Puglia e in Calabria. Sono entrambi in pensione, così non si fanno mancare viaggi e weekend qua e là, e fanno bene. Mi chiedono se a casa è tutto ok, se Laura sta bene.

«Sì, sì, dài, tutto bene. Certo, è sempre incazzata...»

«Va be', capita, amore. È un momento complicato per lei, sta attraversando un'età difficile, eh!» dice mamma.

«Le hai dato il permesso per la Grecia?» chiede papà.

«Maurizio, ricordi cosa ci ha chiesto Leo? Di non interferire con questa cosa! Avrà i suoi motivi, no?»

«Barbara, sono suo padre e ho tutto il diritto di dirgli quello che penso!»

«Tranquilla, mamma» intervengo io. «Comunque ancora no, ci sto riflettendo...»

«Mah... fai tu!» dice papà alzando le mani con un'espressione un po' delusa.

Quando li lascio davanti casa loro, a Ostia, mi strappano la promessa di andare a cena presto da loro insieme a Laura. Quindi corro in officina: Riccardo ha provveduto ad aprire, ma ho troppo lavoro da smaltire!

Per pranzo sono ancora lì ad armeggiare con gli iniettori di una Golf Turbo 1.6 benzina: non capisco quale dei quattro sia andato, ogni tanto la macchina va a due cilindri e balbetta.

Sono sotto pressione, tutti vogliono l'auto pronta e perfetta il prima possibile. Tutti vogliono qualcosa da me: i clienti vogliono risparmiare tempo e denaro, i miei vogliono che mi trovi una brava ragazza e che lasci andare Laura a Mykonos, Laura vuole che io la lasci andare a Mykonos e che la smetta di essere il padre peggiore dell'universo, Riccardo vuole un piccolo aumento per l'estate, Bea vuole che io trovi un terreno di dialogo con Laura e con me stesso, i miei amici vogliono che trovi la serenità.

Poi c'è il mio cuore. Lui vuole solo una cosa: Angela. La richiede a gran voce da così tanti anni, che ho smesso di contare i battiti.

Arriviamo alle 19 che siamo letteralmente fusi, sia io sia il povero Riccardo, che sì, se lo merita l'aumento!

C'è un cliente che rompe il cazzo da un po': «E senta... senta... quando pensa sarà pronta?».

Parla agitato, me lo avrà chiesto dieci volte in pochi minuti. Odio questo genere di clienti, quasi preferisco perderli.

«Guardi non lo so, la chiamo...» lo dico in modo sereno ma fermo.

«Ma come? Non me lo sa dire? Con tutto quello che mi costa? 300 euro! Si rende conto? Domani è venerdì, e se poi non ce la fa per domani? Significa che sarò senza macchina per tutto il fine settimana? E non è possibile! Oltre al fatto che uno caccia 300 euro... ma roba da pazzi...» Scuote la testa, urla, gesticola.

«Se preferisce, può portarla lunedì.»

«Ma se mi ha appena detto che rischio di fare un danno serio al motore!»

«La pompa dell'olio è quasi andata, e la centralina che controlla le ventole di raffreddamento del motore dà alcuni errori nel test al computer. Entrambe le cose possono causare un danno irreversibile da un momento all'altro...»

«Quindi è il caso che io fermi la macchina e la ripari al più presto, *giusto*?»

La parola "giusto" la scandisce con quell'odioso accento da fighetto, e alza le braccia come se avesse scoperto l'acqua calda e mi stesse spiegando con difficoltà qualcosa che io stesso cerco di spiegargli da almeno mezz'ora.

«Certo, gliel'ho detto più volte, infatti. Ma non posso obbligarla a lasciarmela né posso garantirle che sarà pronta domani prima della chiusura...»

Sorrido. Mantengo la calma. Sono orgoglioso di me stesso. Qualche anno fa avrei reagito in modo diverso. Ma è ancora presto per cantare vittoria...

«È assurdo che lei non sappia darmi una certezza su quando sarà pronta, sarebbe da chiamare *Le Iene*, o *Striscia la notizia*... questa è l'Italia!»

Sta dando i numeri, è delirante... tutti a me!

«Cosa trova assurdo, mi scusi? Non so quali intoppi troverò nella riparazione, non so se dovrò sostituire la centralina o basterà cablarla da zero, stessa cosa vale per la pompa. E nel frattempo, come vede, ho due macchine in riparazione da consegnare.»

«Va bene, guardi, lasciamo perdere...»

«Comunque, se non vuole lasciarla qui, può sentire un altro meccanico e farla venire a prendere con un carro attrezzi. E poi le ripeto per l'ennesima volta che, se dovrò cambiare integralmente la pompa o la centralina, ai 300 euro andranno aggiunti altri soldi.»

«Altri soldi? Ma siamo pazzi? Portarla a un altro meccanico? Non sa quanto lo vorrei! Ma chi me lo paga il carro attrezzi? Me lo paga lei? Eh?»

«Le avevo già spiegato che il preventivo di 300 euro vale solo se non devo sostituire dei pezzi...»

«Siete tutti ladri! Ma chi me lo ha fatto fare di studiare? In questo Paese non serve a niente... il meccanico dovevo fare!» La parola "meccanico" la pronuncia quasi con schifo.

«Comincio a innervosirmi.»

Ecco, lo sapevo che non era il caso di cantare vittoria...

«Scusi? Precisamente cosa intende? Eh? Eh?» mi sfida, con quella vocetta stridula.

Poso la chiave inglese e chiedo a Riccardo di terminare il montaggio del paraurti di cui mi stavo occupando, poi mi avvicino lentamente a questo arrogante rompicoglioni.

«Precisamente, cosa non capisce della frase "Comincio a innervosirmi"?» Pausa... «Eh?»

Non alzo la voce e parlo piano, ma non devo avere un'espressione troppo amichevole. Lo psicopatico noioso e arrogante che è venuto nella mia oasi di pace a intossicare l'aria avrà più o meno la mia età, gli occhialetti e i baffi da intellettuale, la giacca, la cravatta, la valigetta, la spocchia, e la faccia da cazzo...

«Gua... guardi che sono un avvocato!» balbetta, ma senza abbandonare il suo tono altezzoso e subdolo.

«E a me cosa cazzo me ne frega?» Lo fisso a pochi centimetri di distanza. Lo sovrasto in altezza e corporatura. Alzo le mani piene di grasso all'altezza delle mie spalle... «Comincio a innervosirmi... non mi piace lei, non mi piace la sua arroganza. Le vede le mie mani?» Adesso non parla più. «Ecco, queste sono le mani di un umile meccanico, e come vede sono sporche e poco curate, e piene di tagli e di lividi... ma sono grandi. Le vede?» Gliele metto a un millimetro dal muso e lui annuisce in silenzio. «Bene... queste non sono le mani di un principe, di un letterato o di un avvocato, perché io non sono un principe né un letterato né un avvocato...» La parola "avvocato" la pronuncio con schifo. «Sono solo un meccanico, però non mi presento in casa di qualcuno che non conosco con maleducazione e supponenza, non intossico la vita degli altri solo perché non trovo abbastanza appagante la mia... riesce a capirmi?» Lui annuisce ancora, senza dire una parola. «Adesso, ricominciamo... se lei vuole lasciarmi la macchina alle condizioni che le ho illustrato, per me va bene, altrimenti prenda il suo cazzo di rottame e sparisca dalla mia vista. E molto velocemente!» L'ultima frase gliela sussurro naso a naso, incurvandomi per essere alla sua altezza e alzando un pochino l'indice.

«Va bene...» lo dice con un filo di voce, poi aggiunge: «Sa... non è per niente un buon momento... mi scusi!»

Incredibile, ma allora è vero che con le buone si ottiene tutto! Arretro di un passo, abbasso lo sguardo un po' imbarazzato... «Guardi, scusi lei, devo avere un po' esagerato, ma in effetti è un periodo di stress anche per me, siamo in due...» Resto un attimo in silenzio e lo guardo. Accenno un sorriso, poi una mezza risata, di quelle dettate dalla tensione e dal nervosismo...

«Questa vita ci massacra!» Ride anche lui. In modo un po' scomposto ma ride. Poi continua: «Allora, guardi, il mio numero di telefono ce l'ha, mi chiama lei quando è pronta. Se sarà dopo il fine settimana, vorrà dire che non prenderò la macchina! Relax, camminate, senza stress... bene!» e mi guarda con un'espressione benevola, sorridendomi.

Per un attimo ho temuto il peggio, incredibile esserne usciti tanto in fretta. Ci stringiamo la mano e ci salutiamo.

Appena esce, mi giro e vedo Riccardo che mi fissa sorpreso. I suoi occhi sono pieni di ammirazione.

«Capo, sei un grande!»

«Naaa... meglio mantenere la calma nella vita, Riccardo. Ho sbagliato, invece...»

Mi sento ancora molto teso. Molto tirato. Non sono per niente fiero della mia reazione.

«Ma lui ti ha offeso!»

«Non dobbiamo permettere a nessuno di offenderci, ma non è con la violenza che riusciremo a far valere le nostre ragioni o a dimostrare che siamo "grandi"...»

«Ma...» resta con la bocca aperta, si aspettava altro dalle mie parole.

«Riccardo, molti alzano la voce per sentirsi uomini. Urlano per sembrare più grandi. E più strillano più diventano piccoli... non permettere mai a nessuno di renderti peggiore di quello che sei. Nessuno deve poter avere tanta influenza su di te. Ok?»

«Ok...» è serio e mi guarda negli occhi

«Ma non lo monti quel paraurti?» Fingo di tirargli un pugno sullo stomaco, accennando solo il movimento... poi rido.

«Volo!» anche lui ride.

Gli do una pacca sulla spalla. È un bravo ragazzo... Io, invece, nonostante l'atmosfera si sia distesa, sono ancora stanco, nervoso. Continuo a pensare a Laura, a quel diavolo di viaggio in Grecia, al fatto che non parliamo più, non ci sentiamo più. Penso alla pessima opinione che ha di me, lei che invece quando era piccola mi adorava, mi considerava il suo eroe. Il suo «superpapà più bello del mondo». Quanto parlavamo! È sempre stata una bambina intelligente e acuta... mi faceva mille domande, voleva sapere tutto, e io le spiegavo, le rispondevo, le raccontavo ogni cosa... Ha voluto sapere ogni particolare della sua mamma, della nostra storia d'amore, ma quasi sempre, quando si arrivava al punto in cui Angela se ne andava, smetteva di far domande. Non voleva saperlo, preferiva che quella parte restasse sospesa... E come darle torto? Era solo una bambina, e quello era il suo modo di battere la paura, di vincere il buio, di evitare che quel dolore potesse risucchiarla in un vuoto gigantesco. Era il suo modo di allontanare qualcosa a cui non sapeva dare un senso né tantomeno un nome. Non si spiegava come mai la mamma non stesse con lei, e allora preferiva non parlarne. In fondo, se qualcosa resta lì, sospeso, annebbiato... ecco, non può toccarci, non può ucciderci.

«Papi, ma quando le pessone vanno via poi ritonnano?» Ricordo come fosse oggi il giorno in cui Laura mi fece questa domanda: aveva quattro anni e all'asilo tutte le amichette e gli amichetti parlavano della loro famiglia, della loro mamma. Lei mi aveva chiesto per la prima volta in modo esplicito come mai lei non ne avesse una, e dove fosse la sua.

«La mamma è dovuta andare via, amore...» avevo risposto, e lei mi aveva guardato per un attimo, poi aveva guardato in alto con quell'espressione innocente dei bambini che non capiscono le risposte degli adulti. Però poi, la sera dopo, mentre le raccontavo le favole e le facevo le "coccoline" che voleva sempre, mi chiese: «Papi, ma quando le pessone vanno via poi ritonnano?».

La guardai negli occhi e le dissi: «Papà deve andare un attimo in bagno, amore mio, devo fare pipì...». Corsi in bagno, scoppiando a piangere. Non sapevo risponderle, non sapevo guardarla negli occhi e dirle che no, la mamma non sarebbe tornata, che non sapevo dove fosse, che ci aveva abbandonati.

Era la prima volta che piangevo da quando Angela se n'era andata, quattro anni prima. Piansi tanto, e fu terribile... Non risposi a Laura, perché non sapevo cosa rispondere. Anch'io mi facevo la stessa domanda, come Laura, come un bambino, e il bello è che dopo tanti anni, ancora me la faccio: "Quando le persone vanno via, poi ritornano?".

Lei, da quando lei se n'è andata, non è più tornata. E nemmeno io.

Angela... guardati, dopo tutti questi anni sei ancora lì, al centro di ogni mio pensiero più profondo, sei il motivo che mi spinge a tenermi in forma, a sperare nel futuro. Tutte le sere vado a letto e immagino che forse il giorno dopo sarà quello buono, forse, quello dopo sarà il giorno che ti rivedrò, il giorno che tornerai da me correndomi incontro, saltandomi addosso. Ti prenderei in braccio, come facevo sempre... ricordo la sensazione della tua pelle sulla mia, delle tue mani sul mio collo, del tuo corpo sul mio corpo, quel senso di pienezza e godimento nel tenerti fra le mie braccia e proteggerti da ogni cosa. E tutte le volte penso che quando sarà, quando ci rivedremo, vorrei essere bello, bello come vuoi tu, vorrei essere preparato... pronto a tutto quell'amore...

Nel mio ufficio, dal pc arrivano le note di De Gregori, *Rimmel*. L'ascolto e penso che ascoltare De Gregori rende sempre un po' malinconici. Penso anche che adesso, accanto a me, vorrei qualcuno che, come me, ami *Rimmel* e *Generale*. Come le amavi tu, dolcissimo amore mio...

Poi penso che in fondo la malinconia fa parte del mio essere, pure senza De Gregori, pure senza *Rimmel*, è in me, insieme all'entusiasmo e alla tendenza a idealizzare. Insieme alla rabbia e all'emotività, all'amore e all'empatia, alle lacrime e ai sorrisi. Insieme all'affanno e al batticuore. È una venatura, una delle tante, presente sulla mia corteccia, che non sparisce, che cambia tono e livello, che invecchiando si sfilaccia, sbiadisce e scolorisce, come una vecchia poltrona di pelle, ma resta sempre lì. È un inconfondibile e caratterizzante retrogusto che fa parte di te, del tuo sguardo, del tuo dire, del tuo fare...

La semplicità, quella fine a se stessa, quella che scivola nella banalità, non è nelle mie corde, e non saprei immaginare la mia vita vicino a qualcuno che non coglie la differenza fra tristezza e malinconia, fra comicità e sarcasmo, fra parlare e comunicare, fra comprendere e comprendersi, fra forma e significato. Non saprei immaginare la mia vita senza tutta quella roba complicata che si porta dietro. Senza tutti quei *se*, senza tutti quei *ma*, senza i *forse* e i *chissà*. Senza pioggia e coperte. Senza buio e candele.

È grazie alla malinconia che, certe volte, riesco a percepire le cose in modo diverso, più magico, meno banale, con dei colori più vivi, con dei rumori più netti, con degli abbracci più forti, con dei riflessi più veri. La malinconia è come una droga, ti scorre nelle vene e nel sangue. Altera la percezione della realtà, te la fa vivere con intensità maggiore, con ritmo più lento ma incalzante, con movimenti calmi ma decisi, con note in bemolle e fraseggi di clarinetto.

E l'atmosfera è rarefatta e sospesa, e tu sei sospeso, e i tuoi pensieri sono sospesi... come te, Angela, che per me e Laura sei lì, sospesa, immobile, innominabile. E imbattibile...

Come faccio spesso quando la malinconia mi prende, chiamo Filippo.

«Ciao, Leo, dimmi tutto.» Ha un tono frettoloso.

«Ciao, Filippo... dimmi una cazzata...»

«Cioè?»

«Qualcosa che mi faccia ridere, ne ho bisogno...»

«Leo...»

«Eh.»

«Però, che cavolo...»

«Che succede?»

«Mi hai interrotto sul più bello davanti a un porno... proprio ora avevi bisogno della tua strafottutissima cosa divertente?»

Per un attimo resto interdetto. Poi chiedo: «Come si chiama?».

«Cosa?»

«Il titolo del porno, dico, qual è?»

«*Otto settimane in mezzo...*»

Dieci secondi di silenzio.

«Davvero?»

«Sì...» ridacchia.

Ridacchio.

Poi esplodo. È una di quelle risate liberatorie di cui non capisci di aver bisogno finché non ti colgono all'improvviso, di quelle che fai solo con i tuoi amici parlando di cose cretine, per le quali forse nessun altro riderebbe e qualcuno storcerebbe il naso.

«*Otto settimane in mezzo? Otto settimane in mezzo!*» lo ripeto e rido, ridiamo tanto, non riusciamo a fermarci.

Fra le cose che non sapevo più fare c'era ridere fino a lacrimare. Ridere fino a lacrimare è uno di quei punti di contatto con la nostra parte bambina, quella primordiale. Se ridi fino alle lacrime, significa che hai fatto cadere le strutture del controllo e della razionalità, significa che hai messo da parte le regole della matematica, le traiettorie della geometria, significa che hai abdicato, almeno per un po', all'algoritmo della misura e della compostezza, o che hai deciso che i conti, in fondo, possono anche non tornare, perché tanto alla fine, in un modo o nell'altro, torneranno lo stesso, e allora vaffanculo a tutto il resto. Significa che lo hai fatto con quella semplicità tipica della bellezza dirompente, dell'acqua che scorre sfondando la diga, della pioggia che tocca tutto quello che c'è da toccare senza discrimine, senza filtri, quel genere di bellezza che finisce col botto e subito dopo fai *wooooow*!

Lacrime di gioia. Lacrime di dolore. Dov'è il confine? Dove inizio io e finisce il mondo? Dove finisci tu e iniziamo noi? Il dolore e la gioia sono due facce della stessa medaglia. Mi ricordano entrambe che sono vivo e che, senza l'una, l'altra non avrebbe senso, un po' come il nero senza il bianco, la luce senza il buio, la luna senza il sole.

Le dinamiche emotive, relazionali e psicologiche degli adulti sono la prova che l'uomo tende a distruggere invece che creare. Cresciamo regredendo, andiamo avanti per andare indietro: partiamo senza la parola, col sorriso, i Lego e le braccia aperte in cerca di amore, e finiamo senza una parola a farci la guerra per imporre odio e violenza.

Mentre rido al telefono con Filippo, mi sento diverso e penso che posso scegliere, cazzo, posso ancora scegliere di non morire lentamente, di non cedere, di non abbandonarmi a quel non luogo emozionale a cui sembriamo destinati. Il punto sta sempre lì, nel solito labile impercettibile limite, quel segmento appena tratteggiato, la linea che divide le lacrime dalla pioggia, l'amore dall'odio, il gioco dal dramma...

«Filippo, ti voglio bene!»
«A chi lo dici... ma adesso posso concludere? Ti dispiace?»
«Bleah! Che schifo! Non voglio saperlo! Vai! Vai!» dico ridendo.
«Vi aspetto domani da me!»
«Già... a domani!»

22
Pagine

Diario di Laura
26 luglio 2016

Due giorni fa sono uscita di nuovo con Marco... ho ceduto, cazzo! Sono stata debole, ancora una volta! Mi ha fregata con quei suoi messaggi da cascamorto! E mentre eravamo insieme, gli è arrivato un messaggio su WhatsApp... Gli ho chiesto di farmelo vedere ma non ha voluto, allora gli ho detto di riportarmi a casa, e lui mi ha risposto che sono solo una bambina viziata e insicura.

Per me è davvero morto, questa volta! Non voglio più saperne niente di lui e di tutte quelle puttanelle che si fa. Piergiorgio e Fabio mi hanno detto che l'hanno visto poche ore dopo al Darling Pryde... guarda caso era con quella stronza platinata che lavora con lui al pub. Ieri sera mi ha mandato un messaggio: "Facciamo pace, piccola? Mi manchi tanto...". *Facciamo pace? Piccola?* Ma vaffanculo!!! Con che coraggio! Non gli ho risposto, dopo pochi minuti mi ha richiamata e gli ho attaccato in faccia. Poi l'ho bloccato ovunque. BASTA. Basta, cazzo! Sono stanca di chi sfoglia distrattamente le pagine della mia vita senza interesse, solo così, per sfizio o noia, tenendo contemporaneamente i piedi ben piantati in un capitolo ancora aperto con qualcun altro. Questo non è un gioco, quelle pagine sono la mia storia, il mio cuore, il mio equilibrio... sono tutto quello che ho. La verità è che in fondo non ho nulla da spartire con uno come te, Marco. Avevo perso la testa, è vero, ma non era amore, era debolezza. Era la necessità di colmare il solito vuoto. Il desiderio d'infliggermi il solito dolore. Forse era il bisogno di essere accettata da chi non mi accetta per quello che sono.

Sul mio blog ho scritto:

> Ti hanno detto che dovevi essere dolce, ma poi hai visto vincere solo le stronze. Oggi, quando ti dicono che sei stronza, rispondi sorridendo con dolcezza, perché tu sola sai che è quello il prezzo da pagare per proteggere la tua emotività. E stronza sia.

Quel pazzo di Loy ha scritto questo folle e dolcissimo post:

> Ieri ho sognato.
> Nel sogno, confuso, avevo una famiglia.
> Due maschietti, belli e vivaci (che erano vivaci ne sono certo perché rompevano i coglioni pure nel bel mezzo di un sogno!).
> Avevo una casetta piccola, proprio un buchetto.
> Un pezzetto minuscolo di terra, con delle piantine coltivate, dei fiori stagionali, un limone, un olivo, un barbecue.
> Nel sogno io ero al barbecue, cucinavo bistecche e salsicce mentre fumavo e bevevo vino rosso, e la madre dei miei figli, mora, bella, bella, bella e bella, era bella. Dentro e fuori. Nel sogno, mentre aspettavamo che la carne fosse cotta e i mocciosi rompevano i coglioni perché io giocassi a pallone con loro, le regalavo un girasole e una rosa. Che non c'entrano un cazzo, ma a me piaceva così.
> Lei era anche dolcemente sofisticata, cioè senza troppe pose da figa, da intellettuale.
> Nel sogno la baciavo e lei sapeva di buono.
> Le parlavo e lei sapeva di buono.

C'erano molti sorrisi fra noi, in mezzo a noi, dentro e fuori di noi.
E lei sapeva di buono.
Lei, nonostante la dolcezza, mi sembrava un tipo forte e indipendente, ma allo stesso tempo sembrava pronta a metterle sul piatto comune, la sua forza e la sua indipendenza.
Guardandomi, nel sogno, anch'io sembravo un tipo pronto a mettere sul piatto comune la mia forza e la mia indipendenza.
Nel sogno lei era una blogger.
Bel sogno.

In questo periodo, tendenzialmente, faccio degli incubi. Non dei sogni.
Il fatto è che questo è un periodo, sì. Ma di merda. Sotto il profilo familiare (famiglia d'origine) e lavorativo.
Un sacco di cazzi su per il culo. Un sacco di stronzi.
E io sono allergico agli stronzi. E pure ai cazzi su per il culo. Ché vorrei saperlo prima. Ché credo metterei della vaselina, quantomeno. Credo.
Io sono allergico ai sofisticati forzati. Agli ottusi. Ai cervelloidi del cazzo che non sanno un cazzo ma rompono il cazzo.
Quelli che hanno passato il loro tempo a leggere.
Leggere, leggere e leggere.
Leggere e basta.
E poi c'è che io sono un impulsivo.
E io, quando i fili si toccano, e fanno cortocircuito, sono più stronzo di tutti loro messi insieme.
Il fatto è che mi controllo da troppo tempo.
Il fatto è che se non sbrocchi, molti non capiscono. Pensano che tu sia uno che subisce. Che bluffa. Che parla parla, ma *'nfa 'ncazzo*, poi. Scambiano gentilezza per debolezza. Educazione per paura.
Il fatto è che poi sbrocco, io. E non è uno scherzo. Poi mi pento, ok, ma non è uno scherzo.

Ok, mi sono sfogato. Ridiamoci su, che poi mi calmo. Come dice mia madre, solo alla morte non c'è rimedio, prima o poi tutto s'aggiusta.
Saranno frasi fatte, ma a pensarci sono fatte bene.
E io voglio pensare che tutto si aggiusterà.
Non sono scaramantico, anche se mi tocco le palle quando qualcuno che non mi convince o che mi sta sul cazzo mi augura il meglio, ecco, non lo faccio perché ci credo davvero, è solo un automatismo. Cioè, il movimento è automatizzato, la grattata di coglioni scatta da sé. Perché inconsciamente mi dico: "Non è vero, ma non si sa mai".
Ok, non è un ragionamento maturo, e non fila in modo logico, ma quante cose, intorno a noi, non sono mature, intelligenti e logiche?
E soprattutto, mi chiedo: che c'entrava scrivere della scaramanzia? Be', le cose dette e pensate c'entrano sempre, è solo che a volte le mettiamo nel posto o nel momento sbagliato.
E poi questo è il mio blog, e io scrivo il cazzo che voglio.
Il cazzo che mi pare.
Anche se non ha una logica.
Anche se non c'entra.
Mi vorrete bene lo stesso... Oddio, mi vorrete bene lo stesso? Se no, la risposta è sempre la stessa: sticazzi!
(Lo sapete che gioco, vero? Non potrei più vivere senza di voi...)
Però, ecco, il fatto più importante, l'unico degno di nota e che valga la pena raccontare, è che da un po' di giorni a questa parte esco con una ragazza.
Lei è fantastica. Mi piace tutto di lei. Tutto.
Lei è mora e oltre a essere bella, bella, bella e bella, è bella. Dentro e fuori. Ieri le ho regalato un girasole e una rosa. Che non c'entrano un cazzo, ma a me piaceva così.
Lei è anche dolcemente sofisticata, cioè senza troppe pose da figa, da intellettuale.

> Quando la bacio, lei sa di buono.
> Quando le parlo, lei sa di buono.
> E ci sono molti sorrisi fra di noi. Fuori, in mezzo e dentro di noi.
> E lei sa di buono.
> Lei, nonostante la dolcezza, sembra un tipo forte e indipendente, ma nello stesso tempo sembra anche una pronta a metterle sul piatto comune, la sua forza e la sua indipendenza.
> Ma è così poco che la frequento che...
> E poi, ecco, lei è una blogger.
> Bel sogno.

Folle, tenero e dolcissimo Loy! <3

Zagal invece scrive:

> Quando non potranno ottenere quello che vogliono, cercheranno di umiliarti. E tu sorriderai, perché se il tuo cuore fragile e pieno di amore da un lato ti rende vulnerabile, dall'altro ti fa essere invincibile. E tu questo sei: una donna invincibile.

Dio quanto ti amo, Zagal, grazie! Ed è così che mi sento ora, una donna invincibile!

La vera solitudine la provi quando ti forzi a stare con qualcuno con cui non hai nulla da condividere. Essere single non significa essere soli. Quando sei libera, non sei mai sola. E non è vero che quando sei innamorata, non tradisci perché resisti, non cedi... Eh, no! Quando sei innamorata, non ti sfiora nemmeno l'idea di toccare un altro!

Io voglio sentirmi libera, Marco, tu invece mi fai sentire sola. Come tutti gli uomini che ho incontrato finora... 'fanculo!

Buonanotte a te che ti eri fatta un'altra idea di lui, questa volta pensavi proprio fosse diverso dagli altri, questa volta ci avresti scommesso tutto. E invece lui si è dimostrato uno dei tanti senza luce negli occhi, che non sa rischiare, che non mette il cuore, che non gioca pulito. Uno che va bene un po' per tutti, mentre tu sei solo per pochi.
Stringi i denti e trattieni le lacrime, ti ripeti che lui non merita nemmeno un grammo del tuo dolore. Stringi i denti e trattieni il respiro, ti sussurri che lui non vale nemmeno un po' di tutto quell'amore.
Buonanotte a te che sei bella da morire, con la tua dignità e con una forza che non sai ancora di avere...

Laura

Giorno 4258

Dopo 4258 giorni di navigazione, mi trovo nel Mar Rosso, fra l'Africa e l'Arabia Saudita. Sono arrivato qui passando per lo stretto di Bab el-Mandeb, grazie al quale ho lasciato il Golfo di Aden. Il mio passaggio sulla sponda di Gibuti ha riscosso un piccolo successo, e ho strappato un applauso a un gruppo di ragazzi commossi... ora, da qui, guardo le spiagge del Sudan (Latitudine 19.40443 / Longitudine 37.512817). Sento che presto succederà qualcosa, e sarà meraviglioso...

23
Certe notti in famiglia

27 luglio 2016

Sono chiuso nel mio Duetto, suona *Tutto qui accade* dei Negramaro... Fra le cose che faccio spesso il sabato mattina c'è qualche piccolo intervento di manutenzione sulla mia 1600, anche conosciuta come "osso di seppia" per la sua forma. La tengo nel garage, è un modello del 1967, prima serie, lo stesso anno del film *Il Laureato*, grazie al quale il Duetto cabrio è entrato nella storia. Ho mantenuto il colore rosso originale, nemmeno a dirlo.

L'ho comprata a buon mercato anni fa, era letteralmente massacrata, dentro e fuori, per quello è costata pochissimo. Col tempo, senza fretta, l'ho restaurata in toto, dalla meccanica alla carrozzeria.

L'ho rimessa a nuovo, riparando e recuperando quando possibile quello che avevo, ricomprando e sostituendo pezzi quando farlo era inevitabile. Tutto rigorosamente originale: la vernice, gli interni in pelle neri con le cuciture a righe verticali, il volante in legno, il cruscotto con i cerchi per il contachilometri e il contagiri, gli indicatori in alluminio dei livelli di acqua, olio e benzina, la palletta del cambio e la pelle sotto, l'accendisigari, lo stemma dell'Alfa Romeo, la tappezzeria della cappotta apribile semirigida, e poi i freni, la frizione, molte parti del motore 1600 quattro cilindri doppio carburatore, il cambio, la marmitta...

L'unica piccola modifica l'ho fatta nell'impianto stereo: ho mantenuto, sì, il frontalino dell'epoca con la radio originale munita di mangianastri, ma ho potenziato le casse e installato un amplificatore di qualità. È dietro al cruscotto interno, non visibile, ma ci si può collegare qualsiasi dispositivo elettronico. La mia mania della musica...

In realtà non la uso quasi mai. Qualche volta la metto in moto o le faccio fare il giro dell'isolato, giusto per non ovalizzare le gomme e i cerchi, o per evitare che il carburatore s'ingolfi. Io e Angela fantasticavamo sempre sul fatto che sarebbe stato bellissimo, un giorno, fare un viaggio insieme con quell'auto. La vedevamo un po' come una carrozza volante trainata da cavalli bianchi e magici e alati, un simbolo assoluto del romanticismo della nostra favola.

Sognavamo a occhi aperti, io e lei, di continuo... Ed era così bello, non ci serviva altro. Ecco, questa parte del sogno io l'ho voluta ricordare così: possedendo una di quelle carrozze volanti, tenendola con me, curandola con attenzione, occupandomene con amore e costanza. Riportarla ai suoi fasti è stato un po' far rinascere quel sogno, tenerlo vivo nel mio cuore. Ci passo un sacco di tempo, anche se ormai c'è ben poco da fare sotto il profilo del restauro o delle riparazioni. A volte la lucido con una cera speciale (va passata con un panno di lana adatto, serve molto impegno e precisione), oppure controllo i livelli o che gli ingranaggi siano ben oleati, ma è altro che mi preme davvero: mi chiudo a chiave nel garage, entro nel Duetto, metto la mia musica... e volo. Penso a dove saremmo andati, a quale viaggio avremmo fatto. Sono certo che Angela avrebbe scelto una meta immersa nella natura, vicino al mare... sono certo che avrebbe messo la sua mano sulla mia che a sua volta avrebbe impugnato il cambio, avremmo fatto tutto il viaggio così, inseparabili come sempre.

Mentre suonano le ultime note di *Forever Young* degli Alphaville, mi rendo conto che sono le 11.30. Devo andare, è già quasi tardi.

Alla fine la cena sushi si è deciso di farla a casa di Filippo. Laura verrà con Bea, figurarsi se mi concedeva la grazia di venire con me.

Ne approfitto per lasciare la macchina sul Lungotevere, all'altezza di Via dei Pettinari, ma prima di dirigermi verso casa di Filippo, attraverso ponte Sisto e faccio due passi a piedi per i vicoli di Trastevere. Amo camminare per quelle stradine così colme di storia e di poesia, ma soprattutto, ogni tanto, amo tornare dove ci siamo baciati la prima volta... lì, in quel vicoletto meraviglioso che è rimasto lo stesso di allora, l'11 di vicolo del Cinque, il *mio* posto. La *mia* isola. La scaletta per i miei mille cieli dopo il settimo, quello della felicità. Lì sopra, fra le nuvole rosa, ci sono ancora i nostri nomi sospesi, intrecciati e fusi, con le stelle addosso e il mondo sottosopra, e in una di quelle piccole fessure nel muro, fra i mattoncini antichi, mi piace pensare ci sia ancora il mio biglietto per lei...

Filippo ha ristrutturato da poco il suo appartamento e ci teneva a inaugurarlo con noi. È un attico in corso Vittorio, angolo Campo de' Fiori, roba da cartolina. È un open space in stile newyorkese che rispecchia il carattere e la vita di Filippo: eccessivo, colorato, goliardico, sincero. In un angolo c'è il flipper e accanto il calcio balilla. Una parete del gigantesco salone rettangolare è rossa, perfetta e lucida. Nemmeno un'imperfezione, nemmeno una crepa o una venatura. Così perfetta che mi chiedo quanto possa essere costata una manodopera del genere...
Ci sono pochi quadri alle pareti, ma spicca un Mimmo Rotella originale, una Marilyn pop che cerca spazio fra articoli di giornale strappati. Alcuni faretti di design e un tavolo rotondo al centro, di cristallo, spettacolare. Non c'è un filo elettrico in giro, Filippo ha la mania, non se ne deve vedere nemmeno uno.

Dal salone si accede a una terrazza con vista mozzafiato su Campo de' Fiori. Musica e candele aromatiche. Laura è estasiata, Filippo è uno dei suoi idoli... a quanto pare è critica solo quando si tratta del sottoscritto.

Ci siamo dati appuntamento per le 18, non sappiamo quanta difficoltà incontreremo nella preparazione dei piatti. Abbiamo comprato tutto il necessario: ingredienti, spezie, accessori. Iniziamo col distendere le alghe sui tappetini di legno arrotolabili... io mi occupo dei tagli ai rotoloni di riso, Bea e Laura del sashimi, Matteo dirige tutto libro alla mano e controlla la frittura del tempura dopo aver realizzato una pastella davvero molto credibile. Emanuela, la moglie di Matteo, si occupa di preparare l'intingolo agrodolce a base di aceto di riso, zucchero e sale marino, mentre Filippo dice cazzate e finge di darle una mano. Laura ride, anche Bea... si sta bene.

Incredibilmente, dopo appena un'ora e mezza, è tutto pronto e con un ottimo aspetto. Nel frattempo si beve Falanghina gelata. Alle 20 siamo a tavola, in terrazza, con le bacchette in mano, a intingere nigiri e hosomaki nella ciotola della salsa di soia. C'è anche del sake, oltre al vino. La temperatura è perfetta. Non manca nulla.

«Il tempo dell'amore è dilatato e rarefatto come le pupille dopo l'atropina» dice a un certo punto Matteo. L'amore è sempre un tema caldo, durante una conversazione...

«Che riflessione meravigliosa» commenta Bea.

Emanuela in risposta mette la sua mano su quella di Matteo, con orgoglio.

«Mi piace tanto, Matteo!» fa Laura, visibilmente colpita.

«Le stelle stanno in cielo e i sogni non lo so, so solo che son pochi quelli che s'avverano...» prosegue serio Filippo.

Ci guardiamo tutti, senza parlare.

«Ehm... Filippo... è una bellissima frase, ma, ecco... è di Vasco!» ridacchio.

«Ah, sì?» fa lui. «Mi stai dicendo che abbiamo pensato la stessa frase io e Vasco? Questo mi fa piacere, mi onora, cavolo, tu sai quanto lo amo, vero? Lui e la Magica Roma... le mie fedi! Oltre ai soldi e alle donne, chiaro...» ed esibisce l'occhiolino e il sorrisone alla Fonzie...

«Ehm... Fil... non credi sia il caso di affrontare una volta per tutte questa cosa delle citazioni di altri che fai tue?»

Dopo le mie parole gli altri scoppiano a ridere.

«Che facciamo, ricominciamo con questa storia? Eh? Tutti a mettere in discussione la mia buone fede, eh?»

Restiamo interdetti per qualche secondo.

«Alla salute!» esclama alla fine Emanuela, togliendoci dall'empasse.

«Che poi, la Roma... mah... davvero c'è ancora chi segue il calcio? Quasi peggio dei vegani, o degli animalisti ortodossi...» interviene Bea.

«Be', dài, che male c'è?» chiedo io.

«È un interesse come un altro, non è criticabile... e poi anche io amo la Roma!» dice Matteo, che si dev'essere sentito chiamato in causa.

«Matteo, ecco, lo vedi?» gli risponde Bea. «L'avevo quasi rimossa questa cosa... ora devo toglierti l'amicizia su Facebook, bloccarti su WhatsApp, smettere di salutarti, rinnegare gli anni di amicizia... pensi sia facile per me? Eh?» Ridacchia sotto i baffi e rivolge a Matteo un sorriso dolce e amichevole.

«Non mi dire che sei una che giudica le persone in base a questo... dài, è un po' come guardare i reality o i talent, un momento di svago! Piccole grandi divagazioni...» replica Matteo.

«Sai, Bea è un'intellettuale...» aggiunge ironicamente Filippo.

«Non sono intellettuale, Filippo, ho solo un cervello, io...» controbatte Bea, non senza una punta di sarcasmo.

«Ma perché odi tanto il calcio?» chiede Matteo.

«Infatti, non capisco cosa diamine avete voi "intellettuali" contro il calcio...» intervengo io, ridendo.

Bea coglie il mio spirito e risponde in modo simpaticamente provocatorio: «È una cosa assurda, tutto qui... avere come mito gente che guadagna milioni di euro per correre dietro a un pallone lo trovo da stupidi. Ma davvero nel 2016 ancora parliamo di questo?»

La amo quando gioca a fare la snob.

Interviene Emanuela: «Ha ragione, è assurdo...» e aggiunge, con uno sguardo d'intesa a Bea: «Anacronistico, ecco...».

Bea si fa più seria solo per infliggere il colpo di grazia: «No, davvero, io capisco tutto, è lo sport più popolare, ci siete cresciuti dietro quel pallone, ok... ma poi si matura, no? Anche voi maschietti, dico, a una certa età maturate... ne sono quasi certa!» Ride ancora sotto i baffi. «Ecco, voi tre quel limite lo avete proprio superato! Ora basta...».

Emanuela e Laura ridono forte.

«Ok, siamo divisi qui. Cioè io mi diverto un sacco a giocarci ma non amo seguirlo... però non mi sento di criticare chi lo fa, perché è uno sport di alto livello, oh!» affermo con sicurezza. Poi chiedo: «Tu cosa ne pensi, Laura?».

«Io cosa ne penso? Io sono femmina, e ho un cervello... secondo te cosa posso pensarne?» Sta al gioco delle "colleghe", che apprezzano e si scambiano sorrisetti complici...

«Forza, Magica Roma!» urla Filippo alzando il calice al cielo. «Forza, Roma!» urliamo io e Matteo incrociando i nostri sguardi orgogliosi e facendo tintinnare i bicchieri. «*Grazie, Romaaa, che ci fai vivere e sentire ancoraaaaaa, grazie Romaaaaa!*»

È un coro da stadio, il nostro con Venditti. Le ragazze ci liquidano con gli sguardi indignati, un po' come se fossimo un'istituzione decaduta e superata...

La serata scorre in modo piacevole, gli schieramenti ormai sono netti. Maschi contro femmine, ma sono sempre Filippo e Bea i più ostili.

«Invece, tornando a Vasco, lui è davvero un grande, un mito!» dice Matteo.

«Su questo sono d'accordo, Matte!» risponde Bea.
«Come non essere d'accordo?» interviene Emanuela.
«Lo adoro...» dice Laura.
«Lo adoro anche io!» incalza Filippo. «Poi ora che so che viaggiamo sulla stessa lunghezza d'onda, ecco, lo sento come un fratello!» aggiunge.
Laura ride.
«Il punto è che Vasco, che ci piaccia o meno, con due lettere ha parlato a quattro generazioni. Lui dice "eh"... e trasmette tutta quella poesia e quell'amore che molti non sono stati in grado di trasmettere con milioni di sofisticate e noiose parole.»
«Esattamente, cavolo!» fa Bea.
Vasco ha messo d'accordo tutti, perfino Bea e Filippo. Ma solo per poco...
«E quindi tua sorella è ancora con quel soggetto?» le chiede a un certo punto lui.
«Sono insieme da sette anni, Filippo.»
«Sette anni? Come passa il tempo... Ricordo quando si presentò al bar sotto casa dei tuoi. Ridicolo, con quei tatuaggi, i capelli rasati... e poi...» ridacchia in modo isterico «che lavoro faceva?»
«Vende aspirapolveri, che male c'è? Perché, tu che fai l'agente immobiliare di case di lusso ti senti più figo?»
«Ah, che male c'è? Niente... ma non capisco come mai io non andassi a genio ai tuoi e quell'articolo col corpo completamente imbrattato frequenti casa senza problemi. Ma tua mamma che cosa cazzo dice di un esemplare come quello?»
«Ormai i miei lo adorano... accompagna pure mia sorella al Carrefour a fare la spesa per mamma...»
«Roba da pazzi... Ecco perché voglio tatuarmi, ecco perché! Nella piramide sociale sono sotto tuo cognato, quel coso...»
«Nella piramide sociale sei sotto molte altre persone, Filippo...» Bea lo dice fra i denti, ma la sentiamo tutti. A volte

ho l'impressione che questi due siano ancora innamorati, altro che...

«Ma il bellissimo tatuaggio di Laura lo avete visto?» chiede Bea.

«Io no» dice Matteo.

«Nemmeno io» aggiunge Filippo.

Laura si alza e mostra la caviglia.

«"Siamo solo per pochi." Una frase stupenda e vera» commenta Bea sorridendo.

«Mi piace molto!» fa Emanuela.

«Ma che figata!» urla Filippo. «Magari potrei tatuarmela anch'io!»

«Filippo, il tatuaggio deve avere un senso per chi lo fa... "siamo solo per pochi" che senso avrebbe per uno che se ne fa una a sera?» Bea è impietosa. Ridiamo tutti.

«Be', non mi risulta che tu sia una santa, no?» contrattacca Filippo.

«Filippo, non è una questione di essere "santi"» intervengo io. «Scusa se mi permetto, eh, ma c'è un limite a tutto... e tu lo superi quel limite. Anzi, tu non lo hai proprio, un limite!» concludo ridendo e alzando le mani.

Matteo applaude sbellicandosi dalle risate.

«Bravi! Bravi!» esclama Filippo battendo sarcasticamente le mani. «Tutti bravi, voi, eh, con il vostro moralismo... e comunque l'antidoto contro cinquanta nemici è un amico!» aggiunge con l'ennesima citazione.

«Dài, Filippo, te la sei cercata! E poi, oh, cazzo! Mo' pure Aristotele mi citi? Impressionante... stessa lunghezza d'onda... stessa epoca, eh?» e rido forte.

«Senti chi parla...» commenta Laura seria, freddandomi... e freddando tutti.

«Scusa, Laura, cosa intendi?»

«Niente, lasciamo stare...» risponde.

«Se hai qualcosa da dirmi, puoi farlo.»

«Papà, io non ho nulla da dirti, la vita è la tua e scegli di viverla come pare a te... È solo che il mio tatuaggio non lo vedo nemmeno su di te. Ecco.»

A un tratto non vola una mosca. Silenzio.

«Qualche volta non troviamo un punto di contatto semplicemente perché ognuno sta giocando sul proprio terreno... e allora non ci si capisce...» interviene Bea, salvandomi in calcio d'angolo. «Ma questo non vuol dire che sia un gioco diverso. O che non piaccia a entrambi.»

Laura guarda Bea, accenna un sorriso, quasi di circostanza, e poi abbassa lo sguardo sul suo iPhone.

«Lo spero...» rispondo io.

«Ma tu, invece di sperare e sperare... hai dato il via libera a Laura per la Grecia?» mi chiede Bea, non prima di lanciare uno sguardo di complicità a mia figlia.

«Ecco, questo è un colpo basso» borbotto io, maledicendo Bea in silenzio.

«Ma quale colpo basso, su!» esclama Emanuela.

«Leo, non essere ridicolo!» aggiunge Filippo.

«Esatto!» gli fa eco Matteo.

È un complotto, sono all'angolo. Alzo lo sguardo e incrocio quello di Laura, che dopo un attimo lo abbassa di nuovo sul telefono, come se volesse farmi credere che è superiore a qualunque mia scelta. Anche se so che ci tiene tantissimo ad andare. Quanto è orgogliosa...

«Ok» concludo, con un filo di voce. «Grecia sia... Ma con l'obbligo di chiamarmi tre volte al giorno, eh!»

Scoppiano tutti in un'esultanza assurda. Abbracciano Laura che ride. Che bella che è quando ride, dovrebbe ridere sempre! Mi chiedo se sia sempre colpa mia se non lo fa, e i miei occhi diventano lucidi, solo un po'. Anche questa volta Bea mi salva in extremis, avvicinandosi e abbracciandomi forte. Poi Filippo intona Ligabue: «*Non si può restare soliiiii, certe notti quiiii, chi si accontenta gode, così e cosiiiii... certe nottiiii nanananaaaa...*».

Siamo un solo coro. Per essere una famiglia non basta mica dire di esserlo. C'è bisogno di sentirsi. Di mancarsi. Di crederci. Di esserci. C'è bisogno di supporto ed empatia. C'è bisogno di amore...

E noi siamo tutto questo. Forse pure qualcosa in più.

24
Per sempre

18 luglio 1997

Le ho proposto una notte in campeggio, con la tenda. Così, cotta e mangiata. Ho una canadese per due persone e anche tutto il resto dell'attrezzatura, dai fornelli alle torce al sacco a pelo, perché con i miei per tanti anni abbiamo trascorso la villeggiatura in roulotte, e nella piazzola montavamo anche la tenda per quando venivano a trovarci gli zii, o i cugini. Che bellissimi ricordi...

Mi hanno parlato di un campeggio economico a Sabaudia.

«Lì il mare è fantastico, e poi ci sono delle dune meravigliose... ti va?» le dico.

«Oddio che bello, siìì! Quando partiamo?»

«Facciamo fra un'ora?»

Non finisco di dirlo, che mi salta addosso abbracciandomi.

Partiamo intorno alle due del pomeriggio con la macchina dei miei, una Golf nera. Compriamo pizza bianca farcita di mortadella e un paio di birre.

Il campeggio è semplice, solo piazzole e bagni comuni con le docce e le turche, e un baretto scassato tipo chiosco. Ma siamo sul mare, dietro le dune, e non ci serve altro.

Nella tenda abbiamo una lucetta che a volte accendiamo per guardarci o giocare... ma è bello stare lì, al buio, a parlare, con il rumore delle onde che s'infrangono sugli scogli e il sapore di salsedine sulle labbra. Col sacco a pelo rosso, con le nostre mani che non si lasciano mai, e le nostre labbra che non smettono per un solo attimo di cercarsi...

«Come stai?» le chiedo, mentre seguo le linee del suo corpo nudo accarezzandola con la punta del dito.

«Sto bene, troppo bene...» mi dice. «E tu?»

«Sono calmo, felice, non sento tensione.... sono in pace col mondo! Come quando sei sdraiato e ascolti un pezzo che ti piace a occhi chiusi. Come quando ti sfiorano i capelli con quella pressione che ti ricorda quanto è bella la vita. Proprio come stai facendo tu, adesso...» Nel frattempo lei ha iniziato ad accarezzarmi i capelli e a me sembra di stare in paradiso. «E capisco perfettamente che se lasciarsi andare può voler dire lasciarsi andare via, lontani l'uno dall'altra, nello stesso tempo può significare anche amarsi e fare l'amore, lasciarsi andare insieme, nello stesso posto, goccia nella goccia, sudore nel sudore, corpo nel corpo, lasciarsi andare senza difese. Lasciarsi andare e basta. Scivolare via, fra anima e pupille, fra lacrime e saliva. Significa dividere pizza e mortadella, e bere birra da due soldi che sa di salsedine, salata al punto giusto, croccante al punto giusto, come dovrebbe essere ogni vita: alcolica, croccante e salata al punto giusto...»

La bacio a lungo, prima in bocca e poi sul collo, e iniziamo a fare l'amore...

«Le nostre vite sono croccanti e alcoliche solo se sono unite... a volte ho paura che la tua vita si stacchi dalla mia» mi dice ansimando. Si scosta per un attimo, guardandomi con occhi a un tratto spaventati.

Io mi metto in ginocchio e cerco nello zaino.

«Che fai?» mi chiede.

«Tieni.» Le do un foglio. «L'ho scritta pochi giorni dopo che ci siamo dati il primo bacio... Sono tornato dove ce lo siamo dati, poi ho camminato su ponte Sisto, e lì ho scritto questo pensando a te... Leggilo.»

Lei lo apre:

E allora sarà annusarci e chiedere quando, e allora saranno i miei occhi sui tuoi e chiedere perché, e poi sarà non capire e cercare un senso, e sarà schivarci quando i perché sembreranno non averlo, un senso, e cedere quando i sensi sembreranno non cercarlo più, un perché. Io sto calmo e aspetto. Aspetto che accada qualsiasi cosa, sarà comunque bello. Anzi, sto calmo e assorbo, mi lascio vivere. Sono sereno, ora, forse un po' felice, eh, felice! E questo dipende tanto da te, quasi tutto da te, ma anche un po' da me. Per questo sorrido spesso, per questo ti sorrido spesso, per questo ti porto dove vuoi, qui dentro, o ti seguo da lontano, lì fuori. E penso ancora alle parole, e al senso che gli affidiamo, alle scelte che facciamo. Il senso non è mai solo uno, e io non sono mai abbastanza chiaro. Invece è importante capirci, con te lo è. È bello averti nella mia vita, anche solo un po', anche solo così. Mentre fai quello che devi fare, io guardo il tramonto, in mezzo a tanta gente che mi ricorda che il posto più bello del mondo è chiuso dentro un'emozione, dentro un momento che non si può fotografare. E tu sei il mio momento, la mia fotografia più bella, l'unico posto dove vorrei essere.
Oppure mentre aspetto, bevo una birretta, o un bicchiere d'acqua, o faccio cose sceme che un po' ti riguardano, solo un po', ma tu non lo sai, tipo scrivere il tuo nome mille volte, distrattamente, mentre studio o penso ad altro. Oppure giocherello con i polpastrelli sul manubrio della mia Vespa, o sistemo il laccetto della mia felpa, e scrivo il tuo nome e qualche parola semplice sulla brina di una macchina parcheggiata quando cammino per strada per andare all'università o chissà dove. Cose sceme, insomma. E questo quando non ti penso, o quando non dormo. E

ultimamente dormo poco. Da quando ti ho baciata, non dormo più.

Verso la fine i suoi occhi si bagnano, e con voce un po' strozzata dice: «Dio...».

«Ecco, ora capisci che la mia vita rimarrà per forza sempre attaccata alla tua? Qualunque cosa accadrà, io ti porterò con me... per sempre!»

«Ti amo da morire» me lo sussurra abbracciandomi e piangendo. E tremando...

«Anche io, Angela, anche io... ma voglio vederti sorridere, perché non posso essere felice, se tu non sorridi...» La abbraccio forte. «Sai che la sera stessa del primo bacio, prima di rientrare a casa sono tornato lì, in vicolo del Cinque 11, e in una piccolissima fessura sul muro, fra un mattoncino e l'altro, ho infilato un foglietto?»

«Davvero? E cosa c'era scritto?»

«Questo è un segreto, solo chi lo trova potrà saperlo...»

«Oddio che bello! Mi spiace non poterlo leggere... Quando torniamo, vado subito a vedere se è ancora lì.»

«Non credo... Comunque l'importante non è che tu lo legga. L'importante è che l'ho fatto per te.» Lo dico e sorrido. «E adesso dammi un bacio e abbracciami!» "Perché se mi abbracci, poi sto bene" penso, e glielo lascio capire solo con lo sguardo.

«Io non voglio l'amore a tutti i costi, io voglio stare con te. Non abbiamo bisogno di essere legati per non lasciarci andare.» Me lo dice subito prima di abbracciarmi, guardandomi con quei suoi occhi profondi e nerissimi...

«Che cosa bella che hai detto... è bello appartenersi senza pretendersi... è l'unico modo per non perdersi mai.»

«Ma io ti pretendo...» risponde mentre viene sopra di me e inizia a muoversi lentamente

«Tu sei una smorfiosetta...» ribatto a fatica, mentre la guido con le mani sui fianchi e seguo il suo ritmo...

Poi spegniamo la lucetta e io prendo la sua mano.
E la tengo sveglia.
Tutta la notte.

"Sotto i piedi chilometri di cielo mi parlano di te."
Questo c'era scritto sul biglietto che avevo infilato nella fessura del muro. Quel 9 marzo 1997. Al civico 11 di vicolo del Cinque... quel giorno che la mia vita è cambiata per sempre.
Per sempre.

25
Forse un giorno ti sveglierai nel cuore della notte, cercando la mia mano

Diario di Laura
28 luglio 2016

Quando ho detto a Camilla che sarei partita per Mykonos con loro, è scoppiata a piangere. Sono elettrizzata! Non vedo l'ora! In più ho appena scoperto che a novembre uscirà il nuovo singolo di Tiziano Ferro e verrà a Roma in concerto proprio il giorno del mio compleanno... subito dopo quello di Mengoni, di cui ho già preso il biglietto! Una bella notizia dopo l'altra... manca solo quello di Izi e poi sono al settimo cielo!

Marco sta già con un'altra... Che novità...
È pessimo!
Sai che me ne frega, ci perde solo lui!

Poi arriva un momento che guardi dentro la tua vita, come fosse una casa, da fuori, sbirci dalla finestra, e ci vedi dentro gente che non ti apprezza, che non gli frega di quello che sei, stanno lì, in casa tua, perché ce li hai messi tu, forse perché volevi piacergli, forse perché credevi fossero importanti, forse perché ne avevi bisogno. Magari pensavi che prima o poi ti avrebbero apprezzata. Perché a volte sei fragile e insicura. Però poi arriva il momento che quella gente, estranea, fredda, indifferente alla tua sensibilità, ecco, dentro casa tua non ce la vuoi più. Perché ti bastano quelli che ti amano, perché contano solo loro. Perché siamo solo per pochi. Siamo solo per pochi, oggi più di prima...

Forse un giorno ti sveglierai nel cuore della notte, cercando la mia mano, chiedendoti dove sono, chiedendoti perché, chiedendoti come hai potuto non capire, come hai potuto essere tanto folle da lasciarmi andare, e così tanto poco coraggioso da scappare davanti a tutto quell'amore...

Oggi Loy sul mio blog scrive questo:

> La tovaglia bianca, bianca e grezza, favolosa, di canapa grossa, il profumo di pulito, con qualche piccola macchia e un po' di briciole qua e là, quelle appuntite e dure, della crosta del pane casereccio, quelle che ti bucano i gomiti quando li appoggi distrattamente e ti provocano quel piccolo fastidioso dolore che ti fa incazzare, ma solo un po', perché poi passa in fretta. E ti ricordano che i gomiti, a tavola, non si appoggiano, non si fa, e che certi gesti, anche se piccoli, soprattutto se piccoli, meritano sempre molta attenzione.
> E non è importante che si tratti di scampi e bollicine piuttosto che di una pasta aglio olio e peperoncino accompagnata dal rosso forte della casa... non conta quello, è il pensiero, la voglia, l'invito a restare, a sedersi, quello sì che ha un senso, quello è tutto, il desiderio di condividere il piatto del giorno, e del giorno dopo, e il pane, il vino e le riserve in dispensa, fino all'ultima briciola. Fino all'ultima goccia. Questo conta. Ché il cibo, anche quello più buono e dall'aspetto migliore, se non lo mangi o lo conservi male, col tempo si rovina. E poi c'è il rischio che si sieda qualcun altro, al posto tuo, su quella sedia vuota, qualcuno con la voglia, e con la fame, quella vera.
> E fra scampi e spaghettino, io tutta la vita lo spaghettino. Col vinello, la tovaglia di canapa un po' grezza, le

macchie e le briciole qua e là. E il profumo di pulito. E la fame, quella vera.

Prima o poi si siederà qualcun altro al posto tuo, Marco, qualcuno con la fame, quella vera...

Buonanotte, a te che volevi sentirlo ma non l'hai chiamato, perché in fondo volevi fosse lui a farlo. Perché in fondo hai già fatto tanto per lui. Perché in fondo fare il primo passo va bene, i primi duecento no, non è più bello. Non ci fa stare più poi così bene. Non ci fa sentire più poi così desiderati. E allora buonanotte, lo faccio io questo passo per te...

Laura

26
Ti amo

31 luglio 2016

«Riccardo, ma al Bmw hai fatto cambio dell'olio motore?»
È da questa mattina alle 8 che trottiamo senza respiro in officina. Abbiamo aperto un'ora prima perché il lavoro è davvero tanto e ci sono consegne urgenti da fare.
«Sì, Leonardo! Ho anche cambiato la lampadina della luce di posizione sinistra come mi avevi detto... e poi ho attaccato sullo sportello l'adesivo con l'attuale chilometraggio, per il prossimo cambio olio.»
«Bene! La Classe A? Olio e pasticche?»
«Fatto, capo!»
«Grande, Riccardo!»
«Grazie capo!» e sorride compiaciuto.
«Mi sa che te lo meriti un aumento...»
«Davvero?» È felicissimo.
«Sì, davvero!»
Mi fissa con gli occhi pieni di soddisfazione, poi torna al lavoro sorridendo sotto i baffi...
«Riccardo...»
«Sì?»
«Con quella ragazza, poi, come va?»
«Eh, così e così...»
«Cioè?»
«Ci vediamo solo qualche volta...»
«E da chi dipende?»

«Non so... io non voglio starle troppo addosso...»
«Ok, ma tu sei innamorato? Rispondi con sincerità...»
Esita qualche secondo, continuando a girare il bullone con la brugola, e poi risponde con un filo di voce: «Sì...».
«E lei lo sa?»
«Boh... non credo.»
Resta in silenzio e io ne approfitto per insistere: «Riccardo, fidati: tu diglielo... che la ami!».
Mi guarda quasi terrorizzato. «Il fatto è che è difficile, non so se sono all'altezza. Lei è troppo complicata...»
«Riccardo, io non sono nessuno per darti dei consigli, e anzi, ne ho fatte di cazzate! Ma secondo me una donna è troppo complicata solo per l'uomo che vuole tutto facile. Le cose belle sono difficili, serve impegno. Serve amore. Bisogna lottare per quello in cui crediamo, per i nostri sogni. Ci devi credere! Vai e combatti per quello che ami! Altrimenti un giorno te ne pentirai, e non saprai come perdonarti... ok?»
«Ok...» lo dice e mi guarda come farebbe un bambino insicuro. Vorrei abbracciarlo, ma il trillo di WhatsApp interrompe il nostro momento di confidenza.
Messaggi di mio padre, di Filippo e Matteo. Questa sera ho invitato tutti gli altri a cena da noi. Domani Laura parte per la Grecia e abbiamo deciso di salutarla tutti con un po' di baldoria...
Scrivo a mia figlia per ricordarle di non arrivare tardi a casa, chiudo l'officina intorno alle 13 e vado a fare la spesa.
Mi piace andare a fare la spesa, i supermercati mi hanno sempre messo allegria, fin da piccolo. Forse per i profumi degli alimenti che rievocano così tanti ricordi... quelle vite diverse che vanno e vengono, concentrate in un solo posto, alla ricerca di un modo per stare bene insieme alle persone che amano. Osservando una persona fare la spesa puoi capire molto di quello che ha dentro, lo capisci se la fa solo perché deve farlo, in modo sbrigativo, a tirar via... o se ci mette attenzione, cura.

Impegno. Lo capisci subito, glielo leggi negli occhi... se la fa con amore è diverso!

Alle 19 sono ai fornelli. Preparo il mio piatto forte, l'amatriciana: ripulisco il guanciale, rigorosamente di Amatrice, lo taglio a listarelle e lo rosolo ben bene in padella con un filo d'olio extra vergine d'oliva (me lo porta un cliente dalla Sabina), sfumo con del vino bianco secco, aggiungo il peperoncino e lascio cuocere ancora un po' finché non è evaporato tutto l'alcol. Quindi metto da parte il guanciale e, nella stessa padella, faccio cuocere per qualche minuto la polpa di pomodoro San Marzano; aggiungo di nuovo il guanciale e poi lascio che il sugo si restringa a fuoco lento, facendo evaporare l'acqua del pomodoro e assorbire bene i sapori...

Un'ora dopo sono tutti lì. Bea, Laura ed Emanuela si piazzano in cucina per mettere su l'acqua per la pasta.

«Guarda, mi piace proprio la parete color Sangria! Ogni volta che la guardo, questa cucina mi piace di più...» Dopo averlo detto, Bea guarda Laura e le fa l'occhiolino ridendo con complicità.

«Sì, lo so, lo so, è stata una vostra idea... me lo ricordo!»

La nostra cucina ha uno stile classico, in legno chiaro, c'è un'isola centrale con il piano di lavoro e i fornelli. L'abbiamo rifatta quattro o cinque anni fa, Laura era poco più che una bambina. Subito dopo la tinteggiatura delle pareti, bianche, lei e Bea si erano impuntate perché ne facessi dipingere una di viola, perché secondo loro avrebbe dato colore e calore all'ambiente. Ancora ricordo i loro cori: «E poi tutto bianco... ma che tristezza!». Io inizialmente mi rifiutai, ma quando due donne si mettono in testa qualcosa, non c'è modo di fermarle, molto meglio deporre subito le armi. Morale della favola, feci dipingere la parete e subito dopo dovetti ammettere che avevano ragione: l'effetto è davvero meraviglioso. Il tocco di una donna, in casa, dappertutto, fa la differenza...

«Ecco, bravo, vedi di non scordarlo!» risponde Bea con quel suo sguardo da paraculetta. Anche se scherza, la sento piuttosto carica. Percepisco un po' di tensione, ecco.

«Ok, cerco di non scordarlo, diavolo che non sei altro!»

«Che poi, dopo qualche tempo, ti dicono che è stata una loro idea, ne rivendicano la paternità, conosco i miei polli...» interviene Emanuela col dito alzato.

«Ma non avete pietà!» replico io assediato.

Dopo qualche minuto, ci raggiunge in cucina anche Maria, la bellissima bionda che era con Filippo alla festa. Non so perché, ma qualcosa mi dice che è proprio lei il motivo del malumore di Bea...

«Wow! Ma che buon profumino sentire!» dice, con un italiano impreciso.

«Ah, ecco, un po' di conforto! È il mio sughetto» rispondo sorridendo.

«Senta, chef, faccia una cosa, si diriga in salone insieme ai suoi colleghi maschi, qui finiamo noi» risponde Bea. «E la smetta di fare il cascamorto!» quest'ultima frase me la dice a mezza bocca, è destinata solo a me. Capisco che è molto meglio se accetto il consiglio: la presenza di Maria ha innescato un meccanismo strano che spesso s'instaura fra donne, difficile da descrivere, qualcosa che ha a che fare con la competizione, con la gelosia, con la curiosità, con la solidarietà, con quella molla che le spinge per esempio a parlare e confrontarsi con rispetto per ore con quella che loro considerano una nemica come se fosse la loro migliore amica... e non per falsità, ma per via di quell'approccio alla vita più sofisticato ed empatico di quello che usiamo noi maschietti. Perché per le donne, un potenziale pericolo d'invasione della loro sfera affettiva può essere una minaccia, ma anche un abbaglio, e per scoprirlo devono prima studiare la situazione, il nemico. Esistono casi in cui le donne sentono di non voler negare una possibilità nemmeno a chi per loro può rappresentare un'insidia. E questo io lo trovo meraviglioso e disarmante nello stesso tempo. Il dialogo serve a quello: a conoscere meglio l'altra persona, quella che si considera la stronza di turno, salvo poi scoprire, nel corso della chiacchierata, che dietro alla stronza si cela in realtà una persona alla mano, simpatica, con cui vale la pena confrontarsi. E magari scatta anche una complicità inaspettata.

E poi ci sono cose che solo le donne possono sapere, di cui solo loro possono occuparsi. Io intuisco, percepisco ma non comprendo. L'unica cosa di cui sono certo è che è meglio non metterci becco.

«Il pollo con le patate nel forno...»

«Lo controlliamo noi!»

C'è anche la voce di Maria nel coro della risposta, pare già in linea con quella sintonia, quell'intesa con le altre di cui parlavo prima...

Mentre esco, le sento ridacchiare bonariamente alle mie spalle e partire subito all'attacco con un interrogatorio a Maria: «Allora, Maria, raccontaci... esattamente da dove vieni?» comincia Laura, lanciando uno sguardo d'intesa a Bea.

«Io vivo Uppsala, sopra Stockholm... voi conosci Stockholm?»

«Sì, certo, la capitale della Svezia» risponde Laura.

«E cosa ti porta qui, di bello?» Bea entra dritta nel discorso.

«In Uppsala noi ha importante università, io lavora in università, faccio ricerca in campo... e ora venuta qui con master e... ehm... come dice voi... non so in italiano ma, ecco, *an exchange program*.»

«Ah sì, ho capito!» esclama Laura. «Un programma di scambio per studiare all'estero.»

«Sì, quillo... esatto.»

«E come vi siete conosciuti con Filippo?» chiede Bea sferrando un altro colpo. Ma non riesco a sentire la risposta, perché lei mi guarda con un sorrisetto che sottintende: "Che ci fai ancora qui, non ti avevo gentilmente chiesto di sparire? È roba da donne, stanne fuori...".

«E allora vado, eh!» sorrido, gettando il canovaccio sul banco.

«E allora vai!» ancora in coro.

In salone trovo Filippo e Matteo a chiacchierare. È Filippo che chiacchiera, in realtà, Matteo ride. Quando mi avvicino, Filippo ne sta raccontando una delle sue: «Un culo assurdo, guarda, ha davvero un culo da sballo! E comunque, oh, Matteo, ascoltami: ho imparato che se una donna ti dice che sei speciale, ecco, non devi metterti in testa che sei capace, cazzonesò, di diventare invisibile o di volare... Cioè quella ti sta solo lasciando, capisci? E tu devi anticiparla! È lei quella speciale! E tu stai cercando te stesso!».

Gesticola, si agita, e dopo averla sparata, Filippo ride forte. Che soggetto...

«Chi è che ha un bel culo?» intervengo.

«E chi, chi... Maria, no? Se no, chi?» e mi dà una pacca sulla spalla.

«Ah, Maria... è davvero molto bella, sì. Ma come mai l'hai portata? Non me lo aspettavo, erano anni che non ne portavi una a cena con noi.»

«Anche lei, come Laura, domani mattina partirà, raggiunge i genitori in Svezia. E niente... voleva salutarmi, è passata a casa mia verso le sette e... *zac*!» fa il segno della trombata con la mano e mi strizza l'occhio ridacchiando. «E che scopata, cazzo!»

«Filippo... sei tremendo!» commento, ma ridacchio anche io. E anche Matteo.

«E quindi niente, ho pensato di portarla... oh, è un problema?»

«Ma quale problema? Ci mancherebbe! Mi sembrava semplicemente una cosa strana...»

Mentre lo dico, dalla cucina spunta Bea con in mano una grande padella, seguita da Laura.

«Tutti a tavola!»

«Credo che i giovanissimi, nonostante quello che si dice, non deluderanno questa vita, e faranno del loro meglio per costruire un futuro più colorato, più intrigante, più equo...»

Quando parla così, Matteo è davvero un figo! Ha catturato anche l'attenzione di Laura, che viene distolta dal suo iPhone, alza gli occhi e lo guarda.

«Sono d'accordo!» commenta Bea.

Matteo prosegue: «Perché la maggior parte di loro è piena di entusiasmo e di vibrazioni positive. Ogni volta che posso consiglio ai miei alunni, in particolare a quelli più giovani, di credere nell'amore, di non farsi scoraggiare dal buio, perché alla fine sarà proprio grazie al buio che troveranno la luce che cercano».

«Cavolo, Matteo, quanto è vero!» insiste Bea.

Anche Maria si complimenta.

«Del resto amare se stessi è l'inizio di un idillio che dura una vita...» interviene Filippo

«Oscar Wilde... già...» gli risponde Matteo

«In che senso *Oscar Wilde*?» chiede Filippo cadendo dalle nuvole.

«La frase che hai appena citato, Filippo...» risponde Bea con gli occhi al cielo. «È di Oscar Wilde.»

«Già, Fil! Hai... ehm... *quote quotes*... Oscar Wilde... già...»

«No, Bea, Maria, vi sbagliate, mi dispiace... è mia, non di Oscar Wilde!» risponde Filippo con il dito alzato, la testa un po' inclinata quasi a voler salire in cattedra e un tono amabilmente risentito.

Questa volta decido di salvare Filippo dal solito linciaggio e propongo un sondaggio: «Voi che personaggio di film vorreste essere?».

«Io tutta la vita Mia Wallace di *Pulp Fiction*!» risponde Bea senza esitare un attimo.

«Cavolo, che stile!» dico.

«Già! Il twist fra lei e Vincent Vega con *You Never Can Tell* è imbattibile, e lei regina incontrastata dello charme...»

«Sottoscrivo!» interviene Matteo.

«Oddio, la amo anche io!» fa Laura

«Come non voler essere Mia?» conferma Emanuela.

«Io Lisa Rowe, cioè Angelina Jolie in *Ragazze interrotte*» dice Laura.

«*Ragazze interrotte* è uno dei miei film!» si accende Bea, ma nel suo tono avverto un mix di stupore e impressione. Io non dico nulla, ma resto perplesso...

«Io scelgo Ray Liotta, Henry, in *Quei bravi ragazzi*» la butta lì sorprendentemente il placido Matteo.

«Sai che da te non me l'aspettavo questa scelta?» risponde Bea.

«Infatti, amore...» aggiunge Emanuela.

«Ragazzi, è un gioco, no?» quasi si giustifica Matteo.

«Ci mancherebbe!» lo tranquillizzo io. «Personalmente, sceglierei Tyler Durden, cioè Brad Pitt in *Fight Club*.»

Emanuela sceglie Natalie Portman nel ruolo di Alice in *Closer* e Maria Hilary Swank in *Million Dollar Baby*.

«Io vorrei essere Chaz Reynolds, è il mio mito!» se ne esce Filippo.

«E chi sarebbe?» chiede Bea.

«No conosco...» le fa eco Maria.

«È uno dei personaggi di *2 single a nozze*» rispondo io, simulando un colpo di tosse.

Matteo ridacchia.

«Zio Filippo ma è quello che a cinquant'anni vive ancora con la mamma e va a rimorchiare ai funerali le giovani vedove approfittando del momento di fragilità?» Laura si rivolge a Filippo ridendo quasi alle lacrime.

«Sì, piccola, ma dietro quel personaggio c'è molto altro...»
«Sì, è molto più coglione di quello che sembra!» interviene Bea, come sempre impietosa.
«Sei tu il mio mito!» urla Matteo divertito.
«Viva Chaz Reynolds!» grido e alzo il calice.
Bea e le altre mormorano qualcosa che ha a che fare con la nostra superficialità, ma si uniscono al brindisi stando al gioco.
Verso l'una, Maria si alza e saluta tutti spiegando che domani deve partire prestissimo. Dopo pochi minuti, Laura fa lo stesso.
«Io vado, se no domani sono lessa! Alle 5.30 passa Camilla con il papà a prendermi per andare in aeroporto...»
«Ok, bella! Spacca tutto!» dice Filippo.
«Ehm, sì, ma con moderazione, Filippo...» aggiungo io.
«Papà, finiscila, non ricominciare! Zio Filippo ha fatto una battuta: non essere sempre pesante!»
«Ok, però non c'è bisogno di offendere! Cosa significa, scusa, "non essere sempre pesante"?» chiedo, con un sorriso forzato.
«Oh! Oh! Buoni, è colpa mia, ho detto una cosa così, per gioco... Ma è importante che tu stia attenta, in Grecia, Laura, molto importante! Scusate!» Filippo alza le mani in segno di scuse.
Laura ha un'aria provocatoria, mi guarda quasi sfidandomi con il suo solito sorrisetto.
«Ma sì, adesso però basta, ok? Buonanotte, Laura, vieni qui e fatti abbracciare!» sdrammatizza Bea, provvidenziale come al solito.
Laura la stringe forte, si guardano negli occhi e ridono.
«Notte, zia Bea, ti scrivo quando arrivo! Ciao!»
Dà un veloce abbraccio a tutti e fa per andare.
«Notte, Laura, ci vediamo domani mattina per la colazione...»

«Ok» risponde senza guardarmi, quando è già nel corridoio.
"Oh, è sempre incazzata! Mah..." penso, ma non dico nulla.

La serata va avanti, si fanno quasi le 2 e l'alcol continua a scorrere insieme alle chiacchiere...

«Non l'avevo mai notata» se ne esce Filippo all'improvviso. Era qualche minuto che stava in silenzio.

«Chi?» chiedo io. D'un tratto cala il silenzio, lo guardiamo tutti curiosi e spaesati.

Lui fissa il suo bicchiere di rum e continua a parlare: «Cioè, l'avevo notata in modo superficiale, così, senza impegno. Una ragazza semplice, forse carina, normale ma, per capirci, non sarei stato nemmeno in grado di descriverla. Non le avevo dedicato la giusta attenzione... la giusta attenzione io tendo sempre a riservarla alle persone sbagliate, alle cose sbagliate, a ciò che appare, a chi vuole apparire, alla malizia, alla furbizia, a una scollatura paracula, ai soldi, al potere... a tutto ciò che è ostentato ed eccessivo». Continuiamo a fissarlo, senza interromperlo. «Mai, oh, mai che mi fermi ad apprezzare qualcosa di semplicemente semplice, di semplicemente altruista e generoso. E si sa, l'altruismo, la generosità, la semplicità non se l'incula nessuno, ma d'inculate ne prendono tante...» Dopo averlo detto butta giù un sorso di rum, sbatte il bicchiere sul tavolo e ci guarda. Deve leggere stupore nei nostri occhi, e allora per tranquillizzarci ci fa una delle sue risatine diaboliche. Sembra Sean Penn nel finale di *Mystic River*, quando scopre di aver ammazzato la persona sbagliata e, ubriaco, inizia a ridere in modo nevrotico. «Oh, che avete? Vi sto raccontando questa cosa, lasciatemi finire e non fate quelle facce!»

Ci guardiamo. Nessuno fiata.

«Ora, la ragazza del bar, che chiameremo Sara, forse perché è proprio così che si chiama o per nostra convenzione... e che, se ci pensate, è arbitrario tanto quanto dire che la mia tv si chiama Natalina» e giù un'altra risatina alcolica... «ecco, comunque, lei, Sara... ha un sorriso gentile. E un sorriso gentile non è cosa da poco. Adesso so che un sorriso gentile ti aiuta a vivere meglio. Adesso so che fare una buona colazione è una cosa, ma fare una buona colazione servito da Sara, che dopo averti servito ti fa il suo sorriso gentile, è tutt'altra esperienza. Ed ecco, forse non le parlerò mai di questi miei pensieri ma, nel caso, in un dialogo immaginario, io le direi: "Vedi, Sara, io non ti avevo mai notata perché sono un coglione, ma ora so che esisti, e grazie! Grazie di esistere! Grazie di avermi fatto capire quanto io sia coglione, grazie! Perché ora so che quando ne avrò voglia, o sarò triste, o troppo allegro per qualcosa di troppo stupido, o troppo arrapato per qualcosa di troppo amorale, ecco, quando sarò troppo di qualcosa, io potrò scendere una rampa di scale, salutare Gianni il portinaio, aprire il cancello, girare a destra e, dopo soli dieci metri, entrare nel bar in cui lavori, salutarti nel modo più rispettoso e accomodante che ho e chiederti se è possibile avere un caffè. E pure se, boh, cazzonesò, non hai voglia di farmelo 'sto caffè, è uguale, è uguale Sara! Non c'è problema! Tanto era solo una scusa, quella del caffè, perché a me basta il tuo sorriso. A me basta questo tuo essere così pronta e predisposta verso il prossimo. Mi basta sapere che hai voglia di essere come sei, con me e con chiunque altro; che non lo stai facendo perché posso tornarti utile o perché ti piaccio... Mi basta sapere che sei così, nonostante i 700 euro al mese in nero e una pensione che non avrai mai, che sei così perché è la tua natura, che è tanto diversa dalla mia. E tu, Sara, sappi che mi rendi migliore, regalandomi questo tuo piccolo e sincero gesto, trasmetti un po' di sincerità pure a me. E la sincerità è come la serotonina, è come la nicotina quando ne sei dipendente, come i popcorn davanti a un film, o come il profumo di Nutella, ecco, la sincerità è una magia che ti permette di dormire la notte pure se sei così tanto pieno di cazzi che intorno tutto sembra crollarti addosso. E poi, cara Sara, il tuo sorriso gentile mi ha fatto sentire tanto piccolo, tanto meschino. Io, sempre affannato a svoltare la giornata nel modo meno sincero possibile, ad apparire nel modo meno sincero possibile, a comunicare nel modo meno sincero possibile. Però, si sa, è noto, chi va col sincero comincia a sincerare, e io, tutte le volte che incrocerò il tuo sorriso, m'impegnerò, a mia volta, a fare un gesto semplice e sincero verso qualcun altro. E conta poco se all'inizio i miei gesti sinceri saranno un dito medio al semaforo o un "Te faccio 'n culo così" al calcetto del giovedì sera, perché è il provarci che conta, vero, Sara? Perché vedi, il tuo sorriso semplice e sincero dovrebbe essere mostrato ai bambini per indicare le cose che dovrebbero realmente contare, per spiegare loro che la cultura, i libri, le buone maniere, il benessere, ecco, è tutta roba importante, sì, ma senza un animo sincero e gentile, be', tutta quella roba sarà usata sempre nel modo sbagliato. Le guerre non cesseranno, i furbi saranno sempre più furbi, e i coglioni sempre più coglioni.»

Non ha respirato un attimo durante tutto questo lungo delirante e, aggiungo, meraviglioso monologo, e a dire il vero nemmeno noi, che siamo incollati ai suoi occhi e pendiamo dalle sue labbra. Ma non ha finito...

«E le maestre ai bambini, se sei d'accordo, Sara, dovrebbero dire: "Vedete bambini, Sara lavora in un bar e guadagna poco, ma è felice, e non tenterà il suicidio, non ucciderà i suoi genitori, non succhierà il cazzo di un viscido ciccione settantenne solo per salire fino all'ultimo piano. Su, bambini, guardatela! Studiatela! Chiedetele come si fa, e cosa si prova, e come ci si arriva, e perché scegliere quella via. Lei è lì, parlatele, forza, parlatele! È Sara, è la vostra unica possibilità di un futuro migliore, è la sola chance per riprendervi quello che è vostro, quello che è nostro. Imitatela, toccatela, copiatela, abbracciatela, abbracciatela! Sinceratevi, sinceratevi! Gentilmente. Su bambini, oggi non si studiano le tabelline, oggi si studia Sara e la sua sincerità. Sara e la sua voglia di vivere. E poi, bambini, trattate i vostri amici come devono essere trattati gli amici: con rispetto e lealtà. E con le vostre amichette, ok, scherzateci, giocateci, ma non fidatevi di chi vi dice che vanno trattate come i maschi, oh, no! Imparate a trattare le femmine con delicatezza, e con grazia, ché ne hanno bisogno, ché hanno un cuore tenero. Fate loro una carezza, perché non se la scorderanno per il resto della vita, e quando sarà, da grandi, loro saranno lì, e guardandovi con sincerità negli occhi ricambieranno il favore, e forse vi salveranno la vita... Infine, bambini, attenti! Perché sbaglierete, oh sì... farete degli errori, perché la strada che vi sembrerà più facile sarà quasi sempre quella sbagliata, però, ecco, avrete il tempo di capirlo. Avrete il tempo di accorgervi di quei piccoli gesti sinceri. E voi, per favore, sorridete a chi v'insegna la scalata senza dubbi remore e pietà, sorridete, e ridete, e assecondatelo, e poi giratevi, con calma, con prudenza, con stile, e ripetete, sottovoce, mentre vi allontanate, tra voi e voi, in cuor vostro, senza che lui possa sentirvi, ma con fermezza: 'Fanculo, stronzo, io sto con Sara!'".»

Quindi Filippo tace, versa un altro bicchiere di rum e lo butta giù, di nuovo d'un fiato. Poi ci guarda di sfuggita, quasi imbarazzato, e abbassa lo sguardo sul bicchiere.

Noi restiamo tutti a bocca aperta. Quello che ha detto è sconvolgente, è vero, è bello. Dopo qualche interminabile secondo, è Bea a farci uscire dall'impasse: «In effetti, Filippo, sei un coglione, sì... tutto questo tempo per mostrarci il lato fantastico del tuo cuore... Se lo avessi fatto prima, oggi saremmo sposati.»

È seria, e la sua, nonostante il tono di rimprovero, suona molto come una dichiarazione d'amore. Lui la guarda, capisce e sorride con insolita dolcezza.

«Chapeau, Filippo, chapeau... tutto questo dovrebbe davvero essere un mantra» rincara Matteo, alzando un pochino le mani, serissimo anche lui.

«Filippo...» dice solo questo Emanuela, accompagnandolo a un sorriso.

«Leo, posso usare la chitarra?»

«La mia chitarra?»

«Sì, se... se non è troppo...»

In effetti mi ha preso alla sprovvista, quella è la chitarra che avevo durante gli anni del liceo, ma soprattutto mi ricorda Angela. Da quando mi ha lasciato, non ho più avuto il coraggio di toccarla.

«Ma certo, solo che è scordata... Sai accordarla?»

«No, in effetti. Puoi farlo tu per me?»

«Filippo, scusa... ma tu sai suonare la chitarra? Da quando?» chiede Matteo.

«So suonare solo una canzone. Mi esercito da tanto...»

«Ok, te l'accordo.»

Mai avrei pensato di accordare quella chitarra per Filippo. Mentre mi alzo a prenderla, gli altri restano in silenzio. Filippo sembra fuori di sé.

La metto su una gamba... che effetto che mi fa! Non so descriverlo, e non voglio neanche provarci, perché ho troppo male al cuore. Cerco di fare veloce, la accordo in cinque minuti e gliela porgo.

Lui comincia ad arpeggiare gli accordi di *Ti scatterò una foto* di Tiziano Ferro, fissando Bea. Suona in un modo un po' macchinoso, ma fottutamente dolce... e poi parte: «*E sarà bellissimo perché gioia e dolore han lo stesso sapore con te... e voglio amore e tutte le attenzioni che sai dare e voglio indifferenza se mai mi vorrai ferire, non basta più il ricordo ora voglio il tuo ritorno...*».

Bea lo fissa con gli occhi lucidi, tutti lo fissiamo con gli occhi lucidi. Lui non smette nemmeno per un attimo di guardare Bea, durante la canzone. Poi, mentre suona l'arpeggio finale, sfiorando appena le corde, le dice: «Ti amo».

È impacciato, ma è semplicemente straordinario.

«Ti amo troppo, Bea!»

Bea è pietrificata, lo fissa e le scendono lacrime. Poi lui smette di suonare e continua a guardarla, come in attesa di una risposta. Io, Matteo ed Emanuela restiamo in silenzio a bocca aperta.

«Anche io» dice Bea.

Anche lei, anche lei! Lo sapevo! L'ho sempre saputo, cavolo!

Filippo sorride, e poi ride con quella vena isterica di prima. «Ahahah! Cazzo!»

«Vuoi venire qui ad abbracciarmi?» chiede lei.

Filippo si alza con un balzo e la abbraccia, si abbracciano tanto, e poi si baciano.

«Ora dovrò amare Tiziano Ferro, porca puttana!» sussurra Bea, visibilmente sconvolta.

E io penso che è questo lo spettacolo per il quale vale la pena pagare il biglietto di questa nostra vita. Vorrei piangere, ma non riesco. Vorrei piangere, ma non posso. Vorrei urlare, ma resto in silenzio. Mi ricordo di quella volta in cui io e Angie abbiamo cantato tutta la sera, e alla fine le ho dedicato una canzone proprio come ha fatto ora Filippo... Vorrei Angela, cazzo, vorrei Angela! Ma lei non c'è, lei non c'è da quasi vent'anni, e adesso mi faccio bastare questo momento di folle bellezza che ci stanno regalando Filippo e Bea.

Ho bisogno di perdonarmi, di perdonare, ho bisogno di accettare le mie imperfezioni, le mancanze, le crepe sul muro. Ho imparato a riconoscere la luce per via del buio, a sentire la musica in mezzo al rumore, a cercare la bellezza dietro le macerie e i rottami. So di non essere né puro né pulito, ma adesso so anche che in fondo va bene così. Fino a poco tempo fa mi vedevo come una tela bianca con su delle macchie, e questo mi faceva stare male, mi fissavo su quelle macchie, mi sentivo sporco, interrotto, sbagliato. Oggi è diverso, la guardo e penso che non è solo una tela bianca con un po' di fango, ma un quadro! E quelle non sono macchie, ma pennellate di verità, di sudore, di errori, di fragilità, d'impegno e tentativi. Di attaccamento e abbandoni. Quella è la mia vita, quello sono io, tutto questo è il nostro amore. E noi siamo solo per pochi anche quando siamo deboli, anche quando cadiamo. Anche quando ci facciamo battere e sopraffare dalle tentazioni. Dalla nostalgia. Dall'amore perduto. Siamo solo per pochi soprattutto quando ci perdiamo e ci ritroviamo diversi. Quando colpiamo senza sapere cosa. Quando urliamo senza sapere contro chi. Siamo solo per pochi quando perdoniamo. Siamo solo per pochi quando ci perdoniamo. Siamo solo per pochi anche quando, qualche volta, ci buttiamo senza sapere quanto è profondo sotto, e quanto è fredda l'acqua.

Filippo e Bea sono di nuovo insieme.
E si amano.
Bello.

Giorno 4803

Un mese fa sono stato catturato nelle acque del Golfo di Aqaba. Hanno tentato di capire tutto, di farmi parlare. Ma io non ho detto una parola.
Mi hanno messo su un camion diretto a Gerusalemme, legato con una corda, come un prigioniero, dentro un container, senza aria. Al porto di Gerusalemme mi ha notato un'adolescente che ha deciso di liberarmi senza pensarci un attimo, con quella meravigliosa spontaneità tipica dei giovani. Poi mi ha lasciato andare...
Ora sono nel Mar Mediterraneo (Latitudine 34.578952 / Longitudine 29.174194), ho lasciato da pochi giorni Cipro. Il tempo non è buono, onde e maremoti, ma sono libero. Io sono libero, e lotterò... devo farcela.
Io ce la farò!

27
Sei bella come le cose proibite

30 ottobre 1998

«Ecco, amore, adesso guarda come stanno le cose: ci ritroviamo a pensare a un futuro insieme. E non più da soli, ma in tre... La chiameremo Laura, come volevi tu, perché se una cosa è bella per te, lo è anche per me. E poi qualunque nome, addosso a lei, sarebbe il nome più bello del mondo. La chiameremo Laura e io lavorerò per lei, per voi, e avremo una casetta solo nostra, dove faremo il presepe e l'albero a Natale. E ci sarà il camino. E ci saranno i sogni. E ci saremo noi a tenerci la mano. Ecco perché non ci perderemo, amore mio...»

«Tu mi fai piangere, *mochilero* mio!» e mentre lo dice piange e ride.

«Sei bella quando piangi di gioia. Tu sei bella sempre, amore... e sai come sei bella?»

«No, come?»

Le prendo delicatamente la testa fra le mani, perché possa guardarmi negli occhi, e rispondo: «Sei bella come le cose proibite, quelle cose che sai che è meglio non guardare ma non puoi farne a meno e le guardi. E tutte le volte te ne innamori un po' di più, e tutte le volte sai che poi non sarà più come prima, perché sarà impossibile immaginare la tua vita senza quel brivido che provi quando le guardi. E quando io ti guardo è come se ti vedessi per la prima volta: mentre scendi le scale, mentre ti vesti, mentre leggi, mentre ti svegli, mentre parli con le tue amiche... per me è sempre la prima volta, e tutte le volte mi manca il fiato. Ecco, sei bella come quelle che t'incasinano la vita, quelle che per prenderle devi imparare a volare, anche se sai che volare non è possibile».

Era la fine di ottobre del 1998, ormai mancavano pochi giorni alla nascita di Laura, che sarebbe avvenuta il 24 novembre.

Da quando avevano saputo che Angela era incinta, circa sei mesi prima, i suoi genitori facevano su e giù da Palermo a Roma. Negli ultimi tre mesi la mamma si era fermata in modo permanente, aveva affittato un appartamento nel palazzo accanto al nostro. C'erano stati quattro o cinque incontri anche con i miei, un paio di pranzi in cui eravamo stati tutti insieme, contatti cordiali all'insegna della collaborazione. I miei erano molto attivi, sempre disponibili ed entusiasti, adoravano me e adoravano Angela, la chiamavano «la nostra bambina» e stavano impazzendo di gioia all'idea di diventare nonni. Non avevano rimpianti per via della nostra giovane età né per la fine della mia carriera universitaria, nonostante fossero dispiaciuti all'idea di non vedere il figlio laureato e realizzato. Del resto, come si potrebbe essere scettici nei confronti di una nuova vita? Mi proposero, questo sì, un ulteriore aiuto economico e in termini di presenza, invogliandomi a terminare gli studi... ma ben presto feci capire loro che avrei preferito trovarmi un lavoro per essere autonomo e lasciar perdere l'università.

Quando Angela mi lasciò, il loro costante aiuto nel tirare su Laura fu prezioso.

I genitori di Angela invece erano più riservati, a volte schivi, ma comunque presenti e disponibili. Avevano espresso alcune perplessità, ma lo avevano fatto in privato, non davanti a me. Avevano lasciato capire ad Angela il tipo di vita a cui sarebbe andata incontro nel caso avesse deciso di tenere la bambina, ma nel contempo l'avevano rassicurata sul loro appoggio. Ma va anche detto che all'epoca Angela aveva solo vent'anni: quale padre non sarebbe stato preoccupato?

«Sarai sempre dalla mia parte, amore? Resteremo sempre uniti, vero? Anche quando al mondo non andrà giù che io e te siamo belli insieme, anche quando ci accuseranno di fare la cosa sbagliata?» mi chiede mentre continuo ad accarezzarle la pancia.

«La verità è che sento di fare la cosa giusta solo quando faccio quella sbagliata insieme a te. L'amore non ha nulla a che fare con gli elenchi e le categorie, una persona la senti tua per un'alchimia magica che esplode nel cuore senza preavviso, non si spiega con un'equazione di matematica o con regole di etica decise poi chissà da chi, figuriamoci con il giudizio morale di chi ne è fuori e parla senza sapere, senza provarlo sulla propria pelle. Se una donna ha tutte le carte in regola per piacere alla maggior parte degli uomini, in genere non piace a me, e non perché io cerchi chissà quale stranezza, ma semplicemente perché, più che per le regole, io perdo la testa per i dettagli, per quegli angoli di bellezza che nessuno vede, quelli che passano in secondo piano... io m'innamoro di quei piccoli tratti nascosti che rendono qualcuno unico e speciale, un po' come quel tuo modo di sfiorarti le labbra quando sei in imbarazzo, per poi sorridere e arrossire. E allora ti dico: c'è una bellissima cosa sbagliata da fare, vieni a farla con me? Ha a che fare con le tue labbra, un angolo di bellezza senza paragoni...»

28
Chi ti cerca davvero, ti trova

Diario di Laura
3 agosto 2016

I primi due giorni di vacanza sono stati fantastici, come immaginavo. La casa è bellissima, meglio che nelle foto! È grande, tutta bianca, con gli infissi e le persiane dipinti dello stesso azzurro del mare e un piccolo balconcino con la ringhiera in legno, su cui spicca il rosa acceso dei gerani coltivati in vaso.

È pulita, a due passi dalla spiaggia: possiamo arrivarci in cinque minuti a piedi. Abbiamo anche un piccolo giardino nostro, con il barbecue, il tavolo di legno, le sedie, e due panchine... adoro!!!

Io dormo con Camilla e Martina, Benedetta dorme con Piergiorgio e Fabio. Abbiamo affittato tre motorini e giriamo con quelli... qui sembra un paradiso, ridono e scherzano tutti, e pensano solo a stare bene e divertirsi! Appena arrivate, siamo andate a fare la spesa e abbiamo comprato un po' di schifezze e alcol... sono morta dal ridere quando Piergiorgio è stato beccato dal vigilantes a mangiare le patatine dentro al supermercato: l'hanno accusato di volerle rubare, che figura di merda! Era rosso come un peperone!

Questa notte siamo state in una disco assurda, bellissima... ci siamo scatenate e abbiamo ballato fino a mattina!

Oggi invece siamo stati tutto il giorno al mare, in uno stabilimento che si chiama Super Dreams e che di notte diventa locale: ci fanno gli after... è spettacolare! Una festa continua, musica a manetta, tutti che ballano sui lettini, intorno alle piscine, ovunque! Abbiamo conosciuto un gruppo di ragazzi simpatici, uno sembra davvero in gamba, e poi è pure bono, un gran fico: FRANCESCO.

Abbiamo preso un aperitivo in riva al mare e parlato tanto, c'era un tramonto da sogno e sono stata bene. Lui studia Economia a Roma, si diverte ad andare in discoteca e a fare cazzate ma ama anche leggere Dostoevskij e Tolstoj, non è per niente banale, non è come gli altri...

Dopo l'aperitivo l'ho salutato e ho raggiunto le altre al chiosco nel bel mezzo di una festa con musica, alcol e dj, ma lui poi è venuto a cercarmi. Mi ha offerto da bere con quel suo modo gentile, e alla fine ha insistito per accompagnarmi a casa.

Quando perdi qualcosa a cui tieni davvero, un modo per andare a riprenderla lo trovi sempre... Anche se la cosa migliore sarebbe non fartela sfuggire.

Se ha voglia di te, non inventa scuse, non tergiversa. Se ti vuole viene da te. In qualunque posto. A qualunque ora. In qualunque modo. Punto.

Marco non mi voleva, ecco perché non è venuto a riprendermi. A volte ci penso ancora, mi brucia. Purtroppo le cose non mi scivolano addosso tanto facilmente, è brutto quando guardi qualcuno con gli occhi dell'amore e lui guarda altrove, e magari qualche volta si scorda che esisti. O magari non lo ha mai saputo che esisti...

Piano piano lo dimenticherò.

Comunque ora sono con le altre, qua in vacanza, ed è tutto meraviglioso.

Zagal ha scritto una lettera d'amore che mi ha pietrificata:

> Volevo scriverti una lettera. Sarebbe iniziata con una sbavatura, per via dell'emozione. Volevo dirti che sei bella quando diventi rossa, e che il cuore mi scoppia

quando mi avvicino per baciarti e tu subito dopo abbassi lo sguardo. Forse volevo dirti che tenerti fra le mie braccia è un po' come una magia, e che guardarti mentre dormi è un piccolo miracolo. Magari ti avrei scritto che ti amo. O forse tutto si sarebbe fermato a quella sbavatura iniziale, che significa tanto, un po' come le parole che non riusciamo a dire, quelle che parlano davvero di noi. Di sicuro adesso vorrei dirti buonanotte e, ecco, non so cosa ti aspettavi, non lo so. Ma io ti penso. Questo è tutto quello che posso darti, e in fondo, forse è tutto quello che serve...

Io invece sul mio blog ho scritto:

Buonanotte a te che continui a chiederti se sei abbastanza, se ce la farai. Ecco, voglio dirti che tu sei perfetta così, che ce l'hai già fatta, perché ti basta sorridere per essere all'altezza di qualunque situazione. Perché ti basta sorridere per farcela.

Buonanotte da Mykonos,

Laura

29
Ubriacatevi di baci!

Diario di Laura
5 agosto 2016

Qui è una bomba. Negli ultimi giorni ho perso la cognizione del tempo, degli orari, del giorno e della notte... A volte mi scordo pure come mi chiamo.
Ieri abbiamo preso un sacco di sole e ci siamo ustionati, Piergiorgio dice che sembriamo delle aragoste alla griglia!
Oggi invece siamo volati in centro con i motorini... col vento in faccia e la felicità nel cuore. Abbiamo camminato così, a cazzo, dove ci veniva di andare. Abbiamo imboccato alcune stradine nascoste e, sempre per caso, ci siamo ritrovati su Matoyianni Street, la strada più popolare della città, piena di negozi di ogni tipo – souvenir, abbigliamento, dolci.
Abbiamo pranzato in un'osteria con tavoli e sedie bianche, la tovaglia a quadri rossi e un vasetto con le margherite al centro. Eravamo affamati! Io ho mangiato gyros con salsa tzatziki, barbouni, kleftiko e l'immancabile moussaka... squisito!
Dopo pranzo abbiamo girato ancora un po' e poi siamo tornati a casa per riposarci, in previsione della serata... Abbiamo pensato di fare una piccola cena al sacco in spiaggia, con le lanterne e il falò, vicinissimo al Super Dreams. Così, magari, riesco a rivedere Francesco.
Ubriacatevi di baci!
L'ho letto ieri su un muro qui a Mykonos, era scritto con lo spray, in rosso.

Ubriacarsi di baci è un'immagine bellissima. Mi fa venire voglia di vivere.

I momenti più importanti della mia vita sono legati a un bacio, dato o perso... nel bacio c'è tutto quello che serve per volare.

Con il bacio capisci se ne vale la pena, se sarà magico.

Fare l'amore senza baciarsi... non è fare l'amore!

E ubriacarsi di baci è il modo più bello possibile per perdere l'equilibrio e buttarsi nel vuoto. Dovremmo parlare di meno e baciarci di più. Dovremmo baciarci tantissimo...

Laura

30
Mi piaci

Diario di Laura
6 agosto 2016

Ieri sera è stata super!!! Ci siamo divertiti un sacco alla cena in spiaggia, un gruppo di ragazzi e ragazze del posto che avevano programmato una serata simile alla nostra ha deciso di unirsi a noi che avevamo il cibo, loro alcol e musica, e non solo... Devastazione!!!

Due dei ragazzi suonavano la chitarra, io ho cantato a squarciagola in spiaggia. Ho bevuto. E ho fumato.

Sul tardi, con Camilla e gli altri siamo andati al Super Dreams. Abbiamo ballato, ballato, ballato... e bevuto ancora. Fino a quando, tra la folla in delirio, ho visto lui, Francesco... sapevo che sarebbe tornato, me lo sentivo!!! Pochi secondi dopo averlo individuato, tra mille braccia e mille corpi che si agitavano a ritmo di musica, i suoi occhi hanno incontrato i miei, come per un magnetismo magico, come se il resto del mondo in quell'istante si fosse fermato.

Lui mi ha sorriso, io gli ho sorriso... lui mi è venuto incontro e io gli sono andata incontro.

«Ciao...» mi dice.

«Ciao» rispondo, e subito dopo lui mi fa: «Ti aspettavo». "Ti aspettavo" è una bella risposta, cazzo! Proprio carina...

Suonava *Weekend Love* e abbiamo iniziato a ballare insieme. Ogni tanto si avvicinava per dirmi qualcosa di carino all'orecchio, tipo: «Sei bellissima, stasera!».

Camilla e gli altri si erano spostati in una zona più tranquilla, in cui si poteva parlare. Li abbiamo raggiunti insieme ai suoi amici, dopo aver fatto scorta di birre, per non andare di superalcolici tutta la notte. Anche gli amici di Francesco sono simpatici: Andrea aveva puntato Camilla, si notava a chilometri di distanza, e vedevo che a lei non dispiaceva. Si scherzava e si rideva tutti insieme, quando, da un momento all'altro, Piergiorgio, che aveva bevuto davvero un botto, alle tre del mattino se ne esce dicendo che ha un caldo tremendo.

«Ma voi non sentite caldo?»

Dio che faccia che aveva! Fabio gli ha risposto subito: «Ma dopo quattro cuba libre, un mojito e tre piñacolada, più la birra che ti sei appena scolato, ci credo che hai caldo!» Ma anche Francesco aveva caldo, e anche io e Camilla, i miei occhi brillavano per l'idea che mi era appena affiorata nella mente, la stessa di tutti: «E allora buttiamoci in mare!».

Dopo un minuto io e Piergiorgio eravamo mezzi nudi in acqua, gli altri ci hanno seguito a ruota, e così alle tre ci siamo ritrovati in mutande e reggiseno, a inseguirci in acqua, a schizzarci e a fare i tornei di lotta con le ragazze sulle spalle dei ragazzi...

Siamo usciti alle cinque, cotti. Andrea ha chiesto a Camilla cosa avremmo fatto quel giorno e lei mi ha guardato cercando complicità: voleva rivederlo, era evidente, come io volevo rivedere Francesco... Per fortuna Martina è stata pronta e se n'è uscita dicendo che sapeva di una festa sulla spiaggia per questa sera, al Lola Beach. Così stasera ci rivediamo lì!

Francesco prima di andare si è avvicinato per salutarmi con un dolcissimo bacio sulla guancia e poi mi ha detto: «Ti do il mio numero di telefono, così se avete problemi ad arrivarci ci sentiamo... noi ci siamo già stati, sappiamo dov'è» e mi ha allungato un bigliettino piegato in due. Ho ricambiato il bacio sulla guancia e sono scappata via. Appena sono arrivata a casa, ho aperto il foglietto per copiare il numero, e sotto ci ho trovato scritto: "Mi piaci!" con uno smile. Oddio, che dolce!!! Adoro queste cose... gli ho scritto subito un WhatsApp, solo uno smile, nient'altro.

Stamattina mi sono svegliata e sul telefono ho trovato una bellissima sorpresa: un suo messaggio. Per darmi il buongiorno e invitarmi questa sera a uscire con lui, prima della festa in spiaggia: "Che ne dici? Niente di programmato, c'incontriamo in un punto della città e improvvisiamo, quello che ci va di fare faremo!".

Gli ho detto di sì, ovviamente. Lui mi piace, mi fa stare bene l'idea di conoscerlo... e sembra che anch'io piaccia a lui, non fa niente per nasconderlo, anzi! Questo mi entusiasma... E mi terrorizza.

Ora volo a mangiare qualcosa che sto morendo dalla fame. E poi voglio un caffè!

6 agosto 2016, ore 22.40

Ci siamo incontrati alle 19 vicino al porto, una lunga passeggiata in riva al mare... abbiamo parlato tantissimo! Poi ci siamo fermati in un fast food, hamburger, birra e patatine e un gelato subito dopo, io gusto fragola, lui cioccolato... Abbiamo parlato di tutto: della scuola, dell'università, dei cibi preferiti, dei rapporti in famiglia, dei gusti musicali e dei film che ci piacciono... poi abbiamo parlato dei nostri sogni. Io gli ho accennato anche di qualche mio incubo...

E, dopo il gelato, i sogni e gli incubi, lui *mi ha baciata*!

È successo così, all'improvviso... mi ha guardata, uno sguardo che mi ha fatto esplodere il cuore, senza dire niente... solo uno sguardo, le sue mani fra i miei capelli e le nostre labbra che si sono unite in un bacio lunghissimo, al sapore di fragola, sogni e cioccolato.

Qualche volta ci perdiamo cercando qualcosa che era già dentro di noi. E allora ci perderemo tutte le volte che avremo voglia di ritrovarci. «Quando il mondo indossa il tuo sorriso, gli dona un sacco.» Me lo ha detto lui dopo che ci siamo staccati e io ho sorriso. Ringrazia chi ti ha regalato un sorriso, perché, con quel gesto, ti ha regalato anche un pezzetto di felicità: lo dice sempre zia Bea. E Francesco me l'ha regalato un pezzetto di felicità...

Siamo rimasti a parlare e a baciarci fino alle 22, poi avevo promesso a Camilla di rientrare per andare alla festa tutti insieme.

Ora sono qui, in casa, e sento qualcosa dentro, una sensazione, boh, non so come definirla... ma fa abbastanza casino...

Unica nota stonata sono i messaggi di mio padre, che rompe con tutte le sue domande: "Che fai?", "Perché non mi richiami?", "Va tutto bene?".

Che palle, cazzo! Ma perché non pensa a scopare qualche donna come fa sempre invece di rompere a me fingendo apprensione? Non m'incanta, lo conosco...

Ho parlato con i nonni e con zia Bea, a lui ho solo risposto via WhatsApp perché non ho proprio voglia di sentirlo... quando penso a lui mi viene rabbia.

Ora vado a dare un'occhiata al trucco e a tutto il resto, poi *destinazione paradiso...* La serata si aprirà con l'esibizione di un artista di strada spagnolo, tale Miguel Luis Ortega. Tutti qui lo adorano.

Sto vivendo un sogno, non svegliatemi! Ora scappo davvero, che Camilla e gli altri minacciano di confiscarmi il diario...

Sto bene.

Laura

31
Esplodiamo, facciamo casino!

7 agosto 2016

Dell'amore non ne so molto... ma so che ha a che fare con la capacità e la voglia di comprendere e andare oltre. Come quando lei sorride ma in realtà vorrebbe piangere, come quando lei batte i pugni ma in fondo vorrebbe essere abbracciata. Come quando lei stringe i denti in silenzio ma vorrebbe urlare. L'amore è quando dici "io sono qui, non me ne vado"... e poi non te ne vai davvero. Perché l'amore resta, non se ne va. Perché se la ami, l'idea di andartene non ti sfiora neanche. Perché, senza di lei, nulla ha davvero senso, e niente è davvero bello. Perché, senza di lei, non puoi chiamarlo amore... e io senza di te, Angela, non ho chiamato più nulla amore.

Senza di te, l'amore per me ha smesso di avere un senso. Mi chiedo dove ho mancato. Cosa non ho capito, Angela, cosa mi è sfuggito? So che è stata colpa mia, lo sento... ma dove, in quale passaggio? È successo tutto così, eravamo in paradiso e poi, da un momento all'altro, *puff*, tu eri già sparita. E mi hai lasciato lì, a parlare da solo, portandoti via la mia felicità. Ma io avevo Laura da crescere, io non potevo essere triste, capisci, Angela?

Mentre penso questo squilla il telefono: è Laura. Sono cinque giorni che è partita e questa è la prima volta che mi chiama. Ho provato un paio di volte a farlo io, ma era sempre staccato. Giusto qualche messaggio in riposta a miei: "Sto bene", "Tutto bene", "Tutto ok"... Per fortuna si sente con Bea e con i miei, e loro mi riferiscono.

«Ciao, Laura!»

Non risponde, sento confusione, sembrano messaggi o comunicazioni agli altoparlanti, quindi ripeto: «Laura, ci sei? Mi senti?».

Poi, dopo qualche secondo: «Sì, papà...» e non aggiunge altro.

«Ohi, che succede? Perché non parli? È successo qualcosa?»

«Ecco... sì, papà...»

È seria, parla con un tono basso che mi gela il sangue. Cazzo, cazzo, cazzo! Lo sapevo che non dovevo permetterle di andare! Salto come un grillo sul divano.

«Laura, amore, dimmi che succede, dove sei?»

«Sono all'aeroporto, papà, devi venirmi a prendere fra tre ore a Fiumicino, ok?» Non so cosa pensare, ma lei non mi lascia il tempo di fare altre domande e aggiunge: «Stai tranquillo, papà, io sto bene, non mi è successo nulla di brutto, solo che, ecco... so tutto. So dov'è la mamma, so perché è scappata... e so che sei tu Zagal...»

Mi cedono le gambe. Mi siedo per terra, mi rannicchio in un angolo accanto alla porta, sono tutto sudato e mezzo nudo...

«So tutto, papà. Stai tranquillo, ok?»

Sa tutto?

«Vuoi spiegarmi, Laura?»

Non capisco: ok, ha scoperto che ho un blog dove scrivo parole d'amore... ma il resto? A che si riferisce? Sa dov'è Angela? Mi gira la testa, mi sento confuso...

«Meglio di persona, papà. Sono stanca, non ho chiuso occhio, è stata una lunga nottata...» Non dico nulla e lei va avanti: «Fra poco c'è l'imbarco. Stai tranquillo, ok?».

È una parola! «Ok...» dico comunque, sussurrandolo. Mi faccio dare l'orario preciso e poi ci salutiamo.

Appena attacco, chiamo Bea e le racconto tutto. Anche lei resta a bocca aperta, non ne sapeva nulla. Mi chiede di tenerla informata e di chiamarla per qualunque cosa, io la ringrazio e le chiedo di non dire niente a nessuno, per ora.

A mezzogiorno sono a Fiumicino, molto in anticipo. Lascio la macchina al parcheggio e vado al bar a prendere un caffè, poi faccio un giro per i negozi. Amo gli aeroporti nella stessa misura in cui amo le stazioni dei treni, cioè moltissimo, ma oggi sono agitato, sento la smania esplodere dentro di me, l'ansia allargarsi, e la testa vuota.

Quando la vedo arrivare da lontano con la sua valigia gigante e la borsa a tracolla sono felice: è sana e salva. Ma poi subentra tutto il resto: cosa è successo? Cosa ha scoperto?

«Ciao» le dico quando siamo vicini.

«Ciao» mi risponde.

Ci scambiamo un piccolo abbraccio. Meglio di niente. Più del solito.

Le prendo la borsa a tracolla e la valigia, e andiamo alla macchina. Non diciamo una parola mentre camminiamo, io ho il terrore di chiedere nonostante non voglia sapere altro, e lei... ecco, lei è lei, è Laura. Lei è così, parla poco, quando ci sono di mezzo io.

Le prime parole le pronuncia in macchina, dopo qualche minuto che siamo partiti: «La mamma è stata adottata».

Sento un formicolio lungo tutto il corpo, continuo a guidare guardando dritto, poi chiedo: «Cioè? Che significa che la mamma è stata adottata?».

«Da piccola...»

«Da piccola?»

«Sì, all'età di dieci anni. Il papà, quello vero, è morto quando lei ne aveva otto, in un modo violento. La mamma era depressa e tossicodipendente. Così le hanno tolto la figlia, che è stata affidata a un'altra famiglia...»

«E a te chi l'ha detto, Laura?»

«Miguel.»

«Miguel?»

«Un musicista di strada spagnolo che ho conosciuto ieri sera, durante un falò sulla spiaggia a Mykonos.»

«Ed è stato sempre Miguel a dirti del mio blog?»

«Diciamo di sì...»

Scuoto la testa. Sono sempre più confuso. «Mi spieghi meglio, Laura?»

«Nel 2002 la mamma ha lasciato una bottiglia in mare, nell'oceano Pacifico. Dentro c'era una lettera. Questa bottiglia deve aver fatto tanta strada, un viaggio lunghissimo, forse è passata per più mani, è stata trovata da persone diverse che magari l'hanno trovata e poi l'hanno rigettata in mare. L'ultimo a trovarla è stato Miguel, che ha scritto una canzone per voi, per noi, ispirato da quella lettera... Nel testo si citano i vostri nomi, tornava tutto... quindi ho chiesto spiegazioni a Miguel, e lui mi ha detto che ha trovato questa bottiglia su una spiaggia di Santorini, circa un mese fa...»

«Quindi Miguel ha trovato il messaggio di tua mamma?»

«Sì.»

«E il biglietto ora dov'è?»

«Nella mia borsa.»

Non riesco nemmeno a deglutire, non posso credere a quello che sta succedendo. Laura approfitta del mio silenzio per proseguire: «La mamma era convinta che tu l'avresti abbandonata, pensava che non fossi felice di me, di lei, del futuro che vi aspettava... quindi è fuggita. Per paura...»

«Questo c'è scritto nella lettera?»

«Sì, più o meno...»

«Ok» prendo fiato, e nel frattempo continuo a guidare, perché se guido, non posso piangere, se guido, non posso urlare. Se guido, non posso esplodere e disintegrarmi.

Lei non aggiunge più nulla. Quindi le chiedo: «E tu, come ti senti, Laura? Come stai?»

«Io bene, papà, e tu?» Non è da lei chiedermi come sto, e questo mi destabilizza ancora di più. Poi aggiunge: «Ho letto tutte quelle cose che scrivevi sul blog... erano per la mamma?».

«Sì...»

Resta ancora un po' in silenzio, poi dice: «Bello».

Io la guardo un attimo e lei si gira verso di me, mi guarda negli occhi e mi sorride. Assurdo, quanto tempo che non incassavo un suo sorriso, che bello...

Le restituisco il sorriso.

«La leggiamo a casa?» le chiedo.

«Va bene» mi risponde lei, con dolcezza, senza il solito astio.

Entrati in casa, mollo le valigie per terra e vado in cucina a prendere dell'acqua. Mi scolo una bottiglia intera.

A differenza mia, Laura ha avuto più tempo per metabolizzare la cosa, e infatti appare meno tesa.

«Ok, ci sono...» le dico una volta seduti, sul divano io, lei sul pouf davanti a me.

«Vuoi leggerla tu o te la leggo io?»

La guardo e capisco che nella domanda c'è già la risposta: vuole leggerla lei.

«Ok. Vai.»

E lei incomincia:

> Leo, Laura, preziosi amori della mia vita... Sono passati quattro anni da quando vi ho lasciato, sento fortissima la necessità di scrivere questa lettera, forse perché non posso più tenere dentro tanto dolore. Affiderò al mare questo mio messaggio: lascerò che sia il destino a decidere se farvi conoscere la mia verità, perché io davvero non ne ho il coraggio...
>
> Leo, mio dolcissimo amore, sono molte le cose che non sai di me, del mio passato, perché non ho avuto mai la forza di parlartene. Qualche volta il passato torna a uc-

ciderci lentamente, e io avevo paura di morire ancora, e ancora, e ancora. Non ero pronta a morire di nuovo, nello stesso modo, per gli stessi motivi...

Io sono paralizzato, non riesco a muovere un solo muscolo. Poi trovo la forza e appoggio la schiena sul divano, mi sdraio e mi metto le mani sugli occhi. Laura si schiarisce un po' la voce, un attimo di pausa, e continua:

> Quello che non ti ho mai detto, *mochilero* mio, è che quelli che hai conosciuto non sono i miei veri genitori, nonostante lo siano stati finora più di quelli biologici. I miei genitori naturali hanno preferito vivere senza di me: mio padre era un poco di buono, un delinquente; la sua esistenza era un delirio di rabbia e violenza. È rimasto ucciso in una sparatoria con le forze dell'ordine, durante una rapina organizzata da lui stesso. Non mi ha mai amata e molto spesso mi picchiava, soprattutto la sera, quando tornava a casa ubriaco e disperato. Nonostante questo, quando è morto ho sofferto molto, forse perché in fondo io in lui ci credevo, speravo che alla fine avrebbe scelto l'amore al posto dell'odio. Con mia madre non è andata in modo tanto diverso, solo che a strapparmela via non è stata una rapina, ma la droga, e un uomo che di me non voleva saperne niente. Era troppo debole e depressa per tenermi con sé: il mio patrigno mi ha buttata fuori di casa e lei non ha mosso un dito per fermarlo, non ha detto una parola, come se la cosa non la riguardasse. Anche di lei mi fidavo, nonostante tutto, perché era mia madre, mi aveva messa al mondo. Per molto tempo ho perfino pensato che la colpa fosse mia, che non mi volesse bene perché ero cattiva, perché ero sbagliata.
> Una parte di me ha continuato a sperare, anche dopo, che finisse bene, che tornassero indietro per riprendermi con loro e salvarmi... Come nelle favole, quelle che

inventavi tu per me, Zagal, ricordi? "Non finirà mai se inventeremo un finale sempre nuovo, non finirà mai..." Io le ricordo, ci penso ogni attimo. Le tue parole sono sempre con me.
Il momento in cui è cambiato tutto, per me, è stato subito dopo il parto, quando è nata Laura. Ero in ospedale, in corpo ancora l'anestesia per il cesareo; tu pensavi che io non potessi ascoltare, e invece ho sentito, ho sentito tutto. C'era Matteo, nella stanza con noi, ti ha chiesto cosa provassi, come vedessi il tuo futuro, se fossi felice... e tu gli hai risposto che in effetti ti saresti aspettato altro per il futuro, che volevi diventare un professore di Italiano al liceo, e invece avevi dovuto abbandonare gli studi per me, per noi.
E io sono morta ancora, di nuovo, in quel momento. Ho temuto che mi stessi per abbandonare, Zagal. Anche tu...
Nei giorni successivi avrei voluto parlartene, ma poi non l'ho fatto, non so perché. Forse non ero pronta a un altro abbandono tanto grande, forse era troppo per me. Ho pensato che forse era meglio sparire, dissolvermi... Ero piena di brutti pensieri, stati d'animo sbagliati: c'era la delusione, soprattutto verso me stessa. Avevo sbagliato ancora, avevo fatto del male alle persone che amavo. E poi c'era la paura, il terrore: pensavo che forse la mia era una deriva distruttiva come quella dei miei genitori, forse ci ero destinata dalla nascita, ero condannata alla sofferenza, a riceverla e infliggerla.
Lasciarvi era un po' come confermare queste mie folli idee: i miei demoni avevano avuto la meglio. Forse tu non mi avresti mai lasciata, *mochilero*, anzi, ora ne sono certa... ma più il tempo passava, più io provavo vergogna. E adesso è ancora così.
E tu, dolcissima Laura, amore mio... non potresti avere un papà migliore di quello che hai! Bacialo, abbraccia-

lo, si merita tutto l'amore del mondo, come lo meriti tu. Quanto eri bella, tesoro di mamma, una bambina bella come te non l'avevo mai vista, non è mai esistita! Chissà adesso come sarai... Fra poco meno di un mese compirai 4 anni, e io nel cuore ho tanta tristezza. Dovrei essere lì con voi, per vederti crescere, per vedere se hai i capelli lunghi o corti, per scoprire come diventerai quando sarai grande. Chissà se seguirai la moda o ti vestirai come ti pare. Chissà qual è il tuo piatto preferito. Chissà se andrai bene a scuola e in quale materia riuscirai meglio... Chissà che musica ascolterai, se ti piacerà il cinema.

Spero che, quando arriveranno i primi amori e i primi ragazzi, tu saprai viverli nel modo migliore, con dolcezza ma facendoti rispettare... E chissà se mi pensi qualche volta, e se lo farai anche dopo, se ti manca questa mamma che non ha saputo esserci, che non ha avuto la forza e il coraggio di starti accanto...

Io non ti ho mai dimenticata, tesoro mio. Il mio amore è cresciuto con te in questi anni, anche se non ti ero vicina, è cresciuto ogni giorno un po' di più fino a diventare una cosa immensa, da farmi scoppiare il petto ogni volta che ti penso.

Quanto desidererei riabbracciarti... Ma la verità è che io sono un mostro che ha abbandonato la sua famiglia. Io non vi merito, perché ho fatto a voi quello che i miei genitori hanno fatto a me!

Vi prego, perdonatemi.

Vi amo molto più della mia vita, molto più di quanto crediate. Quello che ho fatto non potrà mai essere cancellato, lo so... ma voi, se potete, perdonatemi.

Con amore immenso,
Angela
San Francisco, 26 ottobre 2002

Laura mi fissa in silenzio. Io sono pietrificato, non riesco a dire nulla, nemmeno una parola.

Ricordo perfettamente il momento in cui Matteo mi chiese come mi sentivo e come vedevo il mio futuro: è vero, ero convinto che Angela dormisse, solo che a lei è mancato un pezzo della mia risposta, quello fondamentale. Infatti poco dopo era entrato il medico a visitarla, noi eravamo usciti e io avevo concluso la mia risposta: «Sì, mi aspettavo altro, avevo immaginato il mio futuro in un modo diverso, ma quello che mi sta capitando, quello che è arrivato, Angela, Laura... è molto di più di quello che avrei potuto sognare. È bellissimo, Matteo! La prossima settimana inizierò a lavorare come apprendista da Arturo, e non mi pesa affatto. Voglio occuparmi della mia famiglia, sono al settimo cielo...».

Lo racconto a Laura, che mi guarda imbambolata.

«Assurdo, cazzo!» esclama.

«Sì...» rispondo io.

«Andiamo a prenderla!» dice con un piccolo sussulto.

«Chi?»

«La mamma!»

«E dove?»

«Non lo so... magari a Palermo? Potrebbe essere ancora tornata dai suoi... e, se non l'ha fatto, probabilmente loro ci sono ancora. Possono aiutarci. Proviamoci!»

«Ok!» rispondo, come se fosse normalissimo per me prendere e partire da un momento all'altro insieme a mia figlia, che fino a poche ore prima nemmeno mi parlava, per andare dopo vent'anni a riprendermi la donna della mia vita.

«Prepara la valigia!» mi incita lei, con un tono che sembra quasi di sfida, ma senza la solita nota di ostilità.

«Vuoi partire subito?»

«Sì. Se ti va, eh...»

«Mi va da morire» confermo, sorridendo. Poi aggiungo. «Andiamo in macchina, col Duetto, che ne pensi?»

«Mmm... ok... va bene...»

La solita indifferenza delle sue reazioni sembra sparita. Nei suoi occhi leggo entusiasmo.

«Che dici, chiamiamo zia Bea per raccontarle tutto?»

Anche il fatto che di questa cosa abbia parlato solo a me è sorprendente. Potrebbe sembrare scontato, ma non lo è affatto: di norma avrebbe avvertito, in ordine, Camilla, Bea, i nonni... e forse dopo, se costretta dalle circostanze, me...

«Come lo hai capito?»

«Cosa?»

«Che ero io Zagal.»

«*Mochilero*... è scritto sulla home page del tuo blog.»

«*Mochilero*...» faccio io, e abbasso lo sguardo, disarmato. «Già...» e le sorrido.

«Allora chiamo zia Bea, eh!»

«Ok!»

Dopo mezz'ora Bea è a casa nostra. Le raccontiamo tutto, le facciamo leggere la lettera.

«Incredibile» continua a ripetere. «Incredibile... Però ora, conoscendo il quadro, ci sta! Spesso le persone che hanno subìto un abbandono traumatico tendono a loro volta a rinnovare quel dolore abbandonando, anche con gesti apparentemente improvvisi e drastici...» Esita un attimo, poi aggiunge: «Ed ecco spiegato tutto quel bisogno di certezze e rassicurazioni: sono le dinamiche dell'abbandono e dell'attaccamento! In una persona che ha sofferto tanto, l'attaccamento viene gestito in modo particolare, spesso problematico. E lei, poverina, ha subìto! Eccome se ha subìto...».

Bea è visibilmente dispiaciuta mentre ci dice questo, come se analizzare la cosa in modo tanto razionale o clinico potesse rappresentare in qualche modo una mancanza di tatto nei nostri confronti, nei confronti della nostra storia...

«Grazie, Bea, grazie di cuore!» le dico subito, cercando di

farle capire quanto sia importante per noi che lei sia qui a spiegarci, a cercare di ricomporre il puzzle, a starci vicino...

«"Più che di vedere le stelle cadenti, vi auguro di sentire il cuore esplodere nel vostro universo per una collisione con un altro cuore, in quella danza di corpi e pensieri che esiste solo quando due anime si attraggono fin dal primo momento in cui entrano nella stessa orbita. Esplodete! E fate casino!"»: è Laura a parlare. Poi ci guarda e aggiunge: «Sono parole di Miguel, il musicista di strada... le ha pronunciate durante il falò sulla spiaggia, poco prima di cantare la canzone che ha composto grazie alla lettera di mamma... eravamo tutti intorno al fuoco, il cielo era incredibilmente stellato e meraviglioso. Non so voi, io le ho trovate così significative...»

«Sono davvero belle parole, Laura, sì» conferma Bea, e lo penso anche io. Mi fa un effetto assurdo che Laura si esprima in questo modo davanti a me. Dio, quanto mi mancava!

«Dobbiamo esplodere» continua Laura con un tono basso, guardandoci negli occhi. «Esplodiamo, facciamo casino! Facciamo casino!»

Bea si alza e la abbraccia forte.

«Mi piacerebbe partire di notte, papà, con la macchina, ti va?»

«Certo che mi va!» Bea mi guarda e sorride. «Forse è il caso di chiamare anche Filippo e Matteo, per avvertirli?» chiedo.

«Sarebbe carino!» dice Bea.

«Sì, giusto!» conclude Laura.

«Che poi tu mi devi raccontare meglio di voi due...»

«Avremo tempo, amico dolcissimo. Ora pensiamo a questa cosa bellissima e straordinaria che vi è successa...»

«Anche la vostra è straordinaria» rispondo sorridendole, mentre compongo il numero di Filippo.

«Prometto che poi vi racconto tutto!» risponde Bea, e poi aggiunge: «Vi voglio tanto bene!».

«Anche noi!» dico io.

«Anche noi, zia Bea!» mi fa eco Laura, che corre ad abbracciarla...

Ma quanto siamo belli, cazzo?

Io e Laura concordiamo sul fatto che non sia il caso di avvertire i miei, almeno per ora: sarebbe lunga, complicata da spiegare, emotivamente pesante per tutti. Gli dirò che parto per qualche giorno con alcuni amici. Mentre Laura è ufficialmente ancora a Mykonos...

Nel frattempo ci mettiamo all'opera per organizzare il nostro viaggio.

32
Mi porti in braccio?

7 agosto 2016

A mezzanotte siamo pronti, le valigie fatte, le idee confuse e incasinate e mischiate a un sacco di emozioni contrastanti, tutte nel posto sbagliato, cioè quello più giusto: il cuore.

La testa e lo stomaco sottosopra, sento il vento in faccia. Questa è la nostra vita, questa è la nostra storia.

Bea ci ha aiutato a sistemare un po' di cose, a organizzarci in fretta e furia. Aveva più smania di noi, sembrava dovesse partire lei, mentre correva da una parte all'altra della casa, dividendosi equamente fra la mia stanza e quella di mia figlia.

A Laura ho detto di non prendere troppo con sé: possiamo comprare durante il viaggio qualunque cosa ci servirà. È la nostra piccola vacanza e posso permettermi di farle dei regali... e poi è mia figlia, è tutto quello che ho. Mi ha risposto: «Bellooo!», ma a giudicare dalle dimensioni della sua valigia mi chiedo cosa avrebbe portato senza quell'offerta...

Nel frattempo ci hanno raggiunto anche Filippo, Matteo ed Emanuela. Ci abbracciamo tutti, per i saluti.

«Dài, cazzo!» mi dice Filippo mentre mi stringe. Io gli sorrido e annuisco. Lui ha gli occhi lucidi e aggiunge: «Se non riporti a casa Angela, almeno fattela un'ultima volta. Per me, ok?».

La solita battuta assurda di Filippo, che però, quando lo guardo, si mette a piangere a dirotto.

«Filippo...»

«Su, vattene stronzo! Fai quello che devi!»

«Certo» gli sorrido.

«Ti voglio bene, ok?» dice, ed è talmente coinvolto che sembra quasi incazzato.

«Ok, Filippo, lo so.»

«Ecco, meglio, meglio...»

Nel frattempo gli si è avvicinata Bea, che lo abbraccia e gli asciuga le lacrime con le mani. Sembra un bambino, un bambino alto quasi due metri. Quando si gira verso Laura per salutare anche lei, scoppia a piangere ancora. Laura lo abbraccia forte.

«Ti voglio bene, zio Filippo.»

Anche Emanuela piange, in modo composto. Matteo invece mantiene la calma, come sempre. Mi dà la mano, poi si avvicina, una pacca sulla spalla: «Comunque vada questa cosa, sarà una cosa bella! Vi auguro buona fortuna, e buon viaggio!».

«È vero, è vero, Matteo... grazie!»

«Ciao, zio Matteo.»

«Ciao, piccola.»

«Ciao, zia Bea... ti voglio tanto bene!» questa volta è negli occhi di Laura che leggo commozione.

«Ciao, piccola amica... tanto ci sentiamo su WhatsApp o su Snap!»

Mentre li guardo, penso che sono tanto fortunato ad avere amici così. Una famiglia del genere è un dono prezioso, anime rare... Ma è anche vero che senza l'amore, quello con la A maiuscola, quello che ci fa staccare i piedi da terra, ecco, senza quello mancherà sempre un pezzetto per essere felici, un punto per essere completi. Un grado per completare il nostro angolo di bellezza.

Una volta salutati tutti, saliamo in macchina. Il tempo è meraviglioso, e il cielo pieno di stelle, Laura è elettrizzata, e a dire il vero lo sono anche io. Stiamo partendo per il nostro viaggio, e su questo ha ragione Matteo: sarà fantastico, qualunque sarà il suo epilogo.

Che buono il profumo della pelle dei sedili, che buono il profumo delle notti di agosto. È così pieno di poesia... La poesia e il romanticismo, prima di cercarli con arroganza nella vita degli altri, dobbiamo trovarli nel nostro cuore, nelle piccole cose che abbiamo intorno tutti i giorni.

«Mi piace!» esclama Laura guardandosi intorno nell'abitacolo del Duetto.

«Davvero?» la guardo sorridendo.

«Sì! È così... raccolta!» anche lei mi sorride.

«Ti avevo raccontato che era un piccolo sogno mio e della mamma, vero?»

«Sì... e trovo dolcissimo che tu abbia voluto prenderla.»

Credo sia la prima volta negli ultimi anni che Laura mi dice qualcosa di così carino. La guardo con gratitudine.

«Dentro il vano portaoggetti c'è un dispositivo per collegare l'iPod, o il telefono, sì, insomma, per la musica... ci pensi tu?»

«Ti fidi, papà?»

«Certo!»

«Bene...» sorride.

«Senti, abbiamo due possibilità per arrivare in Sicilia con la macchina: la prima è andare a Napoli e imbarcarci lì. Faremmo meno strada in auto e qualche ora in più di traghetto. La seconda è arrivare fino in Calabria, vicino a Reggio, e prendere lì il traghetto per Messina, ma in questo caso il viaggio in macchina sarà molto più lungo. Tu cosa preferisci?»

«Il viaggio più lungo in macchina. Tu?»

«Tutta la vita il viaggio più lungo in macchina! Batti cinque!»

«Papà non cominciamo con queste cose anni Novanta, eh!» mi rimprovera in modo bonario, ridacchiando, dopo avermi dato il cinque.

«Brutta stronzetta, guarda che tuo padre è un sacco moderno! Altro che anni Novanta...» fingo di esserci rimasto male, ma in realtà amo quando mi prende in giro, mi sa di amore.

«Ecco il meccanico figo in tutto il suo narcisismo» dice ridendo ancora. «Meccanico figo e blogger... Mr Zagal in persona!»

«Ma la smetti di prenderti gioco di me? Siamo pronti?» le chiedo, mentre apro la serranda elettrica del garage e metto in moto.

«Pronti! Dài, fammi cercare qualcosa da mettere» e inizia a trafficare con il suo telefono.

«Sentiamo, sentiamo...»

Nel frattempo ci lasciamo alle spalle la nostra villetta.

Il primo pezzo che mette è *Human* di Rag'n'Bone.

«Bello!» urlo, visto che il volume è alto.

«Molto!» conferma lei, e fa avanti e indietro con la testa a tempo di musica.

Io invece mi metto a cantare: «*I'm only human after all... Don't put your blame on me... Don't put your blame on me!*».

Lei mi guarda e urla: «La sai!?».

«Certo!»

«Ma allora non sei così anziano...» Ridacchia ancora, poi attacca anche lei: «*In what you believe... 'Cause I'm only human after all... You're only human after all... ooooh!*».

A seguire hanno suonato Duffy con *Warwick Avenue*, una doppietta di Marco Mengoni (*Parole in circolo* ed *Esseri umani*), Adriano Celentano con *Acqua e sale*, Tiziano Ferro con *Ti scatterò una foto* e *Non me lo so spiegare*, James Arthur con *Say You Won't Let Go*, i Red Hot Chili Peppers con *Otherside*, Giusy Ferreri con *Volevo te,* Jain con *Come*, Robbie Williams con *Supreme*...

Il tempo vola tra una canzone e l'altra, e in circa due ore raggiungiamo Napoli.

«Vogliamo farci un giro prima di trovare un hotel per dormire?»
«Dài, figo!» Amo il suo entusiasmo.
«Non hai mai visto Napoli, *devi* vederla!»
«Ehm...»
«L'hai vista?»
«Sì...»
«E quando?»
«Ci sono stata con Marco...»
«E chi è Marco?» Sono un po' indispettito, ma mi forzo a non darlo a vedere. Non voglio rovinare l'atmosfera che si sta creando fra me e lei.
«Uno stronzo. Un puttaniere.»
«Ah...» Intanto lei guarda fuori dal finestrino, fissa una distesa in aperta campagna che stiamo costeggiando in autostrada. «È un ragazzo con cui sei stata?» aggiungo.
«Sì...»
«E non è andata bene?»
«No.» Ora è un po' triste.
«Vuoi parlarmene?»
«Non c'è molto da dire...»
«Sai, le cose non vanno sempre come vorremmo...»
«Lo so.»
«Eri molto presa?»
«Penso di sì.»
Io resto in silenzio, non forzo la mano. Nel frattempo la voce di Tiziano Ferro intona *Ed ero contentissimo*. È lei a riprendere il discorso: «Avevo perso la testa, come succede sempre con le persone che non mi vogliono, che non sanno nulla di me, che non vanno oltre. Loro mi trattano con leggerezza, senza amore, non mi danno niente, mentre io a loro sono disposta a dare tutto... Siamo fatti così, c'innamoriamo di un amore mancato, di quello che poteva essere, di una canzone a cui manca il finale...»

Non so cosa aggiungere per non ferirla, riesco a dire soltanto: «Ti capisco», perché quella che ha detto è una verità assoluta. Poi non riesco a trattenere la curiosità: «Ma che fa questo nella vita, studia?».

«Sì, studia, ma poco e male. È un fuori corso di Sociologia, ti ho detto tutto. Ha 28 anni, è molto figo, lavora in un pub a Ostia... E si fa le colleghe.» Dopo un attimo di silenzio, aggiunge: «E non solo...».

Si sta sfogando, quindi scelgo di non intervenire. E a quel punto lei esplode: «Come funzionano i sentimenti, tu lo hai capito? Cos'è che ci spinge a cercare l'amore nel posto sbagliato? Cosa ci spinge a mettere il cuore nelle mani di chi non è in grado di occuparsene? Di chi non sa toccarlo, il nostro cuore... cosa?».

«Io no, ecco, Laura, no, io non lo so. Io non so risponderti. Ho capito poco dell'amore, questa è la verità... mi sono fatto sfuggire dalle mani l'unica donna che io abbia davvero amato in vita mia, l'ho lasciata andare così, come uno stupido, che se ci penso mi viene solo voglia di maledirmi, d'insultarmi! Avevo davanti agli occhi la risposta e non l'ho vista, e così lei è andata via, via da me... ecco, no, tesoro, mi spiace, io non so nulla dell'amore... ma posso dirti una cosa, con certezza: posso dirti che la meraviglia di una donna sta tutta in quella folle voglia di seguire il proprio cuore contro ogni evidenza e logica. Contro ogni razionalità. Contro tutto e tutti.»

«Però non è colpa tua, papà... la mamma aveva dentro qualcosa che non andava, è questo che l'ha spinta a fuggire così all'improvviso. Ce l'ha spiegato anche zia Bea, hai sentito? E poi adesso siamo qua, no? La troveremo!» Mi guarda e sorride, e il mio cuore si riempie di gioia.

«Sono felice, adesso, Laura.»

«Anche io, papà...»

Nel frattempo, davanti ai nostri occhi compaiono le luci del golfo di Napoli.

«Cavolo, che spettacolo! Che meraviglia!» esclama Laura, stupita.

«Ma non hai detto che ci eri già venuta?»

«Sì, ma di giorno.»

«Allora non l'avevi ancora vista davvero, Napoli!»

Costeggiamo una discoteca all'aperto, è piena di gente. Accanto c'è un hotel quattro stelle.

«Ti faccio una proposta...» le dico.

«Spara!»

«Andiamo in quell'hotel, sentiamo se hanno due stanze per noi, lasciamo le valigie e poi ci facciamo un giro qui...»

«In discoteca?» chiede, come a dire: "Sei pazzo, vecchietto?".

«Perché no?»

«Ci sto!» ride.

«Bene!»

Le suona il telefono. In realtà le suona di continuo, ma questa volta pare diverso: legge il messaggio, sorride e, per un attimo, le brillano gli occhi...

L'hotel Clarinet ha un aspetto pomposo: tappeti persiani, moquette, sedie in legno decorate, un po' vecchio stile ma molto curato.

Alla reception ci dicono che è rimasta soltanto una stanza libera, ma ha due letti, uno matrimoniale e un singolo. Chiedo a Laura se le va bene e lei risponde subito di sì. Sembra un'altra persona.

Appena saliamo, corre in bagno con un mucchio di vestiti e ne esce dopo dieci minuti. Indossa un abito di lino color crema, semplicissimo, i tacchi e l'abbronzatura dei cinque giorni intensi di Mykonos... È meravigliosa, mia figlia.

Io nel frattempo ho preso una camicia bianca e un paio di jeans, mi do una sciacquata veloce, una sistemata rapida ai capelli, un po' di profumo ed esco dal bagno in cinque minuti.

«Pronti?» mi chiede sorridendo.

«Pronti» rispondo.

«Incredibile, lo sto facendo davvero, sto andando a ballare con mio padre...» dice felice, e io più di lei. Questo è il nostro momento, è la nostra seconda possibilità.

C'è una gran fila per entrare nel locale, eppure sono le due passate.

«Assurdo» dico.

«Papà è normalissimo, nei locali si entra sempre a quest'ora» mi spiega sottovoce.

«Ah, sì?»

«Giuro, vecchietto!»

«Spiritosa...»

«Pensa che nella maggior parte dei locali di Mykonos si entra alle quattro di notte...»

«Ma stai scherzando?»

«No!»

«Alle quattro?»

«Sì, è tutto spostato: cene a mezzanotte, entri nei locali alle quattro del mattino e poi si dorme fino alle quattro del giorno dopo... insomma, un casino!» Ridacchia sotto i baffi e aggiunge: «Figo, però».

«Cioè, ti devi drogare per stare dietro a quei ritmi, cavolo...» la butto lì come battuta, ma lei annuisce.

«Eh già.»

Fingo di non capire, è la nostra vacanza, il nostro momento. E poi mi fido di lei, so che ha la testa sulle spalle e sa il fatto suo.

Arrivati nei dintorni dell'entrata, il tipo della sicurezza ci squadra dalla testa ai piedi e ci chiede di avvicinarci, tra le proteste di un gruppone di ragazzi quasi tutti maschi.

«Benvenuti, prego» ci accoglie alzando la cordicella per farci passare. Evidentemente ci hanno preso per una coppia!

Appena dentro, Laura comincia a saltare e ballare, è elettrizzata, suonano Justin Timberlake con *Can't Stop the Feeling*.

Sono carico anche io, inizio a muovermi e continuo a pensare: "Sto ballando con mia figlia, sto ballando con mia figlia...".

La discoteca si estende per tutta la spiaggia di fronte al locale, solo una piccola parte è coperta, il resto è una struttura costruita sulla sabbia. Qui e là ci sono dei grandi letti a baldacchino, adibiti a mo' di privé, dove una massa di ragazzi ben vestiti si diverte bevendo mojito da bicchieri con cannucce lunghissime.

«Di chi è questa, Laura?» le urlo mentre balliamo.

«DJ Snake e Justin Bieber, si chiama *Let Me Love You*» urla anche lei.

«Mi piace un sacco!» Non finisco nemmeno di dirlo che il dj ne fa partire un'altra sotto... Laura alza la mano e grida: «Calvin Harris! *My Way!* Sìììì!».

Poi, in sequenza, passano Gregor Salto con *Para Voce*, Avicii con *Waiting for Love*, Calvin Harris & Disciples con *How Deep Is Your Love*... Quando partono gli One Republic con *Kids*, il coro e le urla della gente nel locale mettono davvero i brividi!

La discoteca ospiterà duemila persone, forse di più. Le luci sono pazzesche, disseminate da tutte le parti, sembra di essere su un set hollywoodiano.

Dopo un po' chiedo a Laura se vuole un drink, lei non ci pensa un attimo: «Sì, un vodka lemon!».

Ci avviciniamo al bancone sulla spiaggia, uno dei tanti del locale, e prendiamo i nostri cocktail. Io butto giù il mio cuba libre e in pochi minuti quel minimo grumo di tensione si scioglie e scivola via insieme alla musica, una parte della mia vita che non tornerà mai più...

Alle quattro siamo al quarto bicchiere per uno, siamo stanchi ma rilassati, e leggermente brilli. Stiamo bene, la cornice è incantevole, sento un filo fra me e lei che non sentivo da troppo tempo. Mettono Calvin Harris ft. Rihanna con *This Is What You Came For* e la cantiamo a squarciagola, siamo sudati e soddisfatti, al punto che dopo un po' lei tira fuori quella che mi rendo conto essere una canna...

Per un attimo mi si gela il sangue.

«Non è quello che penso, vero?» chiedo.

Lei ride e non risponde.

«Laura...» divento serio. «È erba, quella?»

Lei smette di sorridere e torna la Laura degli ultimi anni, tesa e sulla difensiva. Poi risponde: «Sì, scusa, ho pensato...».

«Dove l'hai presa?»

«A casa» risponde e smette di ballare.

«A casa?» Smetto di ballare anch'io. La fisso, arrabbiato, sconvolto... Per un attimo mi passano davanti gli ultimi vent'anni: l'incrocio di sguardi fra me e Angela, quel colpo di fulmine che mi ha stregato e spaccato il cuore per sempre. La prima volta che l'ho baciata, la prima volta che abbiamo fatto l'amore, quando abbiamo scoperto che era incinta, la nascita di Laura, quella dannata lettera prima di fuggire senza che io potessi capire, e poi io e Laura bambina a casa, tutte quelle salite, tutte quelle domande, tutto quel dolore, tutta quella rabbia, i tentativi di riempire il vuoto, gli sforzi per non versare troppe lacrime. Per la testa mi passano le istantanee della mia dolce piccolina che dorme e con la mano cerca sotto il cuscino qualcosa che non può trovare, e poi i buchi di comunicazione fra me e lei, ogni giorno più profondi, ogni giorno più grandi, per colpa mia, che, porca puttana, ero quello che avrebbe dovuto colmarli, io dovevo esserci... e poi quelle crepe nel cuore che ci hanno impedito di parlarci, di parlarci e sentirci davvero, che ci hanno impedito di abbassare le difese e abbracciarci, e volerci bene... quelle ferite che ci hanno messo uno contro l'altra, che ci hanno diviso invece di unirci ed essere quello che siamo, una cosa sola... no, non la farò scappare ancora! Non la lascerò cadere di nuovo nel vuoto senza che io sia lì a tenerla, a prenderla per mano. Nel peggiore dei casi saremo in due a cadere, se lei andrà giù, andrò giù anche io, è il mio piccolo angelo, la mia bambina, e questo è il nostro modo strambo di perdonarci, il nostro modo sbagliato di fare la cosa più giusta. Forse stiamo per fare una cazzata, ma la stiamo facendo insieme, ed è questo che ci rende invincibili, è questa l'unica cosa che conti davvero.

Quindi la guardo e chiedo, sorridendo: «E che aspetti ad accenderla?».

Lei sta zitta, è tutta rossa, poi scoppia in un sorriso meraviglioso, pieno di fiducia e complicità. Guarda me, guarda la canna. Esita un secondo. Poi guarda ancora me. La accende, lentamente, fa un tiro profondo, trattiene un po', poi sputa il fumo in aria alzando il mento, mi fissa negli occhi. Nel suo sguardo c'è amore, c'è orgoglio, c'è il perdono, c'è tutta la nostra storia. Senza distogliere lo sguardo, allunga la mano e me la passa. Ecco, in questo momento, in questo preciso momento, io e Laura abbiamo chiuso ogni conto in sospeso con il nostro passato, ogni ostilità è cessata. Adesso, qui, ora è il nostro futuro, la nostra vita riparte da qui.

Quello che sto facendo forse non è giusto, di sicuro non è educativo... ma vaffanculo, io me ne fotto! Perché ho appena avuto indietro una figlia, mi sono appena guadagnato una chance di riscatto, di felicità e di amore. L'avevo persa, ci eravamo persi, un abbandono aveva generato altri abbandoni, tante altre perdite, tanto altro dolore e rancore e rabbia, e tutto questo avrebbe generato altri abbandoni, e altro dolore, e altra rabbia, e altro rancore... ma noi possiamo dire no alle conseguenze dell'odio, e possiamo farlo nel modo più sbagliato e meraviglioso possibile, per esempio possiamo farlo con un po' di fiducia. Con un po' di amore. E con un po' di erba...

Nel frattempo passano *Sofia* di Alvaro Soler. Lei si avvicina e mi sussurra: «Ti voglio bene, ti voglio tanto bene, papà...».

L'ultima volta che mi ha detto qualcosa di simile avrà avuto undici o dodici anni... ora sento il cuore che mi scoppia e gli occhi si bagnano, la guardo e le rispondo: «Amore, non sai quanto ti vuole bene papà... lo sai?». E la abbraccio forte.

«Sì, lo so...» risponde abbassando lo sguardo, poi appoggia la sua testa nell'incavo del mio collo come faceva da piccola. Niente va via da te se è dentro di te.

Ci ritroviamo vicino alla riva. Ormai sono quasi le sei del mattino, in lontananza c'è ancora la musica, siamo scalzi e la sensazione è bella...

La luna si specchia nel mare, ogni tanto qualche onda lambisce i nostri piedi.

«Sai, io avrei voluto chiamarti Federica» dico guardando l'orizzonte.

«Ma dài? È bello Federica come nome!» Mi guarda sorridendo, poi si rivolge anche lei alla meraviglia della natura che abbiamo davanti agli occhi.

«Però a tua mamma piaceva Laura, ci teneva tantissimo a chiamarti così...» Lei non dice nulla, aspetta che io prosegua: «Me lo ricordo come fosse oggi quel giorno. Mancava poco, ormai, aveva un pancione enorme, era così bella... e io le dissi che Laura era il nome più bello del mondo perché lo aveva scelto lei, e perché lo avresti indossato tu. Sapevo che tu che avresti reso qualunque nome il più bello del mondo».

«Mio Dio, mi fai saltare il cuore, così... e lei?» chiede con un filo di voce.

«Lei piangeva, come vorresti fare tu ora, piccola...»

Come vorrei fare io ora... ecco...

Non finisco la frase che Laura mi salta addosso abbracciandomi e piangendo forte, singhiozzando. La mia bambina adesso è fra le mie braccia, a liberarsi di un po' di male.

«Papà... non trovi assurdo che nonostante tutto quell'amore la mamma sia fuggita?»

«Può sembrare assurdo, sì... E lo era anche per me, fino a ieri mattina. Ma ora so che il mio istinto non sbagliava: lei non è mai fuggita, è sempre stata qui, nel mio cuore, e qui, nel tuo. Ha avuto solo tanta paura... era terrorizzata, scappare fisicamente è stato il suo modo per dirci che voleva esserci a tutti i costi, e che ci amava terribilmente... qualche volta andare via è l'unico modo per restare!»

Mi fissa con dolcezza cercando di convincersi che le mie parole abbiano davvero un senso. Poi mi chiede, nel modo più tenero del mondo: «Andiamo a letto, papà?».

«Sì, amore.»

«Mi porti in braccio?»

Non credo alle mie orecchie. Mi sento l'affanno per l'enorme, immensa emozione. Negli ultimi anni avrei pagato qualunque cifra per sentirmelo chiedere... ma non avrei mai pensato che questo sogno potesse più avverarsi.

«Certo che ti porto in braccio!»

Mi mette le braccia al collo e appoggia la testa sulla mia spalla. L'hotel disterà circa trecento metri, ma io vado lento, voglio metterci tutta la vita a rientrare. Non sento la minima stanchezza, anzi, mi sembra di essere in paradiso. Mentre cammino, le accarezzo la schiena e la sento respirare... Che bello!

Una volta in camera, a un certo punto Laura s'infila nel mio letto, senza dire una parola. Le faccio le coccole, le carezze sulla testa, come quando era bambina, aspetto che prenda sonno e poi la guardo dormire. È una cosa che ho sempre amato, lo facevo anche con Angela, mi sembra il regalo più bello da parte di qualcuno che ami: lasciarsi guardare mentre dorme. È una questione di fiducia, è un miracolo. Come è un miracolo quello che sta succedendo fra me e Laura, comunque andrà questo viaggio... anche se adesso penso a lei.

Scendo dal letto e, come faccio ogni volta che sento il vuoto dentro, mi siedo in un angolo e chiudo gli occhi. Quasi sempre mi canto un pezzo che mi piace, giusto qualche nota, giusto qualche parola...

Questo giro lo ascoltiamo insieme, Angela, ti va? Hai notato? Non ci guardano mai davvero per quello che siamo, forse perché quello che siamo non è mai abbastanza, forse perché non lo sanno quello che siamo, forse perché non lo vedono tutto quel vuoto, magari non lo sentono tutto quel rumore, ché al mondo basta la prima parte del pacchetto, quella con le stelle e i fuochi di artificio, mentre noi siamo anche tutto il resto, molto più di tutto questo.

Ma alla fine ti ritrovi a fare i conti con qualcosa che non conosci. Sì, certo, ti danno un nome, ti assegnano un ruolo, come se fosse importante, come se bastasse ad annullare la distanza che ci separa, come se la battaglia che stiamo combattendo nel nostro cuore fosse inesistente per il solo fatto di essere silenziosa...

Angela, vieni, dammi la mano, io sono stato sempre al tuo fianco, non me ne sono mai andato, perché non è possibile andare via dal proprio cuore, la testa può portarti ovunque, ma il cuore resta lì, attaccato alla tua vita, accanto alle cose più importanti, quelle che contano davvero, quelle che contano di più, come te, amore, come le parole che mi dicevi in silenzio, quelle che non riuscivi a pronunciare, quelle che non ho avuto il coraggio di ascoltare. Noi siamo le parole che diciamo con gli occhi, ma serve qualcuno pronto a vederle... e adesso siamo qui, ancora una volta, come tanti anni fa, con una storia fra le mani, con una canzone da ascoltare e un finale da riscrivere. Ancora una volta. Ancora una volta insieme...

33
Le cose che volevo dirti
e che non ti ho mai detto

8 agosto 2016

Mi sveglio poco dopo le dodici e no, no... non sono reduce da una giornata all'insegna dello sport, del mangiare sano e della salute, è evidente. Anzi, sono piuttosto stravolto.

Cerco di raccogliere forze ed energie e mi metto in piedi, vado in bagno e mi lavo il viso... Cazzo, che faccia! Non ho un bell'aspetto...

Laura dorme ancora profondamente.

«Laura, sveglia...» La scuoto un po', con delicatezza, parlando a voce bassa, ma niente. «Laura, dài che è mezzogiorno... che facciamo?»

«Sì, mi sveglio» borbotta in un modo quasi incomprensibile.

È vero, siamo in vacanza e non ci corre dietro nessuno, ma c'è qualcosa che ci attende... o forse no. La possibilità di trovarla, che ci ha spinti a partire, e ci fa anche tanta paura. E allora dormire un po' di più non è poi così male.

Alla fine Laura si alza, anche lei è stravolta. Mi guarda e mi sorride senza fiatare, quel sorriso un po' ebete a occhi ancora chiusi, poi va in bagno. Tipo zombie.

Alle 13 siamo fuori. Andiamo a fare colazione in un bar sul Golfo, nonostante l'ora la preferiamo a un pranzo salato. Il caffè di Napoli non è un caffè, è un'opera d'arte, è un gesto d'immenso amore. Siamo seduti a un tavolino all'esterno, sotto una veranda in legno, e mentre consumiamo noto con un certo orgoglio un gruppetto di persone che gira intorno al mio Duetto, parcheggiato accanto al marciapiede. In effetti a vederla così, sotto il sole, rossa, con quelle curve che sanno di buongusto e stile del passato, ecco, io stesso non posso non pensare che è proprio bella! Angela impazzirebbe se fosse qui con noi...

Un ragazzo fotografa la Spider con il telefono e io mi godo in silenzio questa scena, come se avessi vinto un piccolo premio. Laura se ne accorge e ride mentre mangia il cornetto.

«Hai visto come la guardano?» le dico.

Lei annuisce masticando e bevendo il suo cappuccino, su cui il barista ha disegnato un cuore con il latte. Poi guarda il cellulare con cui traffica da un po' e dice: «È zia Bea! Ti saluta, ti manda un bacio forte!».

«Questa mattina ho sentito Filippo e Matteo, ti salutano anche loro.»

«Che bella famiglia che siamo, vero?»

«Vero...»

Mi godo questa frase, il mio secondo premio nel giro di pochi minuti.

Dopo la colazione ci mettiamo di nuovo in viaggio, sulla Salerno-Reggio Calabria. Non abbiamo fretta, andiamo piano, non guardiamo l'orologio, per un lungo tratto viaggiamo con la cappotta aperta. Sentiamo musica, parliamo, ma ce ne stiamo spesso anche in silenzio, per conto nostro, dentro i nostri pensieri. Ho sempre pensato che un rapporto a due è davvero potente quando possono permettersi di passare del tempo insieme in silenzio, senza che nessuno si senta in obbligo di parlare per forza per riempire quelli che vengono percepiti come vuoti, di dire qualcosa per l'imbarazzo, o per paura che l'altro possa rimanerci male o essere a disagio.

«Cosa ti ha colpito della mamma, quando l'hai conosciuta?»

«Ecco... a un certo punto è stato come rendermi conto che esisteva anche il suo corpo. La sua testa mi aveva fatto perdere i sensi, ok, erano arrivati prima gli occhi illegali con quello sguardo illegale. Poi il profumo. Quindi le parole e i suoi pensieri così sexy. Poi ho notato un particolare sconvolgente: era anche bella da stare male. E ho pensato che tutto questo mi avrebbe ucciso.»

«Wow!»

«Quando succede, lo senti. E non ti fai domande, arriva e ti stende, ridefinisce tutte le tue certezze, le ombre, i contorni, i sapori... non c'è un motivo, nessuna logica, non ci sono regole, e non ha un nome, non puoi saperlo prima, perché non fa rumore. È una magia, è l'alchimia dell'amore, che spesso è silenzioso, fatto di parole non dette, di contatti mancati o sfiorati, e va cercato in certi silenzi, in certi sguardi, in certi vuoti... ma è tutto quello di cui hai bisogno, e dopo non è più la stessa cosa. Dopo niente è più come prima... Incontrarla è stato un caso, e vorrei poter dire che restare è stata una scelta. Ma la verità è che da quando succede, non hai più scelta, da quel momento è l'unica cosa possibile. L'unica cosa che abbia un senso. Da lì, è quella la tua vita.»

Lei sorride e non dice niente. Che poi alla fine è un po' come dire tutto.

«Laura, toglimi una curiosità... ma com'era di preciso il testo della canzone di quel Miguel?»

«Era un grido di aiuto, e d'amore... in chiave maschile. L'ho trascritta tutta, se vuoi te la leggo...»

«Magari, mi piacerebbe, sì...»

Tira fuori un foglio ripiegato, lo apre e inizia a leggere:

Era un día de hielo,
de dolor sin consuelo
Leo te ha perdido,

Ángela este es su grito:
Mi amor, nunca terminará
Si siempre se escribirá
Un nuevo final
Mi amor, nunca terminará
Y cuando miedo tendrás
te abrazaré una vez más
A tí no renunciaré
Yo cada vez te buscaré
Porque sin tí estoy perdido
Mi corazón pierde latidos
Mi vida no tiene sentido
Nuestro amor aún no había empezado
Y ya era infinito...
Como un mochilero
Que sin su mochila no puede viajar
Como un zagal
Que sin tiempo, futuro no tendrá
Mi amor, nunca terminará
Pero a vecez lloro,
Porque cada segundo te añoro
Ahora ¿dónde estás?
Cariño ¿tú cómo estás?
Necesito mi mochila y mi futuro,
Que ahora veo todo oscuro
Necesito tu abrazo
Nuestro amor no tiene plazo
Dices que aquí estás
Dime que es verdad
Y entonces besame...
Y entonces besame...

«Cavolo...» Resto a bocca aperta, poi aggiungo: «È bellissima».

«Sì, tanto!» risponde lei, poi mi guarda: «Papà...».

«Dimmi.»

«Noi stiamo facendo questo? Stiamo inventando un nuovo finale?»

«Sì, tesoro, è quello che stiamo facendo!»

«E se non la trovassimo? Se si fosse dimenticata di noi?»

«Non può essersi dimenticata di noi. Questo non è possibile. E se non la troveremo, sarà lo stesso, perché un nuovo finale, un nuovo meraviglioso finale lo stiamo già scrivendo, tu e io, comunque andrà...»

Appoggio delicatamente una mano sulla sua, sfiorandola appena. Poi ci guardiamo per un attimo e dal suo sguardo capisco che è d'accordo, che è vero: lo abbiamo già scritto un nuovo, fantastico finale.

«Manca poco a Reggio.»

Si sono fatte le nove e siamo appena a mezz'ora dall'uscita dell'autostrada. Sulla destra si vede il mare, e si respira magia.

«Sì, tesoro, pochissimo. Sai che il lungomare di Reggio è stato definito il più bel chilometro d'Italia? Si dice sia per via del miraggio della Fatamorgana.»

«Cos'è?»

«C'è un momento in cui, per un gioco di riflessi e temperature, nell'acqua puoi vedere la Sicilia... quasi come se sorgesse magicamente dal mare, a pochi metri dalla costa. È qualcosa di fantastico.»

«Ma che bellezza!» dice estasiata.

«I genitori di papà sono nati qui vicino. È un paese molto piccolo, si chiama Polistena, proprio a pochi chilometri da qui...»

«Certo, il nonno ne parla spesso.»

«Il papà del nonno era un uomo che sapeva il fatto suo, si sarebbe fatto uccidere per la famiglia. Nel dopoguerra ebbe un tracollo economico, da benestanti in pochissimo si ritrovarono a non avere nemmeno un pezzo di pane.»

«Cavolo...»

«Eh... sette figli e una moglie da sfamare non sono un gioco. E allora capì che l'unica possibilità per la sua famiglia, paradossalmente, era separarsi per un po'. Quindi si fece forza e divise moglie e figli tra le case dei vari zii e cugini che potevano occuparsi di loro. Stavano tutti nei dintorni di Roma: uno a Latina, due a Frosinone, un'altra ad Aprilia, e così via... nel frattempo lui, a cinquant'anni, andò a cercarsi un lavoro a Roma. Erano anni in cui era ancora tutto possibile, c'era tanto margine per chi era intelligente, umile e disposto al sacrificio, e lui in pochissimo tempo fece un po' di fortuna, racimolò del danaro e riuscì a ricongiungere la famiglia nella casa di Ostia, e questo permise ai suoi figli di avere un futuro.»

«Ecco perché poi nonno Maurizio ha scelto una come la nonna accanto, e lei ha scelto lui. E poi hanno trasmesso così tanto amore anche a te!»

«Già» le sorrido. «Un gesto d'amore produce effetti che possono ripercuotersi per anni nel futuro. Magari non ti sembra, magari tu non lo vedi – l'amore, sai, a volte è silenzioso, e come tutte le cose belle è imprevedibile – ma poi arriva con le sue conseguenze, e l'effetto di quel gesto di chissà quanto tempo prima cambia tutto! Ecco perché è così importante non lasciarsi mai sopraffare dall'odio e dalla rabbia, ecco perché vale sempre la pena provarci... Pensa al papà del nonno: è grazie a lui e al suo amore se adesso io e te siamo qui, con le nostre aspettative piene di passione. Dobbiamo lottare per le cose in cui crediamo! Dobbiamo difenderle!»

Laura mi ascolta con attenzione, riflette e poi replica: «Sì, è vero... il fatto, però, è che una parte di mondo, oggi, una parte molto grande, non dà più peso alle parole, alle emozioni. Non combatte per i sentimenti, per l'amore, per l'amicizia, ti dice che sei speciale ma lo dicono a tutti, e se sono tutti speciali, va da sé, non lo è nessuno. Preferisce la volgarità alla dolcezza. Si schiera con la prepotenza e la meschinità perché è meno pericoloso. Pensa a tutti quegli episodi di bullismo che ormai dilagano in modo così inquietante fra noi giovani: al centro una persona che viene derisa e malmenata dalla bulla di turno, e intorno una marea di anime di latta che stanno lì e permettono che accada. Magari molte di loro si professavano amiche della vittima fino a qualche minuto prima.... Ecco, questo mondo non è un bel mondo, papà. È un mondo che non lotta, che non ha il coraggio del proprio amore perché non ha né amore né coraggio. È un mondo che non ha nulla...»

Sono costretto a rallentare perché non posso non osservarla mentre parla: ha la magia negli occhi e la bellezza nel cuore. È mia figlia, e io sono fottutamente fiero di lei...

«Ma c'è un altro lato del mondo, Laura, quello dove hai scelto di stare tu, pieno di bellezza, coraggio e dignità...» Mi interrompo un attimo, la guardo e le sorrido, poi aggiungo: «E io sono tanto fiero di te, amore...».

Lei mi guarda e mi sorride a sua volta: è il suo bellissimo modo per dirmi grazie senza pronunciare nemmeno una parola. Perché le parole più belle le diciamo con gli occhi.

«Laura... non scordarti mai quanto sei bella! Me lo prometti?»

«Prometto!»

Le arriva una notifica al cellulare, leggo nei suoi occhi la luce diversa di ieri sera.

«Di nuovo quello sguardo... belle notizie, amore?» le chiedo.

«Eh? Ecco, no, niente... solo un ragazzo che ho conosciuto a Mykonos...» dice sorridendo.

«Ah! Bene, mi fa piacere!»

«Mi ha scritto un messaggio carino e originale, che mi ha fatto sorridere...»

«Cioè? Ora sono curioso!»

«"Sei bella come quel messaggio che arriva alle quattro di notte, quello che aspettavi tanto, quello con scritto: 'Non riesco a dormire perché ti penso troppo. Ti amo da morire!'."»

«Wow!»

«Lui sembra davvero diverso...» pensa ad alta voce e guarda fuori.

«Se hai avuto questa sensazione, sono sicuro che non ti sbagli: certe sensazioni sono lì apposta per guidarci, per non farci sbagliare.»

«Dici? Speriamo...»

Abbassa di nuovo lo sguardo: l'ennesima notifica. Guarda il cellulare, poi esclama: «Ma dài!».

«Che succede?»

«È Cami... sai Marco... lo stronzo? Quello di cui ti parlavo ieri... quello che quando l'ho conosciuto stava con una che ha tradito con me e poi quando stava con me ho scoperto che mi tradiva con un'altra e chissà quante altre stronzate del genere ha fatto?»

«Sì, me ne hai parlato ieri sera. Che ha fatto?»

«Ha beccato la sua attuale ragazza con un altro. Nel *suo* letto! In casa *sua*!» Quando dice "suo" urla forte e divertita.

«Mio Dio...»

«Eh! Questo è il karma, papà! Prima o poi la paghi! Ora capirà come ci si sente a essere traditi e umiliati!»

«Direi proprio di sì... ma questa notizia ti fa stare bene, Laura? Di' la verità. Sei felice se lui sta male?»

«In realtà speravo di esserlo di più... Invece lo sai? Non me ne frega niente! E no, in fondo non sono felice se sta male. La verità è che non sono felice per il male di nessuno, anche se so che questo mi rende diversa da molti, forse più vulnerabile. Ma se non puoi essere cattiva come loro, puoi sempre essere diversa, no?» Subito dopo, ridendo, aggiunge: «Però per una frazione di secondo ho goduto, cazzo, lo ammetto, vostro onore!».

«L'imputato è assolto! La sincerità è stata apprezzata da questa corte!» rido io.

«*Fiuu!*» Si tocca la fronte come ad asciugarsi il sudore freddo, fingendo paura.

«Laura... non lo so, ecco, non lo so cos'hai provato per questo Marco, non so quello che ti aspettavi, però voglio dirti una cosa che ho imparato: l'amore probabilmente lo troverai fra le pagine sgualcite della tua vita, lì dove non pensavi, nelle parole a cui non avevi dato peso, in quelle che non hai mai avuto il coraggio di dire, fra le righe conclusive di un capitolo dimenticato, lì troverai l'amore! Piccolo e immenso, semplice come tutte le cose belle, fantastico come tutte le cose magiche. L'amore è un sacco a pelo di notte in riva al mare dentro al quale s'intrecciano due anime che hanno molto da dirsi e lo fanno senza pronunciare una sola parola, in silenzio, si baciano con gli occhi, si abbracciano con gli sguardi, si ascoltano, si sentono fino alle viscere, prima di tutto con il cuore.»

«Mi piace, Zagal! Del resto, non è un caso se sei il mio blogger preferito!» mi dice mentre fa l'occhiolino.

«Finiscila di prendermi in giro! E comunque anche tu scrivi molto bene, amore.»

«Io?»

«Sì, tu! Leggo sempre le tue note su Facebook e i tuoi foglietti... poi magari se ti va mi dici qual è il tuo blog.»

«Scordatelo!» È perentoria ma senza alcuna vena di ostilità. «Quindi pensi davvero che io scriva bene?»

«Eh, sì!»

«Comunque non hai letto niente, su Facebook scrivo solo cose così, al volo...»

«Non ho dubbi, ma s'intuisce. C'è quel segno, hai quel qualcosa, non so se mi spiego... mi spiego?»

«Ti spieghi. Ma questo non significa che tu abbia ragione...»

«Ne sono certo, tesoro. Non dubitare mai di te stessa. Mai!»

Lei resta qualche minuto in silenzio, a guardare fuori dal finestrino, le luci e il mare.

«Magari poi ti leggo qualcosa della roba che scrivo sul blog, e tu mi dici cosa ne pensi. Questo è il massimo che posso concederti.»

Dio, quanto è dolce! Muore dalla voglia che io legga le sue cose, che entri nel suo mondo e che le dica che è brava.

«Per me sarebbe bellissimo, davvero!» E sono serio.

«Finiscila, adulatore!»

Squilla il telefono: è mio padre. Gli dico la palla della mini vacanza improvvisata e lui pare credere a tutto, a parte al fatto che io sia con amici: pensa all'ennesima fidanzata da rottamare. Saluto anche la mamma, è felice che io sia partito per una vacanza. Tutto fila liscio.

Dopo pochi secondi mandano un sms a Laura, per sapere come va in Grecia e per ricordarle che le vogliono "un mondo di bene".

«Che dolci!» dice Laura.

«Già» rispondo io. «È il nostro secondo segreto in due giorni, questo...»

«E il primo qual è?» mi chiede.

«Il primo, ecco... lo abbiamo fumato stanotte.»

La guardo come a dire: "Non fare la vaga!", ma in modo bonario.

«Ah! *Quel* segreto...» ridacchia e guarda fuori con l'espressione furbastra.

Nel frattempo io esco allo svincolo per Scilla senza che lei se ne accorga.

«Comunque, tornando al discorso di prima, no, non sono un adulatore. Sarei davvero felicissimo se tu mi leggessi qualcosa di tuo.»

«Ok, più tardi vediamo... devo scegliere delle parti ben scritte, visto che dovrò sottoporle al giudizio del grande Zagal!»

«Lo vedi, ora sei tu che mi prendi in giro!» Le punto contro il dito facendole l'occhiolino.

«No, giuro, lo penso davvero! Che poi con tutte quelle follower non potresti certo ricordarti del mio di commento...» ride lei.

«Oddio, mi hai anche commentato?»

«Sì, solo una volta! Ma non mi hai risposto...»

«Non rispondo a nessuno, tesoro. Quel blog lo uso un po' come un flusso di coscienza emotivo, non per avere interazioni.»

«Dio, non posso pensarci che eri tu! Zagal è mio padre, la stessa persona, assurdo... Per tanto tempo ti ho odiato, lo sai? Cioè, non odio vero, però mi stavi sulle palle, ecco...» Cerca di correggere il tiro in modo goffo...

«Sì, Laura, tranquilla, ho capito cosa intendi.» Esco subito da questo momento d'imbarazzo: «Comunque tu scrivi molto meglio di me, tesoro, fidati... e adesso, cavolo, dovrò leggere tutti i commenti, uno per uno, per scoprire quale sia il tuo!».

«Ok, ho capito, appena rientriamo chiudo il blog...» ride. «Però sapere che pensi che io abbia talento è importante per me, davvero...» dice diventando seria per una frazione di secondo. «Ma smettila di fare l'adulatore, Zagal, ok?» Lo aggiunge tornando di nuovo a ridere, poi cambia repentinamente discorso: «Che bello lì!».

Indica il Castello Ruffo, il borgo e le luci che si riflettono nel mare, in lontananza...

«Quello è l'antico quartiere dei pescatori di Chianalea di Scilla, e lì sulla punta c'è il Castello Ruffo. Ecco, amore, quello che abbiamo davanti agli occhi in questo momento è semplicemente uno degli spettacoli più belli del mondo! Una di quelle cose per cui vale la pena esserci. Avevo pensato di fermarci lì a dormire. C'è un albergo proprio sull'acqua, sotto al Castello, possiamo vedere se hanno una camera, ti va?»

Lei, ancora incantata da quella specie di meraviglioso presepe naturale, risponde: «Perfetto, papi! Sarebbe bellissimo».

Le sorrido e non dico niente.

Dopo pochi minuti di macchina, ci ritroviamo davanti a una grotta adibita a parcheggio, a cento metri dall'albergo: oltre non si può andare. Ci arriviamo a piedi passando per la via principale, fra vicoletti, discese e salite. Entriamo nell'hotel

Reale e faccio per chiedere se hanno due camere singole, ma Laura mi corregge dicendo che ne basta una matrimoniale. La guardo sorpreso. Sono felice, tanto felice.

La nostra camera ha un balconcino semichiuso, come fosse un oblò, sospeso sul mare. Affacciandoti puoi vedere le barchette dei pescatori ancorate intorno agli scogli, il panorama è meraviglioso.
Giusto il tempo di una doccia e usciamo per mangiare. Sembra di essere su un altro pianeta, il borgo è fiabesco, le case antichissime attaccate e divise da piccoli canali, è pieno di localetti e ristoranti in cui mangiare pesce freschissimo e prodotti tipici del posto. Le luci gialle, il profumo del mare, il rumore che fa quando s'infrange sugli scogli, la cornice del paesaggio intorno a noi, gli archetti, le case in tufo, è tutto magico, è tutto incantevole. Entriamo in un'osteria piccolissima, mangiamo un piatto di pasta con pesce spada, 'nduja e pane caldo appena sfornato, e del rosso della casa. Fumiamo una sigaretta. Le chiedo se va tutto bene e lei annuisce. La guardo e scatto fotografie con il mio cuore... fra le più belle di tutta la mia vita.

«Ti leggo un post, se ti va...» mi dice, guardando fuori dal locale con aria serissima.
«Certo che mi va!»
Prende il telefono e cerca.
«Ok, vado.»
Io resto in silenzio e ascolto.

> Mi siedo sulla riva dell'oceano. La sabbia è rosa. L'acqua è fredda, troppo fredda. Sento l'esigenza di una pausa, una pausa da me stessa, perché io sono sempre stata la peggior nemica di me stessa, armata fino ai denti per combattere me stessa. Che ridere...

Se prendi colpi dalla vita, ecco, conviene che resti in piedi. Se vai giù, sei morta. Se vai giù, sei finita. Conta un cazzo la ragione e il sentimento. Conta un cazzo l'empatia e le richieste d'aiuto. Conta un cazzo che ti sforzi di essere una brava persona o una buona amica. Contano i colpi, *sbam*, conta stare in piedi o andare al tappeto, *sbam*. Conta urlare, conta menare per prima. Conta essere autoreferenziali. Strisciare, il sibilo della vita, se strisci non puoi cadere. Tessere e tramare con intelligenza. Violenza, la violenza conta. Il mondo farà *ooooh*! per un minuto, e poi ripartirà la musica. Sento un'escalation di follia e mediocrità crescere intorno a me e dentro di me, come in certi incubi. La mediocrità ti rende fruibile e leggera, ti rende una vera figlia di puttana. Le belle persone non possono uccidere, per via della coscienza, e allora vomitano, si accontentano di vomitare. E io vomito, vomito pur non essendo certa di essere una bella persona.
La spinta competitiva è stimolante finché non leggi l'ossessione negli occhi di chi ti osserva, finché non capisci che si tratta di gioco sporco, di anime nere. Fino a che non diventa mormorio di lebbrosi. Finché non me ne frega più un cazzo di niente, e non sento più niente, e non vedo più niente. Finché non stacco lo spinotto e metto il mondo in *mute*. Non uccido, non vi uccido, e continuo a vomitare. Sento l'esigenza di una pausa da me stessa, forse perché sono viva, forse, in fondo, perché sono sana, perché il veleno, a me, non mi nutre, mi uccide. L'astio non mi nutre, mi divora. E non darò mai la mia moralità e la mia etica in pasto agli avvoltoi, non permetterò loro di rendermi peggiore di quella che sono. Stava per succedere. Poteva succedere. Non sporcherò la mia parola per sporcare la loro. Non mi costringerò a staccare gli specchi da casa, col cazzo. Ho bisogno di semplicità. Di tradizioni. Di una zuppa di farro e ceci. Della cucchiarella di legno dei nonni. Del

velluto di un divano vecchio. Di un mazzo di carte napoletane. Del mio vinile di *Bridge Over Troubled Water*. Di scrivere per i miei occhi, per il mio cuore. Di suonare il pianoforte. Di dormire. Di silenzio. Di non colmare vuoti con altri vuoti. Di non placare la paura con altra paura. Non so come e quando, ma so cosa: me stessa. Non so quanto durerà, ma serve un punto, o almeno un cambio rotta, la deriva di questi ultimi tempi non mi appartiene più. O magari sto sulla barca sbagliata. Magari non ho più forza di remare contro corrente. E soprattutto, ecco, sentivo l'esigenza di mettere nero su bianco questa cosa qua, questo malessere, lo schifo che sento dentro, il bruciore allo stomaco. Avevo bisogno di riprendermi per mano. Di abbracciarmi. Accarezzarmi. Ricordarmi chi sono, e da dove vengo. Di guardare il mio sangue che scorre quando mi taglio e nessuno lo vede... Di urlare. Di correre forte fino allo sfinimento. Mi siedo sulla riva dell'oceano. La sabbia è rosa. L'acqua è fredda, troppo fredda. Ma non per gli squali. Musica, mondo!

Sudo freddo. È bellissimo e, allo stesso tempo, terribile. È come se qualcuno mi avesse iniettato un liquido paralizzante. Non ha scelto certo un post a caso, ne ha scelto uno che racconta cose di lei che avevo solo percepito col cuore, con gli occhi, ma mai razionalizzato in modo tanto crudo e brutale.

Quel riferimento al taglio... non ho frainteso, so che non era solo una metafora. In questo momento capisco tutto: ecco cosa sono quei piccoli segni sotto i braccialetti. Mi gira la testa.

«Cavolo, Laura... è stupendo!» M'interrompo un attimo, lei mi guarda. «Ma quella cosa del... del taglio... ecco...»

«Sì, a volte succede, mi taglio...» lo dice quasi liberandosi.

Io mi sento solo morire dentro: come cazzo ho fatto a non accorgermene? Mentre tento di mettere insieme qualche parola, lei mi anticipa: «Ma adesso, da ieri, non ne ho più bisogno».

Mi sorride, e io impazzisco, però non dico una parola, le restituisco solo un sorriso pieno di amore. E di scuse. E di speranza. Poi è ancora lei a parlare, dolcissima, elegante e piccola: «Ce ne andiamo in stanza, papà? Voglio andare a letto. Voglio vedere il mare e la luna e le stelle dall'oblò».

«Sì, amore, certo.»

Viene a sedersi sulle mie ginocchia e io la abbraccio forte. E chiedo scusa al cielo per non aver medicato le ferite che si faceva, per non averle tenuto la mano quando cadeva giù, quando ne aveva bisogno. Per non aver capito, ancora una volta... «Laura, anche io ho qualcosa da leggerti... è una lettera che ho scritto quando avevi quattro anni. L'ho scritta per te, e la porto sempre con me... ecco, se vuoi te la leggo...»

«Sì, mi va!»

«Ok.» Apro il portafogli e prendo il foglio piegato in quattro. «Allora vado...»

«Vai.»

> Volevo dirti di sorridere sempre, anche quando sorridere ti sembrerà impossibile, anche quando la vita ti metterà alla prova con tutto quel rumore, tu sorridi! Solo così annullerai qualunque tentativo esterno d'intossicare la tua felicità.
> Volevo dirti che, quando sarai grande, quando sarai una donna, sarà importante guardare ancora il mondo come lo guardavi da piccola, come lo guardi ora, con gli occhi di una bambina: belli, puliti, sinceri, pieni di entusiasmo e di stupore...
> Volevo dirti che ci sarà sempre una parte di te che sa quello che è "giusto", e un'altra che sa quello che vuole: tu ascolta la voce della prima, ma segui sempre la seconda, perché solo quella voce ti farà sentire davvero viva! Perché solo quella voce ti farà sentire meravigliosamente sbagliata ma sempre nel posto giusto...
> Volevo dirti che arriverà la paura, lei sarà lì, silenziosa

ma ingombrante, ti consiglierà la cosa più facile, quella più comoda, quella più distante dal tuo cuore. Tu potrai scegliere fra la sicurezza di essere perfetta e il rischio di essere felice. A te la decisione. Ma io ti auguro di essere imperfetta, di lasciare ogni certezza, la felicità è lì, subito dopo tutti quei calcoli, subito dopo tutta quella paura... E ogni volta che succederà, dovrai decidere se seguire il tuo cuore o uccidere una parte dei tuoi sogni, se scappare o combattere, se vincere o perdere. Tu prenditi gioco di lei e perdila. E poi perditi...
Volevo dirti che fra tutti i modi possibili di essere qualcosa, sarai tentata di essere quello che piace agli altri, per farti accettare, per non essere esclusa, per conquistare un piccolo spazio nel cuore di chi dice di esserti amico, ma solo a questa o a quella condizione. Tu invece cerca di essere te stessa, solo così ti riconoscerai sempre.
Volevo dirti che arriverà l'amore, e ti farà vibrare il cuore, ti farà saltare di gioia, ti porterà sulla luna, sulle stelle, fra le nuvole, su Giove, su Marte, oltre le galassie... poi forse ti farà cadere, all'improvviso, giù per terra, e ti renderà fragile, e ti renderà insicura, e ti farà urlare in silenzio. E non ci sarà nessuno a chiederti perché, o come è successo. Così dubiterai di te stessa, della tua bellezza. Del vestito che forse non ti donava, che forse non era quello adatto. Delle parole che forse non erano abbastanza chiare, o che sono state fraintese. E allora ti chiederai "perché non ha scelto me?", e di notte abbraccerai il cuscino cercando la sua mano senza trovarla, e senza chiudere occhio, trattenendo il fiato, stringendo i pugni... ma poi un giorno tornerà, e tu sarai di nuovo felice! Ecco, l'amore è questo, un follia, la più bella e meravigliosa fra le follie! Tu accoglilo, prendilo sempre! Sii pazza d'amore, sii pazza per amore. Fai in modo che la tua vita sia tutta un'immensa sconclusionata follia, la più bella e meravigliosa fra le follie!

Volevo dirti tante cose, avevano tutte a che fare con il bene che ti voglio, con l'amore che sento dentro. Con il vuoto che a volte mi avvolge. Ma forse queste cose che volevo dirti tu già le sai, e quando non sarò all'altezza di essere tuo padre, quando non ci riuscirò, allora cercherò di essere tuo figlio, e poi tuo amico. E se non riuscirò a essere niente di tutto questo, allora sarò solo le cose che volevo dirti e che non ti ho mai detto...»

«Papà, è la cosa più bella che io abbia mai sentito... Credimi, tu sei molto più delle cose che volevi dirmi, perché me le hai dette, perché mi hai cresciuta, e scusami, scusami se spesso sono stata cattiva e stronza e ho detto cose cattive e stronze che non pensavo, scusami! Forse era solo il mio modo sciocco per chiedere aiuto... fors...»

La interrompo: «Basta, amore! Adesso siamo qui... ok?».

Sorrido. Anche lei che è ancora lì con le braccia intorno al mio collo.

«Ok.»

«Allora, andiamo a vedere il mare dall'oblò della nostra camera?»

«Sì.»

La luna questa sera è splendida, ricordo che una volta chiesi ad Angela di dirmi dove volesse andare, qualunque posto: che poi avremmo chiuso gli occhi e ci saremmo andati. Lei non rispose, qualche giorno dopo mi fece trovare una lettera sotto il cuscino:

> Portami su un'altalena a guardare la luna e i sogni e gli amori più belli, quelli mancati, quelli perduti. Quelli impossibili e infiniti. Quelli di seta e di nuvole rosa. Portami lì dove il rumore della notte non fa più paura, lì dove il fruscìo delle dita che s'intrecciano e si sfiorano sa suonare in un modo più bello di qualunque me-

lodia. Portami lì, su quell'altalena, e spingimi, spingimi piano, fammi volare, ma non te ne andare.

Portami in quel luogo in cui ero bambina, quando i miei occhi erano ancora puliti e sorridevano al mondo con l'entusiasmo di chi non ha mai visto il male, con l'ingenuità di chi non è mai caduto. Portami lì e sussurrami in un orecchio che un giorno arriverai tu, a tenermi per mano, a leccare le ferite, a regalarmi i tuoi occhi. A portarmi via, via con te.

Ho perso tanto tempo, ma nemmeno un grammo d'amore per te.

34
E quando avrai paura, io ti abbraccerò ancora

17 gennaio 1998

È una domenica pomeriggio e siamo appena stati al cinema per vedere *Titanic*. Prima di tornare a casa in Vespa, prendiamo una crepe alla Nutella in una gelateria accanto al cinema, in via Cola di Rienzo. Poi, visto che fa freddo, decidiamo di rientrare.

«Bello, vero?» mi chiede mentre sale dietro di me.

«Molto! Non me lo aspettavo... pensavo a una cosa più smielata, più banale, ecco, non so» urlo per farmi sentire mentre guido. «Invece mi ha lasciato dentro un senso di bellezza e romanticismo. E poi gli attori proprio bravi, lui è forte!»

«Sì, io mi sono commossa... un film epico, sincero, e poi, cavolo, hai visto che effetti speciali? Ci credo che è il film più costoso della storia!» Esita un attimo, mi stringe più forte da dietro e avvicinandosi al mio orecchio, aggiunge: «Comunque io non sarei andata senza di te... O insieme o niente, non ti lascerei mai. Io me ne andrei solo se tu non mi volessi...»

«Neanche io sarei andato, ma avrei voluto che tu ti salvassi.»

«Sarei comunque morta. Dentro...»

«Va be', tanto non ci sono iceberg in vista qui sul Muro Torto, mi pare!»

«Scemo!»

Quando arriviamo a casa, cerco la chitarra e mi metto a strimpellare.

«Brrr... che freddo!» esclama lei.

«Prendi il plaid e vieni qui sul divano, dài!»
Lei prende il plaid in pile e corre sul divano. «Che cantiamo?» chiede sfregandosi le mani.
Io parto con de Gregori, *Pezzi di vetro*, poi *Rimmel* e *Generale*. Le cantiamo a memoria, De Gregori è uno dei suoi preferiti.
«Facciamo l'ultima di Battiato?»
«*La cura*, dici? Sì, che meraviglia!»
«Me la dedichi?»
«No...»
«Che stronzo!» e finge di offendersi.
Andiamo avanti per tanto, poi verso le dieci di sera decidiamo di farci una panzanella nella nostra versione semplificata, cioè semplicemente pane casareccio bagnato, olio, sale e pomodorini a pezzi un po' spappolati. La adoriamo entrambi, la mangiamo sempre rigorosamente con le mani, senza badare a nulla, imbrattandoci tutti, che goduria...
Lei si alza per andare a prepararla e io inizio a suonare *Una canzone per te* di Vasco.
«*"Una canzone per te... non te l'aspettavi, eh... e invece eccola qua... una canzone per te... e non ci credi, eh? Sorridi e abbassi gli occhi un istante e dici: Non credo d'essere così importante, ma dici una bugia, infatti scappi via..."*» e la guardo mentre suono e canto. Lei resta in piedi, accanto ai fornelli, mette entrambe le mani davanti alla bocca e i suoi occhi si bagnano.
Appena finita la canzone, poso la chitarra per terra, davanti al divano, e continuo a guardarla. C'è un silenzio strano, è un silenzio di quelli che fanno un sacco di casino. Forse dipende da come ci fissiamo, o da quello che vorremmo dirci...
«Angela, ecco, una canzone per te...»
Lei ride e piange ancora con le mani sul viso, e io continuo, con un filo di voce «Angela, ricordi la prima sera che siamo usciti? Si parlava di felicità, che era un casino rincorrerla, e starle dietro...».

Lei non dice nulla, annuisce appena, e io continuo: «Ecco, ci pensavo giorni fa... *elementi di felicità*. Dovrebbe essere una materia che insegnano nelle scuole fin dall'asilo, obbligatoria per tutti fino al liceo. Siamo così terrorizzati dalla felicità, che abbiamo smesso di cercarla, o lo facciamo nel posto sbagliato. Lusso, soldi, potere... Io e te che ci addormentiamo lontani e poi nel cuore della notte ci ritroviamo incastrati in un intreccio di vita, questo per me ha il sapore della felicità...»

«Ti amo.»

«A chi lo dici...»

Ecco, ora siamo sospesi. Di nuovo su quella nuvola rosa... Poi all'improvviso cambio espressione: «Ma la panzanella? Oh! Io ho fame!» rido. E ride anche lei. Poi corre e si getta su di me. E mi chiede di abbracciarla forte.

«Angela...»

«Sì, amore...»

«Io rigiro l'universo, per te.»

Mi guarda e poi mi abbraccia ancora, appoggiandosi con la guancia sulla mia spalla senza dire più niente...

Mi manchi da morire, mi manca stare con te. Mi mancano le tue paure. Non lo so dove sei, a volte ti cerco nei riflessi di certi miei silenzi, in quegli spazi vuoti in cui abbiamo bisogno di mettere qualcosa, un po' di amore, per non restare soli, per non farci domande a cui non sappiamo dare risposte.

Non lo so dove sei, tu e quel maglione a righe bruttissimo, tu e quei tuoi ricci infiniti, mi capita spesso di guardare la porta della mia camera sperando di vederti entrare come se fosse la cosa più normale del mondo.

Non lo so dove sei, ma so che nessuna misura del tempo e dello spazio potrà mai nulla sull'amore sconsiderato che sento dentro, ogni cosa mi parla di te e della tua fragilità, quella fragilità che forse ti ha portato via da me.

E quando avrai paura, io ti abbraccerò ancora.

35
Il tuo fiore

9 agosto 2016

Intorno alle 12 siamo a Villa San Giovanni, c'imbarchiamo con la macchina e non scendiamo neppure. Tanto il viaggio in traghetto è brevissimo, in un attimo sei già dall'altra parte dello stretto. Mi chiedo che senso abbia costruire un ponte qui. Questa luce è davvero preziosa, qualcosa a cui non si può rinunciare. Qui, su questo spazio d'acqua che porta in Sicilia, esiste già un ponte, ma è invisibile agli occhi di chi non vuole vederlo: è il ponte con il nostro passato, con la nostra storia, con i miti, con le tradizioni, con la magia, con la libertà, con il romanticismo... Forse dovremmo impegnarci, piuttosto, a migliorare il nostro collegamento con gli altri, dovremmo imparare a costruire dei ponti emotivi, ponti d'amore sui quali volerci bene anche quando sembra impossibile, anche quando non parliamo la stessa lingua e non ci capiamo, anche quando urliamo senza dire davvero niente. Ponti sui quali alzare le braccia al cielo e ballare insieme anche quando la musica non è la stessa per tutti. Ponti come quello che avrei dovuto costruire con Laura tanto tempo fa, per non perderci, per non sentirci abbandonati, per non lasciarci andare, per non confondere l'amore con l'odio.

Appena a Messina, siamo sopraffatti dai colori stupefacenti di questa terra fantastica. Qui il rosso dei pomodori non è il classico rosso, e nemmeno il giallo delle banane o il verde dei vigneti: sono più vivi, diversi, sanno di storia e poesia...

Sull'autostrada mi fermo a fare benzina e vedo un cartello elettronico che segna la temperatura: 43 gradi! Il gestore mi spiega con un tono un po' scherzoso, ma neanche troppo, che in Sicilia non piove mai: «Sunniu anni che nun piove!» ride.

Abbasso la capote e ci rimettiamo in strada. Ormai per arrivare a Palermo mancano meno di tre ore.

«Papà, come mi sta questo vestitino?» mi chiede Laura.

Faccio una risata impertinente. Ho capito che quando una donna ti chiede: "Come mi sta?", be', non devi sentirti libero di rispondere con leggerezza. Non è un test a risposta aperta, è un test a risposta multipla, con tre possibilità: a) meravigliosamente; b) meravigliosamente; c) meravigliosamente.

«Meravigliosamente, amore!»

«Papà, sei un grandissimo paraculo, lo sai, vero?» risponde lei ridendo.

«Ok, Laura, ora parlo serio: ti sta da dio! Dico davvero!» e metto la mano sul petto come se stessi giurando. Poi aggiungo: «Amo i fiori, amo il verde. E tu hai un fisico mozzafiato!».

«Anche la mamma aveva un fisico mozzafiato. Ho visto le foto...»

«Eh, sì. Vi somigliate tantissimo, tu e la mamma.»

D'un tratto la sua faccia diventa seria, guarda fuori dal finestrino e smette di parlare.

«Tutto bene, amore?»

«Sì, sì» risponde senza girarsi.

La casa dei genitori di Angela è esattamente com'era diciotto anni fa. Un'elegante e lussuosa villetta in stile liberty dietro piazza Verdi, circondata da un muro ricoperto da un gelsomino rampicante curatissimo. Fuori svettano alcuni meravigliosi alberi: un olivo, un fico, un pino... Io e Laura sbirciamo per quanto è possibile dalle fessure nella ringhiera, ma non si vede granché. C'è un Bmw nero parcheggiato, un gatto che ha già alzato le antenne; le persiane del piano terra e del primo piano sono aperte, sembra esserci qualcuno in casa.

Laura è agitatissima ed emozionata. «Oddio, papà, che facciamo?»

«Citofoniamo, dài.»

«Ok» dice, e fa un lungo respiro.

«Ok...» Faccio un lungo respiro anch'io.

Sul pulsante non c'è scritto nulla. Pigio e, dopo una manciata di secondi... «Sì, chi è?»

«Buongiorno, signor Monaco, è lei? Sono Leonardo, Leonardo Massa. Ehm... Angela... ha... ha capito chi?»

Lui non risponde, apre solo il cancello e poi scandisce un telegrafico: «Prego, entri pure».

Arriviamo fino al portoncino d'ingresso da cui, poco dopo, esce proprio il signor Monaco, visibilmente invecchiato ma in ottima forma.

«Salve... si ricorda di me?»

Mi scruta per pochi secondi, ma mette subito a fuoco. «Sì, Leonardo, mi ricordo di te. Come stai?»

«Bene, grazie... lei?»

«Bene, ti ringrazio» risponde accennando un sorriso di circostanza, con quel suo solito composto e impeccabile formalismo. «Cosa ti porta fino a qui?» chiede, mentre continua a fissare Laura. Somiglia così tanto ad Angela che non può non aver capito.

«Ecco, io e Laura... ah, già, non vi conoscete... le presento Laura.»

Mia figlia gli tende la mano, lui con un piccolo inchino gliela stringe: «Molto lieto, signorina».

Specifico: «È sua nipote, la figlia di Angela...».

Lui la guarda con gli occhi lucidi. Sento che vorrebbe abbracciarla, ma tutto quello che riesce a dire è un mostruoso: «Capisco...». Poi si concentra per distogliere lo sguardo da Laura e si rivolge a me: «Quindi, Leonardo, dicevamo... cosa ti porta qui? Hai forse bisogno di soldi per Laura?».

«No, non abbiamo bisogno di soldi, signor Monaco, oggi, meno di diciotto anni fa, quando rifiutai il suo assegno...» Lo fisso negli occhi e vado avanti: «Stiamo cercando Angela, è lei che vogliamo. Abbiamo bisogno di lei, e sappiamo che anche lei ha bisogno di noi. Conosciamo tutto: l'adozione, le violenze, quello che ha dovuto subire... siete stati meravigliosi a occuparvi di lei, ma adesso è tempo di aiutarla a uscire dalla sua campana di vetro».

«Ma... ma... come avete fatto a scoprirlo?» Incassa il colpo come se le mie parole avessero scoperto per la prima volta una frangibilità nella sua corazza, ma poi si ricompone velocemente e aggiunge: «Comunque, Angela qui non c'è. Non vive con noi, non so dove sia. Non posso aiutarvi, per favore, per favore... andatevene, e non cercatela mai più!».

Io e Laura ci guardiamo. Sappiamo che mente, lui sa dov'è, ma va bene lo stesso: questo viaggio ha significato tantissimo, forse non troveremo Angela, ma ritroveremo noi stessi, anzi, ci siamo già ritrovati... Infatti ci guardiamo negli occhi e ci sorridiamo.

«Signor Monaco... nonno...» continua lei, con tono incerto. «Ecco, anche se da fuori sei così freddo, lo so che dentro sei buono. Hai fatto un buon lavoro con mia mamma, ti sei occupato di lei, sei una brava persona. Noi ce la caveremo, come ce la siamo già cavata fino a oggi, noi ci vogliamo bene... di' alla mamma che vogliamo bene anche a lei. Dille che io la sento qui dentro, nel mio cuore.» Mentre dice la parola "cuore" si tocca piano il petto e le lacrime le riempiono gli occhi. Piange, ma con immensa dignità. «Dille che, anche se le cose non sono andate come sperava, non è colpa sua. E non è nemmeno colpa tua...»

Io cerco di trattenermi, perché devo farle forza, ma ho il cuore, appunto, che mi si contorce per il dolore e per la rabbia. E per la gioia.

Il papà di Angela guarda sua nipote pietrificato. È un uomo tutto d'un pezzo, lui non ha mai cercato di essere un pezzo di tutto. È il suo ruolo, se l'è assegnato da solo... forse proprio questo è stato la sua prigione, o forse gli ha salvato la vita, nessuno può saperlo. Forse nemmeno lui...

«Mi dispiace» mi dice Laura, una volta tornati in macchina.
«E di cosa, Laura?»
«Pensavo fosse una buona idea venire qui a cercarla, mi dispiace...»
«È stata un'idea meravigliosa, tesoro!»
«Eh, ma guarda... guarda...»
«Ascolta... non sei stata bene, tu?» le chiedo con dolcezza, poi aggiungo: «Sai cosa penso? Penso che tutto questo, il tuo viaggio in Grecia, Miguel, la canzone, la lettera nella bottiglia... ecco, tutto questo ha avuto un senso lo stesso, è stato un miracolo. Io e te ci siamo ritrovati, ed è grazie alla mamma: il suo gesto d'amore ha permesso che succedesse. Pensaci... il messaggio affidato al mare, in quella bottiglietta, ha prodotto questa meraviglia. E io sono felice, Laura. Tu non sei felice?».

Laura piange ancora. «Sì...» risponde, cercando di frenare le lacrime.

«Me lo fai un sorriso?»

Mi guarda con quei suoi occhi nerissimi, lucidi e meravigliosi. Poi sorride, e il suo sorriso mi fa esplodere il cuore di gioia.

«Senti... ricordo che la mamma mi parlava sempre di un posto dove andava a leggere e a riflettere: una vecchia casetta abbandonata, sul mare. Era dei suoi nonni, a Isola Delle Femmine, un posto a due chilometri da qui. "L'unica casetta blu e rossa di tutto il litorale" diceva sempre... Ci andiamo? Ormai siamo qui...»

«Papà...» fa lei. «Sai, non credo la troveremo... ma hai ragione tu, tutto questo è stupendo. Mi sei mancato da morire, e ti voglio bene.»

Devo trattenere le lacrime. Gli ultimi due giorni hanno dato un senso a diciotto anni precedenti, e tutta questa emotività non è facile da gestire.

«Laura, senza di te la mia vita non avrebbe alcun senso. Tu sei tutto per me...» dico con la voce strozzata. «Non scordarlo mai.»

Lei fa la stessa faccia di quando era piccola e le raccontavo le favole, con gli occhioni sgranati. Mi poneva tante domande, era così dolce... «Papà, quindi Cappussetto Rosso non muore, vero?» chiedeva impaurita, e io le rispondevo che no, non moriva, perché Cappuccetto Rosso era buona e credeva nell'amore, e l'amore vince sempre. Non muore mai. «Ora puoi dormire con gli angioletti, amore. Sei tranquilla?» e lei rispondeva annuendo, con l'espressione di chi è ancora un po' scosso ma si fida di te.

E oggi siamo qui, a occuparci del nostro presente. A recuperare un po' di amore...

All'Isola delle Femmine il mare è dappertutto. Seguiamo la costa per circa ottocento metri e alla fine della strada, lì dove non si può più proseguire per via di una duna selvaggia, scendiamo dall'auto e vediamo la casa rossa e blu.

È proprio come me l'aveva descritta lei, col tetto spiovente e le finestre bianche. Adesso appare davvero malandata. Il percorso per arrivarci è fatto di sabbia ed erbacce, pieno di bottiglie di birra, lattine, vestiti vecchi, scarpe, elettrodomestici abbandonati e chi più ne ha più ne metta... Oltre una recinzione in fil di ferro, c'è un piccolo patio con la staccionata in legno che affaccia sul mare. Sedie rotte qui e là, vestiti, immondizia, è desolante. Di Angela nessuna traccia.

Io e Laura ci guardiamo, le offro una sigaretta, ne accendo una anch'io. Ci abbracciamo senza parlare, poi ci sediamo sul patio, nonostante lo schifo... e fumiamo in silenzio.

Poi io le dico: «Magari ci facciamo un paio di giorni di vacanza a Taormina. È fantastica, devi vederla. Che ne dici?

Siamo qui, ormai, in tre ore di viaggio ci siamo, approfittiamone...».

«Ok...» mi sorride. Nei suoi occhi c'è un po' di delusione e rassegnazione. Ma direi che c'è anche un pizzico di felicità, come quando senti che hai fatto tutto quello che potevi e che anche se te ne torni a casa con un pugno di mosche, la tua piccola vittoria l'hai comunque ottenuta. In più, io e Laura ci siamo ritrovati. E questo per me è molto più di una piccola vittoria. E credo anche per lei...

«In macchina?»

Così ci avviamo e rientriamo in città. Dopo poco siamo di nuovo in centro.

Al semaforo rosso su viale della Libertà, una delle strade più note e trafficate di Palermo, vedo sulla mia sinistra, parcheggiata all'angolo davanti a un negozio, una macchina che conosco. È un'Audi A3 con un grosso adesivo verde sul vetro posteriore: anche se non facessi il meccanico, saprei riconoscere l'inconfondibile auto di Lucia, la signora dal sorriso meraviglioso e gentile che ho accompagnato dal gommista un paio di settimane fa, quella con la pelle bianca e gli occhi di ghiaccio. Certo, è la sua! Assurdo trovarla qui! Ricordo che mi aveva parlato di un viaggio che doveva fare...

«Laura, devo vedere una cosa, accosto un attimo... scendi con me?»

«Certo!»

Parcheggiamo la macchina sul viale, in divieto, e attraversiamo di corsa la strada. Laura mi segue senza fare domande. Guardo dentro la Audi, poi faccio il giro e vedo il bozzo sul paraurti posteriore: non ho più dubbi, è la sua. Una coincidenza davvero particolare. Quindi mi guardo intorno per capire dove possa essere lei, la gentile signora.

Il locale all'angolo è un negozio di fiori. Entro, alzo lo sguardo e incrocio subito quello di Lucia: è dietro al bancone! Lei mi riconosce immediatamente, è come se mi stesse aspettando.

Nel negozio ci sono quattro o cinque clienti e io d'un tratto sento una strana sensazione: mi tremano le gambe, mi trema il cuore.

Una donna, davanti alla cassa, tiene in mano il biglietto da visita del negozio, Il tuo fiore. Sono ancora sulla soglia, Laura dietro di me. È una frazione di secondo: mi gira la testa, sento il vuoto sotto i piedi, all'improvviso le mani mi sudano, non sento più niente, non sento più niente a parte l'odore della sua pelle, il suo profumo, che è entrato nelle mie ossa diciannove anni, cinque mesi e sei giorni fa, in quella tiepida e memorabile mattina di marzo, quel profumo che ha bucato ogni singola cellula del mio corpo, infilandosi nel mio cuore senza uscirne mai più.

Guardo ancora Lucia che non smette di sorridermi, poi il biglietto, poi la mano che lo tiene.

Lei è di spalle, ma la riconoscerei anche in mezzo a un milione di persone. Cerco per l'ennesima volta gli occhi di Lucia per trovarci risposte, per capire se sto delirando... e lei, senza emettere un suono, semplicemente muovendo la testa, mi esorta: "Sì, ragazzo, sì! È il tuo fiore!".

Vedo cadere il biglietto dalla sua mano, perché anche lei, senza girarsi, ha capito tutto. Anche lei ha sentito...

«Angela» la chiamo.

Lei si gira, e mentre lo fa inclina l'asse terrestre. D'un tratto, girandosi, lei fa esplodere non so quanti pianeti sparsi nell'universo, fa scoppiare i vetri di tutte le case del mondo, fa scoppiare mille guerre stellari e apocalissi e tsunami e terremoti, incendia mondi lontani e sconosciuti, fuoco e glaciazione mentre si gira, musica e poesia mentre si gira, frantuma quello che resta intorno a noi, tutto quello che ci ha diviso finora. I dubbi e le paure. Eccola, eccola... i nostri occhi s'incrociano di nuovo, ed è come la prima volta, lo stesso sconvolgente colpo, la stessa assurda emozione, è come respirare dopo ore di apnea e soffocamento, è come mangiare dopo anni di digiuno, è la cosa più bella del mondo in un mondo di cose bellissime.

Anche Laura capisce senza chiedere. Si guardano, Angela le sorride. Sa chi sta guardando, sa che è sua figlia. I suoi occhi si riempiono di lacrime, poi tornano a guardare me... faccio uno scatto e le corro incontro, come la prima volta, come quando correvo col fiatone e balbettavo parole senza senso. Nello stesso identico momento lei fa lo stesso, e anche Laura. Ci abbracciamo tutti e tre, e piangiamo, piangiamo tanto. Mi stacco un attimo e la guardo, mentre continuo ad abbracciare Laura...

«Dio, quanto sei bella!» le dico.

«E allora baciami» risponde.

Piangendo.

Urlando.

E io la bacio.

Felice.

La bacio tantissimo.

"Non finirà mai, perché inventeremo un finale sempre nuovo."

Giorno 5002

Il mare era grosso, e vederlo da quel punto di vista, riparato solo da un vetro sottile, mi faceva sentire ancora più in balia degli eventi. Mi trovavo sulla costa greca, precisamente Latitudine 37.446735 / Longitudine: 25.328884, a pochi chilometri da Mykonos.
Sembrava essere finita per me, mi credevo spacciato. "Di me si dissolverà prima ogni contenuto, quelle poche parole che cercavano un rimedio, che parlavano d'amore, poi diverrò sempre più sottile e frastagliato, sprofonderò negli abissi in mille pezzettini": questo pensavo poco prima di essere spinto nel fondale da un'onda gigantesca, con violenza, la stessa violenza, paradossalmente, di un raggio di sole, o di un soffio di vento. Quella violenza che fa quello che deve, e mai quello che vuole.
Sentivo il vetro incrinarsi, la pressione aumentare. Sentivo freddo, tanto freddo. Mi dicevo che allora non era vero, allora non c'era un perché, non avevano senso tutto quell'amore e quella rabbia e quella sofferenza. Dubitavo di me stesso e della mia forza. Ed ecco una spinta micidiale risucchiarmi in un vortice blu scuro, tanto scuro da sembrare nero; poi il silenzio, quello surreale, quello che puoi percepire solo in apnea, e da un momento all'altro un contraccolpo potentissimo, dalla parte opposta. Vedevo scorrere velocemente atmosfere e colori meravigliosi, poi *spluf*, venivo gettato fuori, in aria, come un delfino, come un fuoco d'arti-

ficio, e in pochi secondi mi sono ritrovato capovolto, senza capire più dove fossi.

Dal vetro non vedevo nulla, ma percepivo del calore, un meraviglioso calore: era sabbia, granelli di sabbia luccicanti come diamanti, tutto a un tratto potevo vederli scorrere sui lati seguendone la linea curva.

Poi ho sentito dei passi venire verso di me, ed eccomi scosso e spinto verso l'alto.

Si apre il tappo, vengo scaraventato fuori e preso in mano, tirato per le mie estremità. Eccoti, Miguel, eccoti! Ti ho cercato tanto!

Se stai leggendo questo messaggio, non è un caso: ho lottato molto per arrivare da te, 13 anni, 8 mesi e 7 ore.

E tu eri qui, ad accogliermi, a cercarmi, a scegliermi.

Ora sono nelle tue mani. In questi anni sono stato notato, dentro la mia bottiglietta, da 17mila persone; di queste solo 200 hanno deciso di osservarmi con più attenzione, in qualche caso toccando il vetro senza troppo interesse; 50 mi hanno sollevato e rigettato subito in acqua; 12 hanno aperto il tappo e lo hanno richiuso senza andare oltre; 3, soltanto 3, hanno voluto sapere cosa ci fosse dentro, quale fosse il mio messaggio, per cosa combattessi. Due di queste, capendo che non ero destinato a loro, mi hanno lasciato andare augurandomi di arrivare a destinazione.

Solo tu, Miguel, hai deciso di tenermi con te. Forse perché quel grido d'amore e di aiuto lanciato tanti anni fa ti ha trafitto il cuore. Hai scritto una canzone per me, meravigliosa; l'hai cantata in giro per le spiagge della Grecia, tu che hai deciso di vivere la vita cantandola agli altri, rinunciando al resto: soldi, potere, lusso...

Ecco, Miguel, tutto questo ha un senso!

Quando arriverà una ragazza di nome Laura, diglielo. Dille che il futuro è nelle sue mani, nelle scelte che deciderà di fare.

E dille che l'amore torna. Torna sempre.

Non finirà mai

In cuffia suona Hayze con *Believer*, Original Mix, (metti le cuffie anche tu che leggi, altrimenti non ci baceremo mai...).

La sabbia è rosa, il mare verde smeraldo con delle sfumature mai viste prima. Ci sono due soli, uno rosso come il fuoco e immenso, l'altro arancione e più piccolo; c'è la luna, ma da qui, qui dove siamo adesso, è come vederla da un telescopio, nitida e fluorescente, gigantesca, fantastica. Accanto alla luna si vede la terra, ma è lontanissima.

Siamo su Marte. È l'anno 3450. L'umanità si è estinta, ma l'amore, tramite alcuni vecchissimi gesti, continua a vivere.

Ci sono carrozze che volano trainate da cavalli bianchi alati con gli unicorni e la criniera dorata, lasciano scie luminose nel cielo, disegnano nomi, raccontano storie, rievocano baci.

Nelle carrozze ci sono musicisti venuti da un altro pianeta ancora: li ho chiamati per te, li ho disegnati io. Hanno le borchie al collo e i giubbotti di pelle, con i violini e le chitarre, con i tamburi e le percussioni elettroniche; c'è un pianoforte che fluttua sul mare, proprio davanti a noi, e suona melodie in base al cuore delle persone che lo ascoltano, in base al loro bisogno d'amore. La temperatura è mite, la luce è simile a quella del tramonto che eravamo abituati a vedere sulla terra noi mortali, quella vicino quasi alla penombra, quella che disegna i contorni delle cose mantenendo i colori e i tratti, ma con delle sfumature che la rendono magica e fantastica, surreale. Le ho prese su Giove, quelle sfumature, ecco perché nessuno le aveva mai viste prima, ecco perché i pesci saltano dall'acqua per guardare quei colori incredibili, ecco perché le foglie danzano sulla riva e il mare si alza in bellissime cascate verticali...

E noi siamo tutti qui, sulla sabbia rosa e morbidissima come velluto, scalzi, vestiti solo di tuniche di seta d'Oriente. Dietro di noi, dall'altra parte del mare, c'è una distesa incontaminata di dune. Nel cielo giganteggiano alcuni pianeti.

C'è Laura che balla con Francesco e mi sorride, c'è Bea che balla con Filippo, Matteo ed Emanuela, i miei genitori, i miei nonni, tutti gli amici di una vita, ballano tutti, ci sono quelli del calcetto, riconosco molti compagni di scuola, dell'università, i clienti, pure l'Avvocato stronzo, ci sono Marta, Giada, Francesca, e tutte le altre... Federica, Lavinia, Silvia, Anna, Giulia... ci sono gli amici di Laura – Camilla, Benedetta, Piergiorgio – c'è Giancarla, la zia di Filippo, ci sono i pappagalli che adesso parlano e cantano, ci sono alcuni amici di Matteo, alcuni amici dei miei, riconosco anche Mary e Luca, gli amici di Filippo, quelli con la magia negli occhi e l'amore nella loro storia...

Siamo tutti qui e balliamo, balliamo con le braccia al cielo e gli occhi chiusi, suonano i musicisti marziani i loro strumenti marziani, vengono da un pianeta lontanissimo dove è racchiuso tutto l'amore del mondo, sono qui solo per te, li ho inventati io, la musica è tutta per te, l'ho scritta io.

Ho rigirato l'universo, te l'avevo promesso, ho invertito l'asse terrestre: ecco perché nevica, scendono fiocchi di neve turchese, fredda e calda, ma a noi non interessa... noi balliamo, noi balliamo! E saltiamo! E voliamo! Poi ci avviciniamo, come particelle che si attraggono, come polvere cosmica, a ritmo, a tempo, formando geometrie e traiettorie magiche, un flashmob stellare, galattico. E ridiamo e ci abbracciamo, non c'è più niente indietro, se mi giro non vedo più niente, non sento più il peso sulle spalle, non vedo più il buco nell'anima, adesso è tutto qui, Dio, che bello!

Abbraccio Laura, ha gli occhi felici e ride. È serena, finalmente, senza più rabbia, senza più veleno, senza più denti stretti, senza più dolore. Poi abbraccio te, Angela. Anche tu ridi, anche tu ora sei serena, senza più paura, senza più timore. Nessuno ti abbandonerà, mai più nessuno se ne andrà senza un perché. Ci sarò sempre io, tornerò sempre! Tornerò sempre a prenderti!

Tu piangi e ridi, e io piango, e rido, e balliamo, e poi intreccio le mie dita con le tue, le nostre mani si toccano, si trovano, si prendono, e mi perdo nei tuoi occhi neri neri neri neri... e tu nei miei che sono bagnati come i tuoi, e balliamo, balliamo e ti sussurro: «Hai visto? Non ti lascerò mai, amore, tornerò sempre. Non mi stancherò mai di te, non ti stancherai mai di me, inventeremo sempre nuove storie, nuove favole, e tu sarai la protagonista di tutte. Scriveremo sempre un nuovo finale, così non finirà mai. Hai visto, amore? Non può finire, non finirà mai... E allora baciami, e allora baciami, e allora baciami, e allora baciami, e allora baciami, e allora baciami, e allora baciami, e allora baciami...».

Verso la tua felicità

Si dice che il treno parta, e che se non sali in tempo, sei fregato. Qualche volta, invece, capita di ritrovarsi sul treno sbagliato, che ti porta dove non vuoi, che va nella direzione contraria al tuo cuore, che ti allontana dai luoghi che ti fanno stare bene. È sempre il momento buono per scendere da quel treno e correre verso la tua felicità.

Roby

Ringraziamenti

Grazie, Marco Emanuelli, per l'amore che mi dai, per il bene che mi vuoi, e per la persona pulita e perbene che sei, esempio di grande umanità. Grazie, Federica Maccioni, amica speciale, sorella, psicologa, e non so cosa e quanto altro... grazie per tutto quello che fai per me, così tanto che sarebbe impossibile da descrivere. Sei una di quelle cose che ti fa dire "io in questa vita voglio esserci, perché ne vale la pena!". Grazie, mamma, per avermi insegnato a sentire con il cuore, per avermi mostrato la dolcezza e la nobiltà d'animo, quello che sono lo devo a te. Grazie, papà, che da lassù ti godi lo spettacolo di questo figlio che arranca, sempre in salita, e prova a farcela. Grazie, Valentina Loi, per l'enorme aiuto su vari fronti, sei una perla rara, amica carissima, pulita, speciale. Grazie, Nadia Manca, per l'amore, per il sostegno, per la sincerità, perché sei un'amica preziosa e fantastica. Grazie, Silvia Checchia, per i consigli, e per la bellezza che sai donare senza chiedere nulla in cambio. Grazie, Mimmo Calopresti, amico e fratello maggiore. Grazie, Alberto Di Majo, per avermi insegnato a ironizzare sulla nostra parte drammatica. Grazie, Angela Barile, per il supporto, i consigli, la fiducia e l'amicizia preziosa. Grazie, Mara Abbati, per l'amicizia e il sostegno. Grazie, Franco Valenzano, per il solo fatto di essermi amico e per tutti i doni che hai deciso di farmi nel corso degli anni, non per ultimi una nuvola e una barchetta. Grazie, Donatella Mugnano, grande amica e grande avvocato del diritto d'autore. Grazie, Antonella Popolizio, amica e grande avvocato penalista, e anche un po' psicologa.

Grazie, Giorgio Petrollo, amici sempre e comunque. Grazie, Caffeina, per il supporto incondizionato. Grazie, Giampaolo Emanuelli, per l'amore che non passa, ti voglio bene. Grazie, Carlo Maria Bassi, per i soliti motivi e per la fiducia. Grazie, Francy Meleleo, per l'amicizia cara. Grazie, Vittorio Lattanzi, per i consigli di musica. Grazie, Bruna Gottardi, per il sostegno e l'amicizia. Grazie, Silvia Gollini, per la dolcezza e le radici. Grazie, Alfredo Catalfo, per quello che abbiamo condiviso, per l'amicizia che ci lega oltre qualunque confronto dialettico, sei una persona perbene che sono felice di aver incontrato. Grazie, Giusi Terranova, amica speciale. Grazie, Letizia Pierleoni, per l'amicizia e la fiducia, ti voglio bene. Grazie, Selene Maggistro, per l'amicizia e il supporto. Grazie, Annarita Barone, per molte cose che tu sai. Grazie, Valentina Sangiorgi, per l'amicizia, il supporto, e la pazienza. Grazie, Rosaria Fallucchi, per il supporto e l'amicizia. Grazie, Francesco Odoardi, per la fiducia, l'amicizia e la pazienza. Grazie Nadia Falconieri, per essere entrata nella nostra famiglia in modo tanto bello. Grazie, Francesca Merico, per il sostegno e la dolcezza, amica bella. Grazie, Stefano e Michele, per aver creduto in me, per avermi concesso questa chance di felicità che ho fatto mia senza riserve.

Grazie come sempre a tutto il gruppo nato intorno ai miei canali social, a "quelle che non possono vivere senza un romanzo di Roberto Emanuelli", agli amici e le amiche di Instagram e di Facebook... senza di voi, più nulla avrebbe senso in questo viaggio fatto di sogni e riscatto! Dobbiamo imparare a sorridere per sorriderci. Dando, anche poco, è come se dessimo a noi stessi. Io non davo mai, prendevo tutto ma nelle mie mani non c'era mai niente, e nel mio cuore solo tanto rumore, fruscìo. Il fruscìo più bello, invece, è quello di due mani che s'intrecciano e, invece di formare nodi, formano legami. Intrecci di vita.

Facciamo fatica a vedere, guardiamo ma non vediamo. Ascoltiamo senza sentire. Parliamo senza dire niente. Ecco perché ci sfuggono i colori. Ecco perché il mondo a volte ci appare grigio, vuoto e senza poesia. Ma noi possiamo volare ed essere leggeri, come farfalle. E possiamo inventare e colorare il mondo, come bambini. È facilissimo, basta volerlo.

L'analfabetismo emotivo ci rende incapaci di cogliere anche i più semplici segnali dell'amore. Ecco perché dobbiamo allenarci tutti i giorni a parlare la lingua della dolcezza e della gentilezza. Scivolare verso la rabbia o l'ostilità ci appesantisce il cuore, mentre noi per volare dobbiamo essere leggeri, noi per volare dobbiamo disfarci dei pesi e delle zavorre della volgarità. Molti ci guarderanno con sospetto, a tanti daremo fastidio, spesso, chi non ce la fa, chi fallisce nella propria vita, cerca di distruggere quella degli altri, come se questo potesse alleggerire il peso del proprio fallimento, come se la violenza avesse mai davvero risolto qualcosa. Come se per fallire bastasse non avere o non possedere...

Un grazie speciale, come sempre, alle donne della mia vita... Ho tanti difetti, tantissime debolezze. Mi attraggono anche le cose frivole o superficiali, non solo quelle profonde. Mi arrabbio e mi offendo, a volte. E un sacco di altre volte sbaglio giudizio e valutazione. Ma c'è una cosa che faccio, da uomo: quando qualcuno mi parla lo guardo negli occhi, mi chiedo quale sia la sua storia, mi chiedo quanto possa aver sofferto o gioito, e come possa essere stata la sua vita. Mi chiedo quali prove stia affrontando, e quanto gravi. Mi volto e vedo che nel mio passato c'è tutto il mondo, tutti gli errori del mondo, tutte le gioie e le virtù. E negli occhi di una donna, spesso, questo è più facile da vedere, perché una donna, per sua natura, è generosa, accoglie, tiene in grembo, difende, protegge, aiuta, assorbe, soffre, urla, e mette al mondo. Dà vita. E io ho un debole per chi dà vita, io ho un debole per chi è generoso con me o con chiunque, ecco perché ho un debole per ogni donna, di qualunque età. Ecco perché prendo tutto quello che questo meraviglioso universo mi regala, così, senza chiedere nulla in cambio. Siamo sensibili quando ci facciamo le domande giuste, non quando cerchiamo le risposte ovvie, piccole e senza respiro. Credo negli abbracci che ti scaldano il cuore quando fa freddo. Freddo dentro. Da uomo, vi dico che senza la fusione dei nostri due universi, quello maschile e quello femminile – al di là dell'orientamento sessuale – il nostro sarebbe un mondo diviso in due, incompleto. Rotto. Violento. Sbagliato. E a volte, purtroppo, lo è. Ecco perché io, da uomo, cerco di capire. Ecco perché io, da uomo, ho un debole...

Grazie per avermi permesso di arrivare fin qui. L'ho fatto perché qualcuno mi aveva detto che non ero all'altezza. L'ho fatto perché è l'unica cosa che so fare, l'unica che mi fa sentire vivo. L'abbiamo fatto perché avevano riso di noi, guardandoci dall'alto al basso, dicendo che eravamo piccoli. Ti diranno "lascia perdere, è andata così". E tu ci metterai il doppio dell'impegno e della determinazione e dimostrerai al mondo che le cose a cui tieni non vanno "così", ma vanno come dici tu.

Ci avevano detto che era impossibile farlo, e noi abbiamo risposto facendolo!

Siamo solo per pochi perché noi non ci prendiamo per caso, noi ci scegliamo.

E adesso voliamo insieme, noi che abbiamo unito questi due mondi tanto belli e apparentemente lontani. Gli uomini e le donne non vengono da Marte e da Venere, gli uomini e le donne, insieme, sono un solo meraviglioso universo!

E a volte lo rigirano...

#siamosoloperpochi

#robertoemanuelli

#eallorabaciami

SIAE DALLA PARTE DI CHI CREA
Aut. II - 60 - 2017

N. 009652

Questo volume è stato stampato presso ELCOGRAF S.p.A.
nel mese di luglio 2017
Stabilimento – Cles (TN)
Stampato in Italia